Bleisch · Kontrollverlust

Norbert Bleisch

Kontroll-
verlust

Roman

C. Bertelsmann

1. Auflage

© *1988 VEB Hinstorff Rostock*
© *1989 C. Bertelsmann Verlag GmbH, München*
für die Bundesrepublik Deutschland, Österreich und Schweiz
Satz: Uhl + Massopust, Aalen
Druck: Presse-Druck, Augsburg
Bindung: Großbuchbinderei Monheim
Printed in Germany · ISBN 3-570-09323-9

I Konrad

*Das Menschliche, das ist der Mensch ganz:
in seinen Siegen und Triumphen wie in
seinen Nöten und Niederlagen, in seinen
Anfechtungen und Besessenheiten, in
Glanz und Kot, in Zwängen und Freiheit,
in dem, worin er ein Zeichen der Würde,
wie in dem, darin uns vor ihm schaudert!*

Franz Fühmann,
Vor Feuerschlünden

Erster Brief 19. Mai

Meine Frau liegt in der Küche. Marita liegt gekrümmt in der Ecke der Küche auf den Fliesen. Gefliest habe ich selber, als wir vor vier Jahren hier eingezogen sind. Ich habe sie vorhin am Strick, an ihren langen Haaren, in die Küche gezerrt und ihr ins Gesicht geschlagen. Wieder und wieder. Sie hat nicht geschrien, ich habe sie angeschrien. Sie hat vor Angst gestunken.

Es ist still, ich höre den Küchenwecker ticken. Wenn ich Dir geschrieben habe, werde ich zum Nachbarn gehen, der wird den Arzt anrufen. Wenn der Arzt kommt, werde ich wandern. Ich bin lange nicht mehr nachts gewandert. Beim Wandern nachts wandeln sich selbst Dinge des eigenen Körpers in Fremdes. Man muß die Scheu aufheben, dem Körper vertrauen. Mit Füßen und Händen tasten. Mit der Nase riechen, was im Dunkeln liegt. Vielleicht werden wir es bald zusammen tun. Wir mußten gegen DIE FRAU kämpfen. Wir waren wie Brüder. Danach haben wir uns zwölf Jahre nicht gesehen.

Hier wird es nun leere Spiegel geben, vorbei das wohltuende Knarren der Dielen unter meinen und ihren Schritten, vorbei unsere Gespräche. Der Fernseher wird nicht mehr laufen, ich werde keine Bücher mehr lesen, nicht mehr mit ihr zur Arbeit gehen, wir werden nicht mehr zusammen essen, zusammen baden, ich werde nicht mehr versuchen, ihr zu gefallen. Es wird hier keine Blumen mehr geben, jede Blume werde ich zertreten. Ich werde die Kerzen aus dem Leuchter nehmen und die Schallplatten, die wir bei Kerzenlicht hörten, verkaufen. Ich werde allein in meinem Zimmer wohnen.

Zweiter Brief 22. Juni

Ich will Dir nun regelmäßig schreiben. Beschreibung meines Zimmers: Marita hatte die Tapete weiß übergestrichen, ich sie jetzt braun. Zwischen beiden Fenstern steht der Sekretär; Du kennst ihn, wir haben ihn damals auf dem Boden gefunden. Über Jahre war der Holzwurm drin, ich habe ihn mit Äthanol gejagt und seine Löcher mit erhitztem Bohnerwachs gefüllt. Dem Fenster gegenüber das Regal mit den Büchern und auf den Borden Begleiter von Wanderungen: seltene Gesteine, kleine Wurzelknollen, deren bizarre Verwachsungen bei wechselndem Licht einen kleinen Bären, eine Burg oder eine im Brechen festgehaltene Welle erkennen lassen. Über meiner Liege hängt ein alter Holländer: eine Bockwindmühle auf einem Hügel, Weiden mit Kühen, ein kleiner See, an dessen Rand unter einer knorrigen Eiche ein junges Paar liegt. Die Spieluhr auf dem Sekretär ist von ihr. Ringe trage ich keine, auch keine Uhr. Die liegen im Schreibtisch. Es ist ein Uhr.

Oft liege ich und träume. Meine Träume müssen in der Frühe kommen, beim Aufstehen erinnere ich mich häufig. Im Kontor schreibe ich sie auf alte Rechnungen. Die alten Rechnungen alter Träume liegen dann zwischen den Papieren. Manchmal, glaube ich, träume ich von Dir. Wir machen dann, träume ich, eine weite Reise. Wohin, weiß ich nicht.

Auf dem Teppich stehen zwei schlichte Tonkrüge, die man früher für Schmalz benutzte, der eine grau, der andere braun. Der Teppich ist auch von ihr.

Ein solides Haus, in dem wir wohnen, aus roten Klinkern, mit Eichenholzbohlen, großen Fenstern, einem breiten Treppenhaus, aber bauen würde ich es nicht wollen. Bauen würde ich anders. Deshalb fahre ich gerne in das Neubaugebiet der Großstadt, um zu sehen, wie Erde ausgebaggert wird, wie

Kräne und Hände Betonplatten, Rohre, Holz und Glas zusammenfügen, bis uns die zweite Haut, eine Wohnung, entsteht. Licht. Luft. Lachen quer über die Straßen. Menschen so alt wie ich. Wo nicht viel weiter in blauen Hallen Maschinenteile aus Stahlblech und aus Plaste Eimer und Folien gepreßt werden, wo etwas geschieht. In unserer Kleinstadt stehen viele Häuser leer, nach vorn geneigt und abgesackt. In engen Straßen alte Menschen. Nur auf den Hinterhöfen duften Linden.

Vor vier Tagen ist Marita aus dem Krankenhaus gekommen. Sie hat Liebe gewollt und bat mich um Verzeihung, weil ich sie ins Krankenhaus schlug. Sie hat alles auf sich genommen, damit der Arzt keine Anzeige erhebt. Was geht in Frauen vor?

Vier Jahre sind wir jetzt verheiratet. Ich nahm sie von einem Alten, von einem Mürrischen, von einem Fettwanst. Ich traf sie am Strand beim Suchen, als hätten wir uns dort schon Jahre gesucht. Ich glaube, wir fielen ineinander, wir haben uns nicht mehr verkrampft, wir waren vor Erschöpfung schlaff wie Stoffpuppen. Nach der Erschöpfung zog ich sie mit neuer Kraft aus einem Loch, sie mußte wieder lachen lernen. Sie hat sich an mich gehängt. So nicht, so ist es nicht gut, sagte ich, sie studierte dann. Jetzt ist sie mit ihrem Ökonomiestudium fertig, und wie abgemacht wollen wir Kinder. Sie behauptet nun, unfruchtbar zu sein, immer schon. Eileitersterilität. Ich kann das hinter keine Sätze bringen: Betrügt sie mich nicht um meine zweite, um meine eigentliche Kindheit, um Kinder? Sie reißt damit die zwölf Jahre auf, die zwischen Dir und mir liegen, treibt uns aufeinander, beinahe überrennen wir uns, ich muß Dir deshalb schreiben. Von Kindern, die ich haben will, wie DIE FRAU sie nie hatte, Kinder, die nicht werden dürfen wie ich, Kinder, die mir den Druck nehmen, Kinder, die ich schützen muß.

Alles zerstört. Sie. Ich. Alles. Leergefegter Betonfußboden. Festgelebt. Wohin mit mir?

Da zog ich sie an den Haaren in die Küche und schlug ihr ins Gesicht. Bei jedem Schlag habe ich geschrien. Sie ist still auf die Fliesen gesunken.

Dritter Brief 29. Juli

Es sind die prallen Farben vom Leben, von denen ich Dir schreibe, und ich werde nicht aufhören zu schreiben, bis etwas anders ist. Du oder ich. Es wird wieder, wie es war. Allein bist Du auch nicht gern gegangen, ich kenne Dich. Vorbei, daß wir in den Uhrenladen einbrachen, vorbei die Demütigung der Verhandlung und der psychiatrischen Gutachten. Vorbei die Monate im Gefängnis, wo der Mensch weggesteckt, gnadenlos ausgetrocknet und geknickt wird. Du bist dem entgangen, ich habe die Schuld auf mich genommen. Deshalb würdest Du an meinem Entlassungstag mit unsichtbaren Tränen in den Augen warten und um Nachsicht, Verzeihung bitten, hoffte ich. Gütig würde ich lächeln und mit einem Wink der Hand alles ins Gewesene abtun. Niemand wartete, Jahre sind vergangen, frische Jahre zogen weg. Zwölf Jahre.

Mir fällt auf, Marita hat ein Winziges von Dir. Sie weiß davon nichts, wie sie nichts von Dir weiß, aber dieses Winzige an ihr bemerkte ich schon, als ich sie kennenlernte. Und wie Du spielt sie mit diesem Winzigen, streut es aus, verteilt etwas davon nach einer Bravheit von mir.

Von Dir weiß sie noch nichts, doch fand ich gestern Dein Foto auf meinem Schreibtisch. Auf meinem Schreibtisch liegt ein rotgeäderter Achat, Briefpapier und in einem Buch Dein Foto, sechzehn warst Du da. Die anderen Bilder von Dir hat DIE FRAU verbrannt, dieses muß ihr entgangen sein. Das

Buch auf dem Schreibtisch liegt schon lange da, ungelesen, und Dein Foto steckte darin. Sie hat es herausgenommen. Sie wird danach fragen, nach Dir, nach unseren Geheimnissen, aber ich werde nicht mir ihr sprechen. Sie hätte mit ihren Fragen heute morgen angefangen, aber der Tag begann schlecht.

Konrad, steh auf, es ist schon neun, ruft sie.

Heute ist Sonntag, rufe ich zurück.

Du hast noch Arbeit liegen, oder wer soll das machen?

Ich lasse sie reden, drehe mich zur Seite. Träume, erinnere mich an meinen letzten Traum: Ich wanderte, stöberte auf abgelegenen Gehöften abgelegener Dörfer.

Ich muß hier aufräumen, ruft sie wieder.

Ausgerechnet, wo ich schlafen will. Sie hat die ganze Wohnung zum Aufräumen.

Ich kann auch nicht länger schlafen. Außerdem will ich fertig sein, wenn Rosa kommt.

Rosa ist ihre Freundin. Sie hat rotlackierte Fußnägel, die aussehen wie von der Straßenbahn überrollt, angeschwollen und blutunterlaufen. Rosa arbeitet bei Marita in der Weberei. Warum kommt sie her? Sie sehen sich doch den ganzen Tag. Wie mit Männern umzugehen sei, erzählt Rosa. Rosa ist ein armer Teufel. Und ihretwegen oder wegen der anderen, meiner Frau, stehe ich nicht auf.

Also herumstöbern auf abgelegenen Höfen, gerade verlassenen, von den einstigen Bewohnern nur stumme Hinterlassenschaften. Und von keiner anderen Wahrheit als der Phantasie begleitet, suche ich mir ein Bild des Einstigen zu malen. Zerfressene Mäntel in halboffenen Truhen, auf denen vom Marder kürzlich gerissenes Federvieh liegt, zwischen vergilbten Bildern von der pommerschen Heimat zerfledderte Ordner aus dicker Pappe, in denen Blätter mit dem Ablieferungssoll aus den ersten LPG-Jahren liegen, mit Sprüchen bestickte Tücher aus festem Leinen: Sich regen bringt Segen. Oder: De Dodenvagel sägelt dörch de Nacht, min Gören hew ick sülben makt. In der Diele ein grob gemauerter Kamin, weiß gekalkt und schwarz verrußt. Einige Kohlen, angefaulte Kartoffeln aus einem umgestürzten Korb davor. Auch der Dielenschrank ist geblieben. Eine Tür fehlt. Im Schrank ein linker Gummistiefel, Holzpantinen, Hosenträger, alte Zeitungen: Mecklenburgisches Bauernblatt, Saattüten: Grünkohl, Erbsen, Bohnen. Eine brüchige Spitzenhaube. An der Ablage des Schranks ungebrauchte Zehnmarkscheine, Wehrmachtsgeld, gültig in besetztem Gebiet, Berlin 1943. Vom Keller führt eine Wendeltreppe aus Eisen durch die Diele auf den Boden. Es ist so ruhig im Haus, daß ich die Ohren höre. Müdigkeit. Ich setze mich auf die Treppe, durch die offenstehende Tür weht es warm, und Wind entführt einige Blätter von den Bäumen in die Luft, die zu Tupfern des Sommers werden. Die Augenlider lasse ich los, die Landschaft in der Tür schwindet, Schlaf kommt schnell und sanft, und von irgendwo unten oder irgendwo oben kommen auf der Treppe nackte Kinder. Um sie herum ist alles dunkel, nur das Blond ihrer Haare und das Blau ihrer Augen ist licht, kleine Schatten schneiden ihre Brüste und die kleinen Hintern in Hälften. Die Kinder schweben. Sie sind ruhig, sie gehen ruhig schwebend in gleichen Abständen und folgen geheimnisvollen Tönen aus der Dunkelheit, in die ich zu sehen versuche, aber meinen Augen entgeht der entscheidende Moment, und ich versuche noch angestrengter ins Dunkle zu blicken. Es dauert, bis sich die Augen an die Dunkelheit gewöhnen, und hätten sich die Augen nicht schon an das Grau um die Treppe herum gewöhnt, wären mir die Kinder entgangen. Doch nun höre ich und sehe, wie sich in die Brüste der Kinder eine Spritze drückt. Die Brüste der Kinder drücken sich vor, als stünde jemand hinter ihnen, der ihre Schulterblätter nach hinten zieht.

Im kurzen Aufblitzen des blanken Metalls der Spritze muß der Stich in das Herz der Kinder erfolgen, denn beim Herausziehen der Spritze aus der Brust entstehen diese Töne, die immer mehr Kinder locken. Wie sie kamen, gehen die Kinder, nun über Eisenplanken einer Brücke. Die Brücke selbst bleibt mir verborgen, doch ich höre das Geräusch verbogener, wippender Eisenplanken. Stille dann. Nur Tropfen fallen gleichmäßig aus dem schwarzen Nichts über mir, fallen ins Wasser unten. Ich folge schnell den Kindern, habe Angst, ihre Spur zu verlieren, und entdecke entsetze bei allen das gleiche Gesicht: Es bist immer Du, den die Nadel trifft. Ich eile zurück, stolpere, erkenne in der Dunkelheit DIE FRAU in weißem Kittel mit der Spritze in der Hand. Ich laufe wieder, folge den Kindern in einen weiß gekachelten Raum, in dem es kühl und feucht ist. Die Kinder legen sich sorgfältig nebeneinander auf die Fliesen, die mich an die Fliesen meiner Küche erinnnern. Ein letztes Schwellen ihrer unverbrauchten Muskeln, ihrer ungebrauchten Kräfte, dann wird es langsam dunkel, das Licht ihrer Haare, das Blau ihrer Augen wird matter, nur ein Schatten hastet noch umher, mit grünleuchtenden Augen, Katzenschlitzaugen, sie werfen Licht auf die aneinandergereihten Körper der Kinder, DIE FRAU, sehe ich, stößt mit ihren Stiefeln gegen die kalt und steif werdenden Körper, dann verlöschen auch ihre Augen langsam, aber ihre Stimme singt: Lieb Vaterland, magst ruhig sein, fest steht und treu die Wacht am Rhein.

Warum wehren sich die Kinder nicht, lassen sich abschlachten, sind doch in der Überzahl, warum opfern sie sich, für wen, warum? Als DIE FRAU zu singen aufhört, schlägt sie mit einem riesigen Schlüsselbund lachend um sich, als vertreibe sie Geister.

P.S.: Marita war nicht im Krankenhaus. Ich habe sie nicht an ihren Haaren in die Küche gezogen und dort geschlagen; ich habe noch nie jemanden geschlagen.

Als sie davon sprach, daß sie unfruchtbar sei, wollte ich zuschlagen, bis sie sagen würde, es sei ein böser Spaß. Ich brüllte und hoffte, sie würde gierig nach mir, aber Marita wollte keine Liebe. Ich brüllte, und sie räumte in einer Art das Zimmer auf, als fände hier kein Leben mehr statt.

Ich will Kinder!

Vierter Brief 2. September

Das ist mein Tag: Um sieben gehe ich in die Schmiede Krötzig, bis Mittag sitze ich im Kontor und bearbeite Rechnungen. Das Kontor ist mit dunklem Eichenholz getäfelt, die Aktenschränke sind in die Wände eingelassen. Ein schwerer Eichentisch, ein Eichenstuhl. Die Einrichtung ist hundert Jahre alt, vom Urgroßvater Krötzig. Sein schlecht gemaltes Bildnis hängt in der Kochecke. Der Wasserdampf vom Teekochen hat über die Jahre die Farben stellenweise zu Beulen gebläht, so daß ein entstelltes Gesicht im glänzenden Rahmen den Blick des Besuchers auf sich lenkt. Nach dem Essen helfe ich in der Schmiede, besorge Material oder liefere aus. Paul Krötzig ist mein Schwiegervater. Ich arbeite aber schon länger in der Schmiede, als ich Marita kenne. Ich will den Laden nicht übernehmen, ich will meine Ruhe. Mit ihrem Vater versteht sich Marita wie mit einem Freund. Hätte ich sie geschlagen, würde Paul mich fortjagen. Um drei bin ich meist zu Hause, schlafe eine Stunde oder gehe wandern. Manchmal suche ich nachts eine Bewegung im Sternenhimmel. Sehnsucht kommt auf. Wo ist Deine Sehnsucht, wenn Du allein bist? Du hast den stechenden Schmerz der Gefühle nicht an Dich herangelassen, weil Du ein Mann sein wolltest. Der Mann muß funktionieren, sagtest Du. Dem habe ich mich verweigert. Jetzt werde ich zu einem Gefühl gezwungen; meine Frau hat mich verraten.

Ich sitze zu Hause im Wohnzimmer. Marita blättert im Modejournal, welche Frau sieht nicht gerne schöne Frauen. Ich warte, schweige, atme, mehr geschieht nicht. Sie steht auf, setzt sich an die Nähmaschine, und nun rattert ihre Maschine durch meine Gedanken. Durch die Fenster fällt viel Licht. Im Winter, wenn die Sonne tiefer steht, ist mein Zimmer von Strahlen durchflutet.

Eigentlich denke ich nichts, ich beobachte die Bahn der Sonnenstrahlen, die allmählich, aber unabwendbar über die Kommode ziehen und den Staubschleier auf dem sonst glänzenden Furnier sichtbar machen, dann die leere Bodenvase neben der Kommode treffen, Flecken an der Tapete. Marita würde alles weiß streichen; Fenster, Türen, Tapeten. Als wollte sie sich damit ihre Unschuld zurückholen.

Ich würde gerne mit ihr über den Vormittag reden, doch ich werde nicht mit ihr sprechen. Vom Sprechen wird sie keine Kinder bekommen. Mit meinem Schweigen kann ich sie strafen.

Heute vormittag brachte ich ein geschmiedetes Tor in den Kindergarten in der Hauptstraße. Ich begann es einzusetzen, überall lag mein Werkzeug verstreut, aber das Spiel der Kinder auf dem Hof fesselte mich, und sie haben mich dann gefesselt, an ihren Marterpfahl, einen Baum, so jung wie sie. Der Häuptling kam und verkündete mit in die Hüften gestemmten Armen, mich bestrafen zu müssen, weil ich gelauscht hätte, vielleicht sei ich sogar ein Weißer. Ich bat den Häuptling um Aufschub der Strafe, ich sei kein Weißer, und sie sollten mich auf die Probe stellen. Ich mußte von einem Baum springen, ihre Gäule, Stöcke mit hölzernen Pferdeköpfen, waschen und tränken, mußte ein Lied singen, und als ich auf dem Kriegspfad die Bleichgesichter besiegen sollte, kam die Kindergärtnerin, brach unser Spiel ab, und die Kinder ließen mich frei. Doch sie gingen nicht mit der Kindergärtnerin ins Haus, sie folgten mir. Ich sagte ihnen, ich müsse arbeiten, ihr Tor einsetzen. Die Kinder sagten der Kindergärtnerin: Wir müssen jetzt arbeiten, das große Tor einsetzen. Essen wollen wir später.

Fünfter Brief   15. November

Großvaters elenden Krebstod habe ich nicht miterlebt. Als Vater sagte, Großvater ist tot, habe ich nicht geweint, obwohl ich als Elfjähriger sicher eine Ahnung davon hatte, daß der Tod keine Abmachung ist, über die sich verhandeln läßt. Weinen hätte Großvaters Tod leichter gemacht. Denn als die Schritte, die Welt zu finden, kleiner wurden, als das Neue das Gleichmäßige wurde, das sich wiederholte, da kam mir tief ins Bewußtsein: Der, den ich verloren hatte, war mein einziger Freund. Dich kannte ich noch nicht, DER FRAU, dem Pastor und der Schule war ich ausgeliefert. So krallte ich mich an eine Lehrerin, von der ich den Großvater zurückforderte, die mich jedoch auf ganz andere Bahnen lenkte.

Großvater war stolz und gerecht. Er sprach nicht mit DER FRAU. Und DIE FRAU mied ihn. Großvater war Lokführer. Er trug immer seine abgegriffene, schwarz glänzende Mütze, die er bis in die Augen zog. DIE FRAU verbot mir, Großvater auf dem Bahnhof zu besuchen. Eines Tages, irgendwann, wenn ich nicht damit rechnete, würde mich das Dampftier verschlingen, würde mich fressen, wie es Raben tun, sagte sie. Wenn Großvater kam, wartete ich am vorderen Teil des Bahnhofs. Die Waggons, die auf dem Bahnhof stehenblieben, wurden von der Lokomotive abgekuppelt, und Großvater nahm mich auf ihr bis ins Betriebswerk mit. Der Heizer zeigte mir oft die Feuerung im Kessel und sagte, das sind seine Geister, deshalb ist er sehr mächtig. Mächtiger als Großvater, auf den das Dampfroß hörte? Den Heizer mochte ich nicht.

Sechs oder sieben Jahre lang fuhren Großvater und ich sommers in seine polnische Heimat. Zabrze, früher Hindenburg. Zehn Stunden Bahnfahrt, in Görlitz, bevor es über die Grenze ging, kaufte er Kaffee, Schokolade, feste Wurst, Schnaps. Großvaters Schwester, Tante Therese, hat sich das Jahr über auf uns gefreut. Über dem Eingang ihres kleinen Hauses hing stets dasselbe Schild: Herslich willkommen zu Hause.

Was herslich ist, wollte ich von Großvater wissen.

Ach was, sagte er. Alfons, der Sohn von Tante Therese, lebte seit seinem Grubenunglück von der Entschädigung für das steif gewordene Bein zu Hause. Dann gab es noch die dicke Malda, die den Haushalt führte und jedes Jahr breiter wurde. Ein schiefer Schneidezahn drückte gegen ihre wulstigen Lippen. Ihm gab Malda die Schuld, keinen Mann gefunden zu haben.

Die ist zu fett für jeden Mann, sagte Alfons.

Hin und wieder sah ich Malda sich abmühen, in das Klo zu kommen. War sie nach einer Viertelstunde nicht zurück, mußte Alfons sie holen; sie kam nicht mehr auf die Beine.

In den ersten Tagen bei der Tante wurde gegessen, dazu war eingeladen, wer irgend etwas mit der Familie zu tun hatte. Therese und Malda bereiteten das Mahl, Großvater, Alfons und die anderen Männer redeten politisch. Die Tage darauf wurde gepokert. Die Runde wurde kleiner mit der Zeit, bis nur noch Großvater und Alfons übrigblieben.

Ich spielte auch, mit Zigeunerkindern auf Hinterhöfen oder im Park. Die alten Zigeunerfrauen saßen auf Decken; gelbe, rote, grüne Tücher aus Seide trugen sie um den Hals, am Arm, um den Kopf. Dazu Ketten, Ringe, Glitzersteine, magische Steine, Steine von Vestorbenen für das Glück in der Zukunft. Manchmal standen Zelte auf den Hinterhöfen, gefunden oder gestohlen und von Wäscheleinen zusammengehalten. Abends, wenn die Männer kamen, wurde über offenem Feuer Fleisch gebraten, die Frauen sangen dazu, und ständig spielten ein paar Zigeuner auf der Geige, wetteiferten miteinander. Die Zigeuner sprachen ihre Sprache, an ihren Gebärden konnte ich sehen, wovon. Sie lachten laut, daß es schallte, ich lachte mit, wollte lustig mit ihnen sein, doch sie stritten längst, zogen ihre Messer, gingen aufeinander los, von den anderen umstellt und angefeuert, nur die Alten jammerten Oijeujeu, und gleich nach dem Kampf wurde getanzt, die Geiger spielten auf, im Drang nach Leichtigkeit warfen die Mädchen ihre Tücher ab.

Malda hatte Angst um mich, wenn ich bei den Zigeunern war. Sie steckte mich in einen undichten Wassertrog auf hölzernen Rädern und wusch mir mit ihren fettigen Händen, die aufgeweicht vom warmen Wasser wie zarte Schwämme waren, Rükken, Beine, den Bauch und das Dingelchen. Auf das Dingelchen sollte ich achtgeben, ich würde es sicher bald brauchen.

Hatte Großvater genug vom Pokern, gingen wir in die Stadt. Das einstige Gelb, Rosa und Ocker der Häuserfassaden war versunken unter dem Grau aus den vielen Schloten der Hüttenwerke und Kohlegruben. Nur an den geschützten Stellen, hinter Fallrohren oder unter Simsen zeigten die Fassaden Spuren des alten Aussehens. Die Sonne war nie anders als ein milchig trüber Fleck. Ich mußte Großvater an die Hand fassen, denn das Leben fand auf den Gehwegen statt. Die Busse waren fast leer, Taxen standen ungenutzt, Fahrräder sah ich nie.

Öfter blieben im Fußgängerstrom Männer stehen, ohne sichtlichen Grund, sie drehten sich um, rückten im Gedränge zusammen, erledigten ohne zu sprechen ein Geschäft – nur die Hände sah man in den Taschen verschwinden – und gingen wieder ihrer Wege. Kinder mit großen Lutschern im Mund, Juden mit schwarzen Hüten. Die Juden gingen nie allein.

Manchmal zogen Beerdigungsprozessionen durch die Straßen. Weit vorher kündeten Posaunen davon. Hinter den Posaunenbläsern schritt der Priester mit einem Kruzifix aus schwerem Silber, das er schräg in den Bauch gestemmt hielt, umgeben von einer Schar weißgekleideter, halb-engliger Meßdiener. Sechs Männer im schwarzen Frack trugen den Sarg. Dann kamen die Angehörigen. Der Männerchor sang im Wechsel mit den Posaunen. Ins Stocken geriet der Trauerzug, wenn bestellte und bezahlte Klageweiber auf die Knie fielen und ihre Hände schreiend zum Himmel wandten. Anfangs habe ich mich erschrocken, als ich sah, wie sie sich die Haare und Kleider rauften, mit den Händen auf Brust und Bauch schlugen, ich glaubte, sie riefen den Tod herbei. Doch beim Leichenschmaus waren sie die lustigsten, erzählten von früheren Beerdigungen, zeigten unter ihren langen Röcken die Knieschoner. Auch Juden durften zum Schmaus kommen, wenn sie Steine nach den Zigeunern geworfen hatten. Blitzschnell nämlich kamen Zigeuner aus einem Hinterhalt und sprühten mit ihren Geigen schnelle, giftige Musik.

Als Großvater starb, war es vorbei mit den Reisen nach Polen. Der Tante schrieb ich. Sie konnte nicht schreiben, doch blieben mir die vielen Fotos erhalten, die Großvater dort gemacht hatte. Mit Marita habe ich sie oft angesehen. Ohne die Bilder wären die Erinnerungen in Vergessenheit geraten, versunken vielleicht für immer.

Sechster Brief 4. Januar

Wie wird das Jahr?

Meine Frau hat mir kräftig die Hand gedrückt, widerlich. Wie gut war es damals, in den großen warmen Muskel deiner Hand zu schmelzen, der das Leben des anderen aufnahm, es schützte und dem anderen die eigene Erwartung preisgab. Ich mochte Deine Hand. Ihren gleichmäßigen geraden Wuchs konnte ich auswendig zeichnen; unbehaart und ohne Falten, wenig erst von der Arbeit gebraucht. Wie fehlte dieser Schutz, der Druck Deiner Hand, als unsere wildgewachsene Freundschaft schlaganfallgleich zerstört wurde. Wir wurden weggesperrt vom Leben. Erstes sichtbares Zeichen dieser Macht die Gummiknüppel und die großen brutalen Schlüssel der Gefängniswärter, die mich holten, damit ich meinen Haftbefehl unterschreibe. Da verschmolzen wir nicht, wie wir im Fluß verschmolzen, in dem wir oft badeten, und uns vor dem Ertrinken zu retten übten. Der Fluß riß auf, wenn wir eintauchten, und fiel hinter uns zusammen.

Ich habe in der Zelle geweint, gebrüllt, Deinen Namen gerufen, wie man Gott ruft in der Not, aber es blieb nur der Würgegriff aus feuchtem Backstein, hundertfünfzig Jahre alt, mit tief ausgewaschenen Fugen und rostigen Gittern. Fünf Stück hoch Zellen. Hunderte. Alte Zellen gegen alte Angst. Tauben gurrten auf den Dächern. Und dann knallten pausenlos Gittertüren in Schlösser, knallten die Schlüssel in den Schlössern der Gittertüren, der Zellentüren, dann krachten drei Riegel die Zellentür zu: oben, Mitte, unten. Meine Welt brach zusammen – wie neulich, als Marita sagte, sie könne keine Kinder bekommen. Es gab nur noch die Zelle mit den vier Metallbetten, einem Tisch und einem Hocker. In der Ecke gegenüber dem vergitterten Fenster, in das wegen der Blende kein Licht fallen konnte, war ein winziges Klo, daneben ein Waschbecken und der Brotschrank, und alles eingefaßt von dem grünen kotbeschmierten Ölsockel, der mit den eingeritzten Namen wie zerknüllt schien. Und ich wurde jeden Tag und ohne Umschweife zum Verhör geholt, man buhlte nicht um mich, später holte man mich nicht mehr, ließ mich warten, Tage, Wochen. Im Warten durfte ich DER FRAU schreiben, was ich eigentlich Dir zu sagen hatte.

Dann sagte ein Beamter: Wenn Sie aus dem Strafvollzug kommen, ist Ihre Schuld bereinigt.

Mir rutschte die Sprache weg: Wieso denn Vollzug, ich will hier raus! Der Beamte ging, die Zellenwände rückten noch dichter, ich hörte ihren Atem. Was mußtest Du erzählt, welche Geheimnisse preisgegeben haben, daß Du nach drei Tagen entlassen wurdest! Was wußte ich von Deinem Verrat der Gefühle, vom Brudermord? Dann der nächste Tag. Ein Achtzehnjähriger kam, der Wachtmeister mahnte mich, auf ihn aufzupassen und, wenn er Dummheiten machen wolle, sofort Alarm zu schlagen. Wer paßte auf mich auf in der Nacht? Morgen früh, wenn Gott will, wirst du wieder geweckt...

Unser gemeinsamer Hundertstundentag verschlich beim Mensch-ärgere-Dich-nicht-Spiel mit Brotteigfiguren, beim Lauschen auf die Schritte der Wärter, beim gegenseitigen Mutmachen, beim gegenseitigen Abwägen der größeren Schuld, der längeren Strafen. Alles erlahmte, die Zeit, der Hunger, das Denken, pausenlos irrten die Gedanken durch die Zellen, suchten Dich dort, nachts schrie ich Deinen Namen, Hunde kläfften zurück. Dann schrieb mir DIE FRAU, Du wärst wieder frei.

Die Zellentür ging auf, ich dachte, nun auch für mich, aber es wurden zwei um Jahre Ältere hinzugesperrt, beide verwildert und tätowiert, mit kranker, fleckiger Haut und Zwillinge an

Widerlichkeit. Sie sagten nichts, legten sich aufs Bett und warteten. Ich schlief aus Furcht vor ihnen; war wach unter der grauen kratzigen Decke, auf etwas Dumpfes gefaßt. Aus Angst dachte ich an unsere Lachkrämpfe, die wir mit unseren Mädchen hatten, als wir mit ihnen Kinder waren, als wir Männer und sie Frauen spielten, wir kamen uns nah, als gäbe es keinen Unterschied zwischen uns, wir strichen über die Haare, betasteten den Hals, dort, wo er sehr verwundbar ist, Frauen sind uns näher, fanden wir, Menschen sind Frauen und Kinder.

Dann wachte ich unter der Decke vom Gewimmer auf; die beiden hatten den Jungen aus seinem Bett geholt, ihm den Mund zugebunden, schleiften ihn in die Zellenmitte, sie hatten prankengleiche Fäuste, ihre nackten Körper waren eine Wucherung von Eiterpickeln und Muskeln, sie zogen den Jungen aus, und als sie seine weit aufgerissenen Augen sahen, seinen schmerzverzogenen Mund, spielten sie mit ihrer Beute, gefräßig und lüstern, gnadenlos. Sie warteten nicht, sie waren Gewalt, die niemals wartet. Sie sahen seinen Schock, der so tief war, daß sein Kot auf den Zellenboden schmierte, und lachten, als wären sie glücklich. Stinkender Ekel riß mich hoch, wild und kraftlos schlug ich auf die Ekelzwillinge ein, stundenlang, schien mir, schrie dabei, nach Sekunden hatten sie mich im Griff, banden mir den Mund, warfen mich auf den Tisch, die rechte Hand an das linke Tischbein, rissen mir die Klamotten runter und kamen über mich.

Das war vor elf Jahren.

Wozu habe ich weitergelebt, wenn sich unsere Wege nicht wieder kreuzen? Du weißt, meine Frau hat mich mir überlassen. Ich weiß nicht, wer Marita ist, ich könnte sie nicht beschreiben. Ich könnte einige Töne summen, die sind wie sie.

Siebenter Brief 12. Februar

Ich komme aus Berlin. Paul Krötzig hatte mich hingeschickt, Kupferdraht abzuholen. Im Laster war es zu ungemütlich, ich bin mit dem Zug gekommen.

Marita holt mich nicht ab, statt dessen nuschelt in der Schalterhalle ein Alter grinsend auf mich ein, als hätte er auf mich gewartet: Das Motorrad ist direkt in die Frau mit dem Kinderwagen gefahren, ich hab's gesehen, ich stand ganz dicht. Er hielt mich am Ärmel fest, ich riß mich los, er rief mir nach: Es gibt nicht mal Zeiten, über die Straßen zu kommen.

An der Ausgangstür drehte ich mich um, suchte noch immer Maritas Gesicht. Die Kinoplakate in den Schaukästen wurden gewechselt. Die abgenommenen Plakate lagen auf dem Boden, unter ihnen dudelte ein Radio wie der letzte Versuch einer Werbung für einen abgelaufenen Film. Auf der Straße vor dem Bahnhof ein festgestopfter Menschenring. Väter haben ihre Kinder auf den Schultern. Neben dem Menschenring liegt ein leicht verbeultes Motorrad auf der Straße, aus dessen Tank Benzin läuft. Schlangengleich windet sich die Flüssigkeit über das zum Rande abfallende Pflaster aus Basalt, stockt kurz an einem Hindernis oder einem Spalt zwischen den Steinen, schwillt dabei an und entlädt sich dann doppelt so schnell. Ein Krankenwagen kommt, Weißkittlinge springen heraus, laufen um den Menschenring herum, laufen durch die Benzinspur, hinterlassen davon Abdrücke auf dem Pflaster, suchen vergebens einen Durchschlupf, schreien: Seien Sie doch vernünftig!

Atemnot, denke ich, in diesem Land ist Atemnot.

Dann der einsame Weg nach Hause. Als ich in die Wohnung komme, rieche ich ein Westpaket. Ich sehe nicht, rieche nur den süßlichen Geruch. Im Wohnzimmer fährt Marita erschrocken aus dem Papier auf: Du kommst jetzt schon?

Ich komme wie abgemacht.

Ich gebe ihr keinen Kuß auf ihre Schnauze, die sich aus Zucker, Puddingpulver, Grieß, Mehl und Seife zu mir windet.

Von Tante Gerti.

Sie hält mir Briefpapier hin, dessen Kopfbögen Ansichten von Neapel, Paris, San Franzisco, Madrid zeigen.

Ich stehe am Fenster. Ich könnte auf den Balkon gehen, mich über die Brüstung in den Wind lehnen. Ich könnte meinen Kaugummi auf den Hof spucken. Er würde vorbei an den Nachbarn auf den gerade abgetauten englischen Rasen fallen. Ich würde auf meinen Kaugummi starren, Gesichter würden zu mir starren. Der graugekaute Gummi liegt winzig noch und leblos, doch weil mich die Nachbarn anstarren, gart er langsam auf, wächst, dampft, stinkt, wird zum wackelnden unförmigen Gummiberg mit Beulen und Buckeln, der sich allmählich gegen das Haus wälzt und es zu verschlingen droht. Die Leute auf den Balkonen haben schreckgroße Augen.

Sie fuchteln mit ihren Armen, es wird ihnen nichts nützen, sie flüchten, das Haus flüchtet, doch der Gummiberg wächst schneller. Genauso würde es kommen, wenn ich auf den Balkon ginge. Oder der Hauswirt würde kommen, außer Atem:

So geht es nicht, Herr Mettusa.

Die Hausgemeinschaft.

Ist nicht bereit.

So ein Verhalten.

Sie spucken Ihren Kaugummi.

Nächstens kippen Sie noch Ihren Mülleimer so.

Aus.

Die da in ihren Glasvitrinen sitzen, warten auf mich, auf eine Regung von mir, um über mich herzufallen, wie sie vor dem Bahnhof über mich hergefallen wären, wenn ich auf der Straße verletzt gelegen hätte; ich bin wehrlos, ich bin kinderlos.

Ich stehe am Fenster. Marita glättet die Seiten einer Illustrierten, in die Mehl, Grieß und Zucker eingewickelt waren. Morgen wird sie Rosa die Seiten im Büro zeigen: So bunt ist die Welt. Rosa wird auch hier gewesen sein während meiner Reise nach Berlin. Sie wird Marita ausgeredet haben, mich vom Bahnhof abzuholen.

Ich gehe in mein Zimmer, will im Regal Bücher umstellen, da kommt Marita mit dem Reparaturplan und sagt, ich soll ihn zum Hauswirt bringen, der wartet darauf.

Zum Hauswirt?

Frauen sind widerlich. Aber diese hat ihre große Strafe, sie wird keine Kinder bekommen. Eine Frau ohne Kinder hat umsonst gelebt. Wenn ich vom Hauswirt komme, werde ich sagen: Du lebst zu nichts und lebst davon. Sie wird sich aus dem Zimmer schleichen, in der Küche weinen. Als ob weinen etwas ändert. Marita lebt wie DIE FRAU. DIE FRAU lebt wie ihr Bild, das nicht älter wird. Du erinnerst Dich an das Bild: der große Pferdeleib, von dem der kleine Leib DER FRAU lacht, lacht in heller Hurenfreude. DIE FRAU reitet wie ein Sternensammler, reitet über unsere Felder, über unsere Wiesen, durch unser Wasser, der große schwarze Bilderrahmen hindert sie nicht, über uns hinweg zu reiten. Das hat DIE FRAU im BDM gelernt, da war sie fünfzehn. Am Abendbrotstisch hat DIE FRAU erzählt, wie auf dem Pferd mit der Lanze gekämpft wurde, wie es die Amazonen taten, barbusig, unbarmherzig gegenüber jedem Mann. Und wenn wir, ich als ihr Sohn und Vater als ihr Mann, sie nach ihrem Erzählen nicht ehrten, wie es einer Amazone zukam, folgten Bestrafungen: sie behielt die Post ein, sprach nicht mit uns, verschloß die Zimmer.

Ich bin nicht zum Hauswirt gegangen, sondern ins Freie, ans Wasser. In den noch geruchlosen Wald; leere Bäume beweisen den Winter.

Als ich wiederkam, roch es in der Wohnung nach Tabakspfeife.

Wer war hier?

Der Hauswirt. Du hast ihm den Plan nicht gebracht, da mußte er ihn sich holen. Er ist ein netter Mann.

Worüber habt ihr gesprochen?

Rentner haben viel zu erzählen.

Sie wird sich bei dem Alten Mut gegen mich geholt haben, denn sie hat wieder das Bestimmte an sich, das Unbestimmbare, und sie kleidet sich damit wie in teure Mode.

Achter Brief 3. März

Ich rede nur das Nötigste mit Marita. Den Haushalt soll sie allein führen. Sie sollte eine Weile ausziehen, um über ihren Betrug nachzudenken. Manchmal glaube ich, Frauen sind im Innern hart wie Stein. Warum keine Kinder, warum sagt sie das? Oft ist ein Druck in mir, da möchte ich bei ihr sein. Druck, der unruhig macht, der nur allmählich nachläßt wie Tropfen aus einer fast leeren Leitung.

Marita fehlt mir, obwohl sie neben mir liegt.

Da stehe ich auf und gehe ans Fenster. Nichts. Einige Fliegen, weil es heute sehr warm ist. Fliegen sind ein dummes Volk. Um sich nicht erschlagen zu lassen, drehen sie unmögliche Kreise im Zimmer. Öffnet man ihnen das Fenster zur Vogelfutterfreiheit, bleiben sie hinter der Scheibe des offenen Fensters kleben. Später, im Sommer, werde ich wieder erschlagene Fliegen ins Spinnennetz hängen. Spinnen sind weiblich. Einige Spinnen fressen ihre Männchen.

Nach dem Gefängnis war ich Hilfspfleger in der medizinischen Klinik. Zunächst tat ich, was Ungelernten zukommt, und ohne Widerwillen: Kranke, meist Alte, waschen, tragen, füttern, anziehen, vom Röntgen zur Analyse fahren, schieben, am Arm begleiten, Betten beziehen, gestorbene Blumen wegwerfen. Die Schwestern waren lustig.

Wenn Rosa hier ist, lacht Marita, sonst nicht.

Wie zufällig erlebe ich nach einigen Tagen den Tod einer Herzkranken. Ich sollte sie waschen, die viel zu lang gewordenen Fußnägel und Fingernägel schneiden, unter denen sich durch das Kratzen am nackten Körper Graugrünes gesammelt hatte, und ich erzählte dabei in den bekannten leeren Blick Kranker, der ohne Bewegung und voll Milde ist, hielt ihre tropfzerstochene, schlaffe, fast kalte Hand. Ich sah ihr ins Gesicht, hatte Angst vor seitlichen Blicken.

DIE FRAU erzählte mir früher am Bett die Geschichte vom Däumling und dem gefräßigen schwarzen Raben, in dessen Bauch schon viele Kinder verschwunden sind, und beim Erzählen hat sie sich ans Fenster gesetzt und von der Seite zugesehen, wie ich weinend einschlief.

Der Blick dieser Frau war angenehm, fragte oder forderte nichts. Sie atmete sanft, doch ihre Brust blieb flach dabei, sie atmete nur aus und aus und wurde merklich starrer – und ich mit ihr, in der Angst, eine Schuld daran zu haben. Die Schwester kam, der Arzt kam, die Schwester stellte einen Paravent vor das Bett, so daß die anderen Kranken im Zimmer verschreckt, ungläubig oder neugierig aufsahen. Was sollte noch dieses weißes Tuch, der Tod war längst fort mit seiner Beute.

Von dem Tag an mußte ich die anfallenden Leichen wegschaffen, auch von der anderen Station. Die Arbeit war hart, in den Nächten schlief ich tief oder konnte vor Übermüdung nicht einschlafen. In Gedanken ständig mit dem neuen Geheimnis, dem Tod, beschäftigt, suchte ich immer süchtiger das tägliche Sterbespiel, die Gier dabeizusein war grenzenlos, ja, ich lauschte den Schwestern das Stichwort ab: Arztmorgenvisite, und dabei suchte ich mir meine Sterbenden aus, ruhig sollten sie sein, und ohne Denken, denn das Denken im Zustand des Sterbens ist sinnlos. Doch der Tod war ein Fremder, ich nur sein Betrachter, sein ihm nachlaufender, unvermögender Diener. Er beachtete mich nicht, zog geräuschlos an mir vorüber, ließ nur die Opfer stöhnen, andere starben still im Schlaf. Warum konnte ich nicht die Macht des Todes haben, warum konnte ich nicht im Moment, wo ein Herz zu leben aufhört, Sterbenden ein Messer in die Brust drücken, langsam und tief, den noch lebenden Widerstand spüren und zertrennen, so wie eine Pflanze mit dem Messer aus der Erde getrennt wird.

Wochen vergingen.

Unmöglich, den Tod zu überlisten, zu täuschen, ihn überhaupt nur zu fassen. Wochen vergingen. Greifbar war nur das Leben; also war der Tod mein Rivale, dem ich zuvorkommen mußte, um ihm die Sterbenden zu entreißen. Warum konnte ich nicht die Macht des Lebens haben?

Wenn ich darüber nachdenke, ist mein Verstand wie ein Becher, der das Meer ausschöpfen will.

Ich hätte raus sollen aus dem Krankenhaus, doch ich blieb noch drei Jahre. Ich wollte mich vom Tod nicht bezwingen lassen. Ich ging nach der Arbeit in die Wälder, wo ich umherlief und über die bloßen Fußsohlen die endlose Vielfalt der Erregung der Erde aufnahm, im ganzen Vermögen meiner Lust. Nach dem Glück habe ich gesucht, mir drei Stufen des Glücks erfunden: das Suchen nach Öffnungen im anderen und weiter darin vordringen, das Verändern des anderen, und die dritte Stufe, die Grenzen des anderen, die zu maßlosem Alleinsein als Glücksvorstellung nötigen.

Ein Mädchen kam auf die Station. Sie mußte zu dieser Zeit kommen, etwas mußte passieren. Sie kam wegen eines entzündeten Blinddarms. Ich wusch sie, brachte ihr nichts mehr zu essen, rasierte ihr Schamhaar vor der Operation, zitterte dabei, wir machten es zu unserem Geheimnis, ich wachte an ihrem Bett, erfand ihr Geschichten, damit sie lacht. Du Spinner, sagte sie und lachte dabei. Als sie entlassen wurde, wieder sein konnte, wie sie war, sollte ich nicht zu ihr nach Hause kommen. Du spinnst, sagte sie. Ein Mann muß stark sein.

Die Schwestern in der Klinik glaubten, wir seien weiter zusammen: Es ist gut für dich, du brauchst ein Mädchen, Konrad.

Dann kam die Zeit, da mich Ärzte in das pathologische Institut mitnahmen. Meist sollte ich die schweren Kanister mit Desinfektionsmittel tragen. Im Vorraum des Instituts lagen in Aluminiumwannen, wie der Fleischer sie hat, Tote, weißtuchig abgedeckt. Ums Fußgelenk hing eine Karte mit Angaben zur Person am Zwirn, zur Schleife gebunden wie zum Geschenk. Gearbeitet wurde im Sektionsraum an fünf Tischen. Zinkrohrgestelle mit flacher Auflage, am unteren Ende je ein kleines Wasserbecken, aus dem Schlauch darin lief unablässig Wasser. In Gummischürzen und Stiefeln Sektionsgehilfen. Sie schafften Leichenabfälle in überall bereitstehende Eimer, die am nächsten Morgen in die Heizung entleert wurden. Grelles Kreischen, wenn der Arzt mit einer Säge eine Wirbelsäule längs durchtrennte. Vielleicht Rückenmarkschwund. Verschiedene Präparate in meterhohen Regalen, Hirne in Massen. Ein anderer Arzt stach schnell und ohne Scheu einer Leiche am Kreuzbein in die Haut, zog den Schnitt in gerader Linie bis zum Schambein, dann im rechten Winkel zu beiden Seiten zum Hüftknochen. Der Gehilfe klappte in gleichgültiger Erwartungslosigkeit die Bauchhaut zu einem Dreieck auf, zog hin und wieder dabei seinen Kopf hastig zurück, wenn die vielfarbenen sanften Windungen der neuen Kulisse bei jeder Berührung stoßweise betäubenden Geruch ausschleuderten. Der Arzt schnitt seine Diagnose aus dem Aufgeklappten, schnitt über einem Eimer Überflüssiges weg und ging mit einer Handvoll an ein Mikroskop. Der Gehilfe spülte mit dem Wasserschlauch die Leiche ab und klappte nach einem Zeichen des Arztes mit seinen Gummihänden die Bauchhaut wieder zusammen.

Neunter Brief   29. März

Vorhin erschrak ich vor mir.

Marita klingelte, hatte ihre Schlüssel vergessen, ich öffnete, fragte: Ja, bitte? Ich hatte sie nicht erwartet und deshalb nicht erkannt; ich warte nicht mehr auf sie. Warum hat nicht alles anders kommen können, eine andere Kindheit, eine benutzte, keine weggesperrte, eine andere Mutter – aber es gab nur DIE FRAU. Du kennst sie, ihre Verbitterung über den Betrug an ihrem Leben, ihre Wut auf alles Lebende. Ich weiß nicht, warum sie so ist, vielleicht wurde ihre Kindheit auch geknickt – und die Kindheit ihrer Mutter; es fiel kein Licht auf deren Grund, wie bei einem trüben See. Ich bin froh, aus ihrem ersäufenden Sog herausgekommen zu sein. Anders Vater, der, wenn er nach Hause kam, sich auf dem Klo einschloß, dort Zeitung las und Briefe schrieb, und wenn er müde genug war, schnell im Bett verschwand und schnarchte. Er betrog schon lange DIE FRAU mit der Frau, die er später heiratete. DIE FRAU wußte, ertrug wortlos und unheimlich. Ich glaube fast, es war immer so. Woran ich mich erinnern kann, hinterließ Brandspuren.

Ich baute Städte mit Straßen, Brücken, Plätzen, alles riesig, alles aus Sand. Der ganze Hof war eine einzige Stadt aus Sand, die Leute im Haus hängten ihre Wäsche auf dem Boden zum Trocknen auf. Es kamen welche, meine Stadt zu photographieren. Einer wollte mir einen Anhänger voll Kies besorgen, die Stadt zu vergrößern, Sportplätze, Tankstellen, Freibäder zu schaffen, die ich vergessen hatte; meine Stadt war alt, bestand aus Kirchen, Klöstern, alten Häusern.

Die anderen Kinder spielten miteinander, also: Versteck, Arzt oder Krieg. Vom gemeinsamen Spiel war ich ausgeschlossen, weil das Blut DER FRAU in mir war. DIE FRAU wachte auf dem Balkon, brüllte den Kindern nach, sie sollten leise sein, verschwinden, nicht spielen, sonst komme sie selbst herunter und schaffe Ordnung und mit dem Kind dieser Mutter wollte kein Kind spielen.

In meiner Stadt belauschte ich oft die Gespräche der Mädchen und erfuhr von ihren geheimen Wünschen nach großen lockigen Jungen, die gut tanzten, nicht viel fragten, die stark waren und Mädchen so umfaßten, daß es einen leichten Schmerz hervorrief. Ich spielte weiterhin allein, baute an der Stadt, baute andere Städte, formte die Stadt aus Sand wie das Gesicht eines Menschen, suchte im Formen des Sandes einen Menschen, nach dem ich längst Sehnsucht hatte. Auf diesen Boden fiel die Saat DER FRAU, die sagte, aus mir wird nichts und die Leute lachen schon über meine Backformen, nicht aber über den Bengel von nebenan, der jünger ist, aber der sich holt, was er braucht.

Was geht der mich an, werde ich gesagt haben.

Du bist nichts, du hast nichts, du kannst nichts, hat DIE FRAU geantwortet. Also bin ich zu Dir gegangen. Wir wußten nichts miteinander anzufangen. Erst als wir begannen, die Schlüssel DER FRAU nachzufeilen, um an ihre Schränke heranzukommen, wurden wir Freunde. DIE FRAU wachte über uns, beargwöhnte unser Treiben, wir waren gegen sie, doch Du konntest sie gut täuschen. Wir sind ihr heimlich nachgelaufen, als sie ihrem Mann heimlich nachlief, der zu seiner Geliebten ging. Oder wir haben ein kleines Loch vom Boden in die Flurdecke gebohrt und DIE FRAU beobachtet, wenn sie an der Garderobe die Sachen ihres Mannes durchsuchte, der auf dem Klo saß. Einige Pakete haben wir abgefangen, und als ich nach guter Seife roch, hat DIE FRAU so lange gesucht, bis sie die Reste vom Paket gefunden hat: das zerknüllte Packpapier in der Mülltonne, weggeworfenes Schokoladenpapier im Keller und auf dem Boden den versteckten Kaffee, mit dem wir nichts anfangen konnten. DIE FRAU hat noch mehr Schlösser in der Wohnung einbauen lassen, sie regierte mit dem Schlüsselbund, Schlüssel für Unterhemden, Bücher, den Brotschrank, den Fernsehschrank – die Abhängigkeit war total. Morgens und abends zählte sie bei Tisch die Schlüssel, obwohl sie das Bund nie aus der Hand legte. Vater senkte den Kopf, wagte einmal zu sagen: Wir wollen aussprechen, was uns bewegt.

DIE FRAU durchglühte ihn mit Inquisitionsaugen. Paß besser auf deinen Sohn auf.

Dann mußte ich in den Religionsunterricht, damit DIE FRAU in der Woche fünf Stunden mehr Ruhe hatte, Ruhe vor mir.

Der Religionsunterricht war in der Klosterschule. Schwestern wohnten dort, Vorträge wurden gehalten, die Gemeinde versammelte sich zu ihren Abenden. Im Erdgeschoß waren die Räume für den Unterricht. Die Religionsstunde begann mit frommem Singen, bei Weigerung folgte die Strafe, auf dem Flur der Altschwestern stehen zu müssen. Die Altschwestern waren angehalten, jedem Stehenden von den zu erwartenden Seelenqualen im Fegefeuer zu erzählen, wo der Leib des Ungehorsamen sehr lange brennt, so lange, bis die Seele rein ist. Gelobten wir Besserung, bekamen wir einen Bonbon und durften gehen. Nach dem Singen lernten wir im Unterricht ein Kapitel aus der Bibel, danach mußten wir Bibelsprüche auswendig aufsagen. Wie die Fragen der Schulbücher hatten wir zu Hause die Fragen des Katechismus zu beantworten: Wann erwarten wir das Paradies auf Erden, welche Handlungen eurer Nächsten sind Gott gefällig, welche nicht, werden eines Tages alle Menschen vor dem Weltenrichter stehen, welche Könige dieser Welt kennst du...?

Versäumnisse im Unterricht überging der Pastor scheinbar, strafte nicht, sondern nannte sonntags, beim Gottesdienst vor der ganzen Gemeinde jeden, der durch Faulheit Gott lästerte. Strafen sollten die Eltern. Am Ende der Religionsstunde sein Fluch auf die schwache, verderbte Menschheit, auf die Schändlichkeit Adams, auf die Schändlichkeit Evas, auf die Schändlichkeit der Eltern, deren zügelloses Treiben zu unserer Geburt geführt hatte. Doch Gott straft: den Hungernden mit Hunger, den Reichen mit Krieg, den Dicken mit Herzschlag. Wir mußten glauben. Fragen duldete er nicht. Wer fragt, glaubt nicht.

Die Klos in der Schule hatten keine Zwischentüren. Nur einzeln ließ der Pastor das Klo benutzen. Auf dem Flur wachte die Altschwester vom Dienst. In der äußersten Ecke des Klos war in die Bretterwand eingeritzt: SCHLAGT DIE KIRCHE TOT.

Wenn du jetzt immer dienstags oder donnerstags in die Klosterschule gehst, gegen fünf, wirst Du vor der Klosterschule Kinder spielen sehen. Punkt fünf wird der Pastor aus dem Pfarrhaus kommen und die Kinder mit sich in die Schule nehmen. Was wird er ihnen sagen, was werden die Kinder fragen? Wird er ihnen sagen, daß der Papst vor einigen Jahren den Kirchenbann von Galileo Galilei genommen hat und seine Seele nun nicht mehr dem Teufel, sondern der Kirche gehört?

Sonntag für Sonntag schickte mich DIE FRAU in die Kirche, die sie selbst wohl nie betrat. Ich mußte in die erste Reihe, dicht vor das gewaltige Kreuzigungsbild. Aus der aufgewühlten Erde neben dem Kreuz gafften Schädel über Schädel, und ich gaffte zurück, verstand nicht, warum die Knochen der Menschen Jahrtausende überdauerten, die Erde müßte voller Knochen, voller Tod sein, untergehen bei dieser Last, statt fruchtbar zu bleiben. Dann schob sich unter die Schädel des Altarbildes der Schädel des Pastors, der seiner Gemeinde das Vaterunser vorsang. Doch sein Nuscheln und die stets gleiche Müdigkeit, mit der er sich bewegte, täuschten. Helle Wachsamkeit war unter seinen gesenkten Lidern. Jeden vermochte er ausfindig zu machen, der das Gebet nicht mitsprach oder Lieder nicht mitsang. Gefürchtet seine Predigten von der Kanzel. Im Zorn verlangte er das Sonnenlicht, das durch die Fenster auf die Kanzel fiel, von der er predigte. Und beeindruckt vom geschnitzten und vergoldeten Strahlenkranz der Kanzel, unter deren Brüstung Märtyrer mit erhobenen Armen standen, bewunderten und bestaunten wir die prächtigen Gewänder des Pastors. Wir hingen an seinen Lippen, an seinem Fluch, den wir brauchten, um zu ihm aufsehen zu können, er selbst wurde unser Herr und Gott.

Einmal fuhren DIE FRAU und ihr Mann weg. Wohin weiß ich nicht. Ich sollte für diese Zeit in ein Schloß. In ein Schloß wollte ich schon immer. DIE FRAU sagte, Kinder sind dort zum Spielen und fromme Schwestern, die sich kümmern. Die Busfahrt dorthin dauerte nicht lange, dann ein Fußmarsch durch einen alten Park, bis ein weitgestreckter Backsteinbau mit großem Portal und Wappen und Balkon darüber zum Vorschein kam. Über dem Eingang des christlichen Waisenheims stand in großen Buchstaben: GEHORCHEN – In der weiten hohen Eingangshalle fiel der Allmächtige von der Decke. Er fiel bedrohlich, sein weit ausgestreckter Arm war so gemalt, daß man glauben mußte, dem Eintretenden würde nach dem Kopf gegriffen. Nein, hier wollte ich mich nicht wohl fühlen, den todesschwarzen Gottesnonnen nicht gehorchen, deshalb aß ich die ersten Tage nichts, und als ich zur Strafe zweimal am Tage in die Messe mußte, wurde ich Bettnässer. Zur Strafe dafür mußte ich den halben Tag Kartoffeln schälen, die restliche Zeit lernen. Päpste und ihre Amtszeiten und ihre Wohltaten. Nach einer Woche ließen die Schwestern von mir ab. Zum Glück nahmen mich ältere Jungen in ihre Gruppe auf. Wenn sie im verwilderten Park neben der Kapelle Bilder nackter Frauen tauschten oder in schreckhafter Unbekümmertheit ihre Säfte ausschleuderten, mußte ich sie vor den nahenden Schwestern warnen. Irgendwann hörte ich aus dem oberen Stock des Schlosses Klavierspiel. Ich sah im Fensterausschnitt einen dunklen, hohen Raum. Nach einiger Zeit sang eine Stimme zum Klavierspiel. Ob eine Frau oder ein Kind sang, konnte ich nicht unterscheiden, es war mir auch gleichgültig, denn das regelmäßige Läuten einer Glocke, eines Glöckchens, wie bei einer Spieluhr, weckte meine Aufmerksamkeit. Wenn gesungen wurde, erklang das Glöckchen. Es blieb im gleichen Takt mit seinem zarten, hohen und dennoch scharfen Klang, es schien zu bitten, zu fordern, es klang traurig. Was verbarg sich hinter dem Glöckchen? Wer verbarg sich dahinter? In dieser Nacht konnte ich nicht schlafen, glaubte das Glöckchen zu hören. Es klang nicht mehr gleichmäßig und nicht in einem Ton. Fast den ganzen Tag stand ich vor dem offenen Fenster mit dem Glöckchen. Niemand spielte, keiner sang, aber das Glöckchen gab seine Töne von sich, ganz so, wie ich sie in der Nacht gehört hatte. Ich schloß die Augen, versank in mein Geheimnis. Ein guter Geist, ein Engel mußte es sein. Leicht wurde mir, ich war dankbar. Ich mußte rein sein, nur Reinen erscheint ein Engel.

Die nächsten Tage verbrachte ich vor dem offenen Fenster. Die großen Jungen lockten mich vergebens, damit ich sie im Park wieder vor den Schwestern warnte. Einer bot mit zwei bunte Bilder mit nackten Frauen, die sich sonnten. Ein anderer Junge sagte, ich darf bei ihm anfassen. Ich schlich mich in den Flur des Schlosses, es roch dort nach Mittagessen, und fand den Raum am Klang des Glöckchens. Der Raum war verschlossen, ich rüttelte an der hohen Tür, lauschte meinem Engel, warf mich mit dem Körper gegen die Tür, vergebens. Nachts erzählte ich den großen Jungen im Schlafsaal von meinem Geheimnis. Wenn sie mir helfen würden, den Raum zu öffen, wollte ich alles für sie tun. Das sollte ich erst beweisen. Ich mußte von einem Bett ins andere. Ich ahnte, was sie wollten. Wenn es ihnen kam, sagten sie: Das war für Maria. Das war für Joseph. Und so ging es weiter.

Am nächsten Tag zeigten sie mir den Dietrich, mit dem sie die Tür öffnen wollten. Ich sagte ihnen, es ist mein Engel, ich muß es selber tun.

Versuche es, wir passen auf.

Als ich vor dem Zimmer stand, vor Aufregung nicht die Schritte darin, sondern mein Herz pochen hörte, wollte ich niederknien und beten. Doch da ging die Tür auf, eine Schwester trat heraus. Sie sah mich erstaunt an.

Hier, trag das fort, es ist alt und schlägt zur unrechten Zeit. Sie drückte mir eine kleine Holzpyramide in die Hand, die mit vielen winzigen weißen Figuren geschmückt war. Ein goldener Zeiger schlug hin und her, und es klang wie ein Glöckchen. Es war das Glöckchen. Ich ließ es fallen. Es zersprang in viele Teile. Als mir die Tränen kamen, gab mir die Schwester ein

Stück Schokolade: Ist nicht so schlimm, mein Junge, das Metronom war ja kaputt. Sie schickte mich fort und fegte die Teile zusammen.

Einmal kamen Männer, die ich für Gelehrte hielt. Ich wußte nicht, wer oder was sie waren, sie sahen nur gütig aus. Sie sprachen vom Vatikan, vom Evangelium, ich merkte an den schön klingenden Worten, daß es sich um Geheimnisse handeln mußte. Sicher bemerkten sie sofort, daß die Schwestern an uns Unrecht taten, daß wir Gefangene der Schwestern waren. Sie würden uns befreien kommen, notfalls würden sie die Nonnen niederringen, vielleicht hatten sich schon andere im Park hinter Gewehren verschanzt. Ich wollte die Oberin erschlagen, die mich jeden Morgen und jeden Abend von den Schwestern waschen ließ, weil ich mich nicht mehr waschen wollte. Mit einem Holz wollte ich sie erschlagen, einem, woran ihr Geliebter gekreuzigt war. Und dann sprachen jene, die uns zu retten kamen, wie Fromme vom Reich Gottes, dem Paradies, das es aber nie geben werde, weil niemand die Menschheit vor sich selber schützt. Und ich blieb dicht hinter ihnen, um nichts vom Kampf zu versäumen, ich zitterte wieder vor Aufregung, aus Angst vor der Gefahr machte ich mir in die Hosen. Dann kam die Oberin auf uns zu, ja, die Retter täuschten sehr Gleichgültigkeit vor, sie lächelten der Oberin entgegen, die Oberin breitete die Arme aus, ihre Fangarme näherten sich, kamen immer näher. Dann würden die Männer vor mir ihre Messer zücken, und die anderen hinter den Gewehren, die könnten doch schon in die Schwestern knallen, bababababam. Dann raste ich los, schlug der Oberin mit einem Brett ins Gesicht, noch einmal, für den Vater, für den Sohn, sie fiel rücklings, ich fiel rücklings. Die Retter hatten mich überwältigt und zu Boden geprügelt. Ich mußte aus dem Heim geholt werden. DIE FRAU beschenkte das Heim mit meinen Spielsachen. Es blieb mir nur der Sand im Hof zu Hause. Dann wollte DIE FRAU wissen, wen ich lieber mag, den Vater oder sie. Ich schwieg. DIE FRAU fragte öfter, ich schwieg –

Ich bekam ein eigenes Zimmer, außerhalb der Wohnung, eine Dachkammer. Elf war ich da. Die Wochen im Waisenheim gerieten in Vergessenheit. Ich erfuhr, daß ein Kosmonaut zum ersten Mal außerhalb seines Raumschiffes im Weltall schwebte. Kosmonaut wollte ich werden; schweben und nicht fallen.

Zehnter Brief 10. April

Warum sind die Erinnerungen an Dich? Warum Deine Verweigerung? Du weigerst Dich gegen dich selbst. Früher konnte einer ohne den anderen nicht sein. Wo sammelst Du Deine Briefe an mich, oder hast Du sie jedesmal sorgfältig und unauffällig vernichtet? Wie willst Du alleine zurechtkommen?

Damals sind wir auf Bäume geklettert, verklebten mit dem Baum zu einer Haut, lösten uns, ließen uns aus ziemlicher Höhe in den Fluß fallen, ließen uns in ihm treiben, versuchten mit dem Wasser zu verschmelzen, waren tauendes Eis, wir rangen auf Wiesen, Haut gegen Haut, und Lust dabei, in die sich ergebenden Augen des anderen zu sehen, über dem vibrierenden Atem des anderen zu liegen, ausgeliefert zu sein; und im Ausliefern Sicherheit zu finden war eine Art Muttermilch, eine Kraft, von der ich lange zehrte. Denk an den Steg am Fluß, zwei oder drei Bretter breit. Vom Gras und Moos darauf hatte er einen Buckel, die dünnen Holzpfähle im Wasser sahen aus wie Beine. Die vollgesogenen Bretter bogen sich, wenn wir den Steg betraten. Weich war es im schorfigen Schleim, auf dem wir in der Sonne lagen. Es gab nichts zu bedauern. Ich bin einige

Jahre später dorthin gewandert. Den Steg fand ich zerdrückt. Vielleicht vom Wintereis.

Ich habe alles bewahrt, keine Erinnerung leichtfertig weggeworfen.

Während eines Armeemanövers – nach den drei Jahren im Krankenhaus wurde ich eingezogen – mußten wir über einen Fluß. Alle sprangen von einem weit in den Fluß reichenden Baum ins Wasser und trieben eine lange Strecke darin, dann rangen sie im Nahkampf mit dem Gegner. Ich blieb stehen, kletterte auf keinen Baum, sprang in kein Wasser, rang mit keinem Gegner, versaute der Kompanie die Punktzahl, wurde bestraft, wurde in die Kaserne in den Arrest geschickt. Stundenlang im Waggon über Schienenstöße: bambam, bambam, bambam. Ravelbolero: Bababababam bababababam. Und ich dachte, wie funktioniert der Soldat, wenn er fühlt?

Jetzt ist es zwei Uhr nachts. Eigentlich wollte ich den Brief morgen in der Schmiede weiterschreiben, aber ich bin unruhig. Ich komme gerade von Violetta. Sie wohnt am anderen Ende der Stadt, trotzdem, es ist kein weiter Weg, meine Frau mit ihr zu betrügen. Wir haben uns im Kontor kennengelernt. Sie kam öfter etwas bestellen, Gartenzäune, Torbeschläge, dann habe ich sie eingeladen, und nach dem Essen sind wir zu ihr gegangen.

Ich stehe gern an ihrem Fenster. Vor ihrem Fenster ist Acker, mit vielen Steinen zwischen den Furchen, von Gestrüpp umwachsen. Weiter hinten einige Bäume. In der Ferne Wald.

Ich legte mich in die Badewanne und sie sich ins Bett. Sie hat gelesen. Ich habe mich zu ihr gelegt und sie gestreichelt. Sie hat sich langsam ausgezogen.

DIE FRAU habe ich nie nackt gesehen.

Ich war müde. Violetta legte sich an mich. Ihr Bauch auf meiner Hand, ihr Bauch fing zu zucken an, zu flackern, unregelmäßig, nach und nach heftiger, sie legte sich auf mich, kratzte sachte mit ihren Fingernägeln über meinen Rücken, an meiner Hüfte, übertrug auf mich ihr Zucken, etwas, das ich von Marita überhaupt nicht kenne, die sich nur nehmen läßt. Violetta fragte nach früher. Was früher?

Früher hatten Du und ich beschlossen, nicht mehr mit Mädchen zu machen, als man mit Mädchen macht.

Violettas Oberfläche ist erträglich, reizt sogar durch die Dünnfühligkeit ihrer Haut. Ich überlegte, ob ich Lust auf diesen Körper hatte. Ich dachte an Marita. Ihre Haut ist dicker, kälter, als ob kein Blut darin fließt. Später wird diese Haut fett werden und nicht mehr heiß. Marita hat mich belogen und betrogen.

Violetta streichelte mich mit einem Gänsekiel, bis ich die Gedanken an Marita vergaß.

Ein Mann kann immer, jeden Tag, jede Stunde, sagte sie.

Und das ist alles?

Das fragst du mich? Ihr Männer wollt doch nie mehr als das.

Du machst dir von Männern nur das Bild, das du brauchst. Du solltest auf das hören, was wir nicht sagen.

Um eins bin ich gegangen. Marita hat im Flur Licht brennen lassen. Sicher nicht, damit ich im Dunkeln keinen Lärm mache; sie wachte –

Elfter Brief 15. April

Marita habe ich heute verschlafen lassen. Sie war gestern bis spät abends mit Rosa weg. Ich wußte nicht, wo sie war, und habe gewartet.

Das Jahr steht vor seinem Ausbruch; Ausbruch von Knospen, Ausbruch neuen Atems, Ausbruch von Menschen. Auf

Antennen singen Schwarzdrosseln. Jeder Fleck in mir ist so voll Leben, daß ich jeden Tag gebären möchte. Wohin mit soviel Leben?

Auf dem Weg zur Arbeit – ich bringe immer das Frühstück für die anderen in die Schmiede mit – hüpfte und sprang mir zum zweiten Mal ein kleines Mädchen entgegen. Die Brötchen in ihrem Korb und ihre geflochtenen Zöpfe sprangen in dem Moment, da ihre Bewegung in der Luft für Sekundenbruchteile ruhte. Ein lustiges Mädchen, wie aus einem Märchenbuch.

Die Schlange nach frischen Brötchen vor der Bäckerei Habrecht kennst du ja, in der stand ich wieder: stets die gleichen Gesichter, Lärm atmender Menschen, Brötchenduft. Vorne kamen Leute aus dem Laden, hinten erneuerte sich die Schlange. Manchmal hustete jemand, oder ein Kind ließ sein Portemonnaie fallen. Es gibt Kinder, die bücken sich sofort, das Portemonnaie ist noch im Fallen, andere bemerken den Verlust erst beim Drauftreten im Weiterrücken. Sie sehen dann nach dem Zettel der Mutter, auf dem die Einkaufswünsche stehen, und zeigen ihn strahlend, als wäre es ihr Schutz. Eine junge Frau kam aus dem Laden, schaute im Schritt von der Ladenstufe ins Netz mit den Brötchen, als wollte sie nachzählen, und blieb einige Meter neben der Schlange stehen. Sie sah sich um. Sie fiel auf in dem Grau und Blau der Kleidung der anderen. Hellgrau ihre enge Hose, die weiße Bluse mit Spitzenkragen, schwarz die Anzugjacke. Ihr hellblondes Haar war streng nach hinten gekämmt und zu einem Knoten zusammengebunden. Ihre Fingernägel waren dunkelrot lackiert. An den Ohren hingen blaue Kugeln, die ihr blasses Gesicht betonten. Sie sah auf ihre winzige Uhr. Die Alten in der Schlange beugten sich vor, ohne einen Schritt aus der Reihe zu gehen.

Der Mann vor mir schüttelte den Kopf, faßte sich ans Ohr: Albernes Zeug, keine Moral. Die Moral war früher besser.

Eine Frau sagte: Wir sind eine ordentliche Stadt. Bei so was muß man ja mit dem Schlimmsten rechnen.

Ein Alter in Eisenbahnermütze sagte: Wie im Zirkus. Oder aufm Bahnhof. Früher kam man ohne Bahnsteigkarte gar nicht aufn Bahnhof rauf, heute übernachten die da, oder sie betrinken sich.

Die junge Frau ging einige Schritte, blieb stehen. Wenn sie weiter stehenbleibt, kann ich für nichts garantieren, man wird ihr die Sachen vom Leib reißen, der Moral wegen, dachte ich. Moral als Rost, der an uns frißt. Als Gitterwerk menschlicher Gefühle, das jedem so früh als möglich übergestülpt wird. Was ist die Verwüstung einer Landschaft gegen die Verwüstung der Gefühle durch Moral?

Gerade wollte ich aus der Schlange treten, sollten die sich in der Schmiede selbst ihr Frühstück holen, da kamen zwei junge Frauen um die Ecke, hielten inne, die neben der Schlange winkte, lachte, die beiden an der Ecke winkten lachend zurück und kamen näher.

Abseits der Schlange, aber noch dicht genug, daß alles an ihnen zu erkennen war, standen sie. Dreifach die Farbenpracht: die Hinzugekommenen trugen Blusen in kräftigen Farben, bunte Bänder in den Haaren, unter dem Rock schwarze Netzstrümpfe und rote Lackschuhe, was mich an Filme mit Bordellszenen erinnerte. Unruhig traten einige aus der Schlange, Schweigen, Getuschel, gleich würde aus dem Unmut der Wartenden der Sturm der Empörung gegen die drei losbrechen.

Ein Alter drehte sich um, zog die Stirn in Falten, schüttelte den Kopf, doch nun winkte die Frau, die zuvor gesprochen hatte, lachend ab: Das ist doch schön, endlich Farben. Ich muß auch mal zum Friseur.

Die Mädels haben's gut, wir mußten in' Krieg, sagte der mit seiner Eisenbahnermütze.

Die drei gingen. In der Schlange wurde gesprochen. Wortmusik.

Das Mädchen mit den geflochtenen Zöpfen hüpfte wieder vorbei, rief: Hallo, ich bin Pippi Langstrumpf.

Bis abends mußte ich heute in der Schmiede bleiben, weil die Rohre kommen sollten, die ich neulich in Berlin bestellt habe. Um sechs kamen sie, das Abladen ging zügig, der Kraftfahrer stellte sein Radio laut, wir pfiffen zur Musik.

Doch die meiste Arbeit folgt morgen, wenn die Rohre unter das Schleppdach gelegt werden. Von der Lieferung werden Klettergerüste für die Spielplätze im Neubauviertel gemacht. Der Auftrag ist gut, und das Rohr ist es auch.

Kurz vor acht war ich zu Hause. Marita saß vor dem Fernseher, Werbung. Obwohl ich beim Entladen meinen Arbeitsanzug getragen hatte, war der feine Roststaub bis auf die Haut gedrungen. Während ich mich an der Wohnzimmertür umzog, flimmerte mir eine strahlende Frau entgegen, die mit ihren langen Fingern einen Schokoladenriegel hielt. Der Riegel macht mich stark und sicher. Wie er sich anfaßt, regt mich auf. Und was in ihm ist, geht durch und durch. – Sanfte Musik, Sonne, Palmen, Meer. Wieder die Frau: Ich esse ihn jeden Tag, dann wird alles okay. Der Riegel macht mich stark, und ich bin glücklich. Wieder Musik. Die Frau läßt ihre langen blonden Haare im Wind wehen, aus dem Hintergrund kommen lachende Kinder und ein lachender Mann zur lachenden Frau.

Meine Hände bekam ich schlecht sauber, der Rost löste sich erst in einem Handbad mit Kernseife. Im Fernseher die Nachrichten. Bis ins Bad hörte ich von Geld, Bestechungen und Unterschlagungen in Regierungskreisen. Von Demonstrationen wurde berichtet. Jemand sagte: Das größte Hindernis für uns Politiker sind die Menschen.

Mir schmerzten die Hände. Der Rost an den Rohren wirkte

wie Schleifpapier, und nun weichten Wasser und Seife die Haut auf. Mit der Handbürste konnte ich nur noch den Schmutz unter den Fingernägeln rauswaschen. Ich hörte wieder den Nachrichtensprecher. Von witterungsbedingter Arbeitslosigkeit war die Rede und von einem Astrologenkongreß, der Lehrstühle an den Universitäten forderte. Dann die übliche Serie. Marita schaltete um. Auch bei uns die übliche Fernsehserie. Ich schloß die Tür, badete. Der Badeschaum türmte sich auf wie Eisberge. Mit meinem Schwamm als Eisbrecher versuchte ich ans anderer Ende der Wanne zu gelangen, doch ich blieb immer wieder stecken. Ich mußte das Eis unter Wasser sprengen.

Der milden Luft wegen ging ich nach draußen. Aus dem offenen Fenster des Jugendclubs Musik. Ich blieb am Fenster stehen. Wie sie sich drehten, drückten, sprangen, lachten, ihre Reden hielten, wetterten, stritten, die Welt bestimmten. Mädchen tauschten ihre Schuhe, andere tanzten barfuß. Ich beneidete sie. Um das Dazugehören. In mir kam die alte Unruhe auf, weltlos, spurlos zu sein. Als gäbe es mich nicht.

Eine dicke Frau in Schürze kam und schleppte einen vollen Eimer Küchenabfälle.

Zwölfter Brief 20. April

Vom blassen Vollmondlicht, dem großen Schild der Zeit, versilbert und verschleiert, hocken auf schmalem Felsweg kartoffelbergdicht Zusammengetriebene zu Tausenden aneinandergereiht, dazwischen Karren mit wenig Habe und hungerndem Vieh. Neben dem Weg am Fels schaukeln hungernde Kinder auf weggeworfenen Leichen. Ein Zigeunerweib hält ein Kind und eine Kerze. Kauernde, Schlummernde, Wimmernde, im Mondlicht doppeltbleich und wahr. Matte Judengesänge. Weit hinten und weit vorne große Feuer der Wachen. Die Nacht ist heiß, Afrika glüht. Aus schwarzen Kopftüchern starren furchige Gesichter mit Altweiberbart und haarigen Warzen, aus halboffenem Mund schlägt alter Atem. Hände stoßen aus Lumpen, nervig, faltig, zerschunden, dreckig, krumm, schön. Neben dem Felsweg hoch aufragendes Gestein. Einem war es gelungen, bis auf den Felsrand zu flüchten. Er kriecht über die Gesteinskante, noch immer langsam und ohne Hast und von den Seinen nicht bemerkt, an der Rückseite des Felsens herunter, er geht einige Schritte. Der Tag wächst in die helle Nacht, der Geflüchtete steht in der Wüste. Hinter ihm ist noch das Felsmassiv schwach auszumachen, um ihn ist Wüste, die ihren Anfang verliert, Wüstendünen von sonnengelbem Sand, endlos, dann der Himmel, hoch, weit. Dann geht alles sehr schnell; hinter einer Sanddüne springt ein Soldat in schwarzer Uniform hervor, überwältigt den Geflohenen, bindet ihn, stößt ihn vorwärts, und bei jedem Stoß mit dem Gewehrkolben in den Rücken des Gefangenen wippt dem Soldat der Stahlhelms ins Gesicht, daß er eine Weile bis zum Zurechtrücken blind und stumpf im Sand dem Gefangenen nachstolpert. Um dem Flüchtenden zu helfen, war ich ihm entgegengekommen, nun muß ich mich hinter Sanddünen vor dem Soldaten und dem Gefangenen verbergen. Neben ihrem Weg verläuft die Sandwelle, hinter der ich beiden unbemerkt folge. Waren es die letzten aus der Seilschaft der Blinden, die, angelockt von der Lust der Sonne, in der Wüste umherzogen?

Der Soldat stößt weiter mit seinem Gewehrkolben in den Rücken des Gefangenen, der die Stöße wegen seiner auf dem Rücken gebundenen Hände nur mit den Schultern abfangen kann. Auf der Uniform des Soldaten zeichnet sich zwischen den Schulterblättern ein größer werdender Schweißfleck ab. Der Gefangene geht wie mein Vater. Staub von Augenblicken. Mit einemmal toben quer über unseren Weg Pferde durch die Wüste. Wunderbare Tiere, dünnglänzend die Haut, prall vor Kraft. Sie ziehen tobend einen gewaltigen Staubvorhang hinter sich in die Wüste, der den Soldaten mit seinem Gefangenen bereits geschluckt hat. Ohne jede Furcht springe ich über die Sandwelle, suche die Spur beider, das Barfüßige ist bereits verwischt, ich erkenne aber noch den Abdruck der schweren Stiefel. Ich laufe dieser Spur nach, vergesse die Gefahr dabei, unmittelbar vor mir stehen sie, beinahe hätte ich sie überrannt. Ich werfe mich in den Sand, verkralle mich in ihm, warte. Vorsichtig schiebe ich den Kopf vor. Der Soldat steht seitlich von mir, der Helm verbirgt sein Gesicht. Es muß ein neuer Helm sein, die Runenzeichen stechen leuchtend ab. Der Soldat stößt den Gefangenen auf die Knie und rammt sein Gewehr in den Sand. Aus der Seitentasche holt er einen Revolver, stellt sich einen Schritt hinter dem Gefangenen auf, sein Arm reicht im bequemen Bogen an die Schläfe des Knienden, und drückt ab. Aus dem Pistolenlauf rast das Geschoß zwei, drei Zentimeter durch die Luft, durchdringt die Schläfenhaut des Gefangenen, sein Kopf zuckt heftig zur Seite, das Geschoß durchschlägt die andere Schädelseite und fällt verlangsamt in den Sand. Um die sternförmige Einschußöffnung an der Schläfe hat die Hitze der Kugel die Haut gewölbt, und der schwarze Schmauch aus dem Revolverlauf zeigt sich nun als schwarzer Brandfleck auf der Haut. Aus dem Einschuß stößt sogleich Blut im Strahl auf den heißen Wüstensand, das dort wie fremd eindickt. In der halben Sekunde nach dem Schuß, während des Wegblitzens des Verstandes, zieht der Erschossene seinen Mund in die Breite, Sehnen und Adern des Halses drücken sich schattig heraus, rasend zittern seine Hände. Der Soldat prüft seine Pistole, lädt sie durch, steckt sie sorgfältig in die Seitentasche zurück. Beim Verschließen der Seitentasche sehe ich seine Finger, schlanke lange Finger an der gepflegten Hand. Der Verschluß der Seitentasche macht dem Soldaten Schwierigkeiten, er muß die andere Hand zu Hilfe nehmen, und ich sehe einen Ring. Das Blut aus der Schläfe des Erschossenen stößt noch in den Wüstensand, da neigt sich sein Oberkörper zur Seite. Langsam, dann im Fall schneller werdend, dann im Sand dumpf aufschlagend. Nun, zwei Sekunden nach dem Schuß, der Hall des Schusses scheint noch vernehmbar zu sein, zeichnet eine Blutspur eine Halbwärtsdrehung des Toten um sich selbst. Der Erschossene preßt seine Augen zusammen, sein Leib krümmt sich im Sand, Luft entweicht, dann schüttelt er das Leben ab. Er ist tot. Die Sonne hinter der Sandwelle ist heiß wie nie, der Himmel rückt auseinander, Wüste und Himmel winden sich, werden zum gewundenen Sandsturm, ich sehe auch die andere Gefahr, den Soldaten, der sich den Helm abnimmt und mit einem Taschentuch den Schweiß von Stirn und Nacken wischt. In das Taschentuch ist ein großes rotes S gestickt. Ich will sein Gesicht sehen. Was soll ich machen, warten, oder soll ich mich vor dem Sandsturm retten, den der Soldat noch nicht bemerkt hat, und der zerlumpte Menschen, Decken, Töpfe, Vieh durch die Luft wirbeln wird, der sekundenschnell naht, zum riesigen Bauwerk wird, und ich starre höher und höher hinauf, so nahe ist er, so ausweglos scheint die Lage, da dreht sich der Soldat zu mir, er sieht mit offenem Mund die Sturmwand, und ich sehe mit offenem Mund in sein Gesicht, das ich kenne, das ich im Schreck vergesse.

Dann wachte ich auf. Im Zimmer war alles ruhig und vertraut. Marita war schon weg. Ich stand auf, drückte mein Gesicht in einen Strauß Nelken, wusch mich, suchte Erinnerungen, wanderte den ganzen Sonnabend, den Traum zu vergessen, aber es gelang mir nicht. Der Traum wird wiederkommen, bis ich sagen kann, wem das Gesicht des Soldaten gehört und wer der Erschossene ist.

Gestern fiel mir ein Bildband in die Hände, welcher DER FRAU gehört. Das deutsche Volksgesicht, von Erna Lendvai-Dircksen. Aufwendige Aufnahmen über die ganzen Seiten; pfeiferauchende Bauern, Bäuerin in Kopftuch, schwere Erdschollen, lachende nackte Kinder bei Bewegungsübungen im Wasser, Soldatengesichter.

Ich habe das Buch Paul gezeigt, er sagt, die Aufnahmen mit den alten Platten sind bis heute unübertroffen. Im Einband hinten fand ich einen Zeitungsausschnitt vom März 35 eingeklebt. DIE FRAU war zu der Zeit fünfzehn, sie selbst wird ihn nicht eingeklebt haben. Unter dem Bild des Verfassers, Julius Streicher, stand: Der Teufel in der Rasse. Artfremdes Eiweiß ist der Same des Mannes von einer anderen Rasse. Der männliche Same wird bei der Begattung ganz oder teilweise von dem weiblichen Mutterboden aufgesogen und geht so in das Blut über. Ein einziger Beischlaf eines Juden bei einer arischen Frau genügt, um deren Blut für immer zu vergiften. Sie hat mit dem artfremden Eiweiß auch die fremde Seele in sich aufgenommen. Sie kann nie mehr, auch wenn sie einen arischen Mann heiratet, rein arische Kinder bekommen, sondern nur Bastarde, in deren Brust zwei Seelen wüten. Auch deren Kinder werden Mischlinge sein, das heißt, häßliche Menschen von unstetem Charakter und mit Neigung zu körperlichen Leiden.

Was damals gedacht wurde. Stell Dir vor, solche Leute wären länger zum Zuge gekommen.

Dreizehnter Brief   28. April

Es gab noch etwas außer DER FRAU und dem Pastor; eine Lehrerin. Vor Dir, später ohne Dich. Ich habe von ihr nichts erzählt, weil ich nicht weiß, bis heute nicht weiß, wer sie ist. Nach zwei Jahren Unterricht kannte ich sie. Sie war fünfundvierzig, nicht verheiratet, hatte eine hochbetagte Mutter zu Hause, und ihre Wohnung war voller Bücherregale. Sie kam zur ersten Stunde zu spät, wenn sie sich nach der Turmuhr der Kirche richtete. Sie kam außer Atem in den Unterricht, zitierte sogleich etwas von Goethe und war danach ruhig und ausgeglichen. Sie schrie nicht, strafte kaum, war ohne Angewohnheiten. In ihren langweiligen Deutschstunden zeichnete ich Pläne für meine Sandstädte, Kirchen, Häuser. Sie ermahnte mich, ich zeichnete weiter, sie nahm mir die Zeichnungen weg, ich fing wieder an. Nicht aus Trotz, um der Pläne willen, die mußten fertig werden. Am Schuljahresende war ich ein schlechter Schüler, schlechte Zensuren, Scham. Doch statt Ermahnungen schenkte sie mir ein Buch: Die Baustilfibel, in die sie all meine Zeichnungen gelegt hatte. Mein auf der Stelle tretender Blick, wie beim schlechten Aufsagen eines Gedichtes, ihre Hand auf meiner Schulter, Lächeln. Dann Wochen Ferien. Im neuen Schuljahr kam sie nicht, krank wäre sie. Für sie aber hatte ich in den Ferien gelernt, in der Baustilfibel, in Schulbüchern. Ihre Hand auf meiner Schulter, noch einmal, ihr Lächeln, noch einmal.

Hart die Lippen, schmaler im Gesicht, stand sie nach Monaten wieder vor der Klasse, die gewohnt war, daß ihre Stunden ausfielen, die spürte, sie ist noch immer krank, angreifbar. Zäh und ungerecht ging der Kampf, den die Schüler gewannen. Aber ich hörte ihr zu, wollte wie sie denken, sprach wie sie, wollte ihr guter Schüler werden, ihr Retter in ihrer Hilflosigkeit, und schrieb in meiner Hilflosigkeit Gedichte, war sicher, mit mir fängt ihr Leben erst richtig an, wenn sie mich endlich einließe in ihr Leben, schrieb ihr, für immer, auf ewig, Worte von Spruchbändern auf Straßen, Worte wie gut und böse, sie griffen in nichts.

Wochen brannten weg, nichts geschah. In mir brannte es. Essen wollte ich mit ihr, bot ihr mein Pausenbrot an, wollte sie malen, und sie sollte mich in ihren Stunden malen lassen, und als sie meinen Geburtstagswunsch abschlug, sie duzen zu dürfen, erfand ich ihr, wovon sie zuvor in der Klasse in Biologiestunden gesprochen hatte; ich würde nie Kinder zeugen können, sei unfruchtbar, kein Mann, bliebe ungeliebt. Ihre Hand auf meiner Schulter: Warum sagst du das?

Ich durfte sie zu Hause besuchen, aber ihre Weigerung blieb. Die Weigerung, vor mir zu essen, sich zu kämmen, einfach zu sprechen, andere Kleidung zu tragen, das Fenster zu öffnen. Mir blieb nur die Begeisterung an ihren Büchern. Begeistert von den Büchern, wollte ich sein wie deren Helden, wanderte im Dunkeln auf dem Hof wie Friedrich der Große, vornübergebeugt, humpelnd, mit Großvaters Krückstock und geliehenem Dreispitz, der war in drei Wochen dem Fundusmeister vom Theater wieder abzugeben, und bekam Ärger in der Schule meines Vorbildes wegen. Wo hat er das her, von wem sind die Bücher? Ich schwieg. Ich antwortete mit DER FRAU: Jedes Volk sucht sich seine Führer, und der einzelne tut es auch.

Dann lernte ich Dich kennen. Ich ging, wie DIE FRAU es wollte, zu Dir und kam abends pfeifend mit neuen Büchern unter dem Arm von ihr.

DIE FRAU stumm, schief ihr Mund, wachsamer denn je.

In der Wohnung Stille bis zum Horizont. Ich ging zu Dir – und ging zu ihr. Langsam, so daß ich es kaum gewahr wurde, gab sie ihre Widerstände auf, ließ ihre Briefe auf dem Tisch liegen, bot mir Gebäck an, aß mit mir Gebäck, verbarg nicht mehr ihre Mutter, die im Rollstuhl saß, umhüllt vom schwarzen Kopftuch. Wenn ich alleine im Wohnzimmer war und sie in der Küche, die ich nie betreten durfte, Tee kochte, sollte ich mir aus den Regalen Bücher suchen. Doch ich spähte durch den schmalen Spalt der angelehnten Küchentür, sah Brot, Waschpulver, Bücher und Wäsche auf dem Tisch liegen, auf dem Boden einen Wäschekorb, daneben Gläser mit Eingewecktem. Wenn sie kam, setzte ich mich. Manchmal wischte sie mit einem Lappen über den Rahmen von Dürers Großem Rasenstück, das im Wohnzimmer hing. Ein Geschenk ihres verstorbenen Verlobten. Ich pflückte Glockenblumen, Wiesenkraut, Wilde Möhre, klebte die Blumen und Kräuter zu einem Strauß auf weißen Karton, es sollte aussehen wie Dürers Rasenstück, schrieb Verse darunter und versteckte die Blätter in meiner Kammer. Im Herbst käme sie zu mir, so sagte sie mir. Wir sprächen in der Kammer von Wanderungen.

Im Winter wanderten wir in Gedanken, im Frühjahr würden wir es wirklich tun. Schneeschmelze und Regen hätten Mulden in die Feldwege gewühlt. Waldwege voller Nadeln, rostgelb und grün, Zapfen, dünner Astbruch, als wäre da niemand gegangen. Das wollte ich ihr zeigen. Und das geheimnisvolle Schloß in Rossewitz, dort würden wir Rast machen. DIE FRAU aber würde auf mich warten, hungrig, mit schönen gläsernen Augen, gierig auf meinen Lebensgeruch.

Die Lehrerin kam zu DER FRAU. DIE FRAU und ich saßen nachmittags auf dem Sofa und ließen uns von ihr erzählen. DIE FRAU ließ sich verführen. DIE FRAU lachte. Anfangs verhalten, später offen. Und in dem Augenblick, da wir lachten und ich dazuzugehören glaubte und auch in die Gebäckdose auf dem Tisch griff, wurde ich weggeschickt. Ich schloß mich in der Kammer ein, wollte von der Lehrerin versöhnt werden: Mach doch auf, sei kein Kind, laß mich nicht warten, wir sind doch Freunde.

Ich wartete, schlich mit nackten Füßen in die Wohnung, horchte an der Tür, wartete auf den Augenblick, in dem sie endlich zu mir in die Kammer kommen würde, und ich übte, dann blitzschnell in die Kammer zu gelangen und traurig am Fenster zu stehen. Doch sie kam nicht, endlos zog DIE FRAU neue Windungen aus sich, umwickelte die Lehrerin damit, band sie fest – an den Stuhl, an sich.

Als sie ging, holte DIE FRAU mich aus der Kammer, sagte immerzu: Schöne Sachen erfährt man von Fremden über dich. Man kann sich nur schämen mit dir.

Ich wußte, sie log. Ich hörte dann in der Kammer von einem Grammophon Operettenmusik. Ich wollte leiden, doch es war die falsche Musik. Wenn ich zur Lehrerin gehen wollte, verbot DIE FRAU es, diktierte mir Aufsätze wie im Deutschunterricht. Am Ende sagte sie: Merkst du nicht, wie du ihr auf die Nerven fällst. Du bist vierzehn und stellst dich an wie mit fünf. Sie ist krank und braucht Ruhe.

DIE FRAU hat nicht, was als Herz in der Brust schlägt.

Ein halbes Jahr darauf zog die Lehrerin fort, ihre Mutter war gestorben.

Als ich Marita kennenlernte, begann ich ihr von der Lehrerin zu erzählen, nicht viel. Sie sagte: Ich hatte ähnliche Träume von meinem Sportlehrer.

Vielleicht hat sie mich damals schon verletzen wollen. Ich habe ihr nicht weiter zugehört.

Vierzehnter Brief 7. Mai

Ich kenne den Soldaten, der in meinem Traum den Mann in der Wüste erschoß. Ich sah ihn so vor mir, daß ich zunächst nicht unterscheiden konnte, ob es der Wunsch oder die Auflösung des Traumes selber war.

Gestern saß ich mit Marita im Hotel, ein Essen wünschte sie sich zu ihrem Geburtstag. Sie aß mit Appetit, und ich wartete auf die Fragen, die sie mir stellen würde; den ganzen Vormittag habe ich im Kontor jede ihrer möglichen Fragen bedacht, habe alles auf eine Antwort für mich gebracht, mußte es um der Klarheit willen auf eine Antwort bringen, die besagt, daß ich nach Dir niemanden hatte aus Furcht vor DER FRAU, die besagt, daß mir die Sehnsucht meiner Frau nichts bedeutet; ihre Erscheinung vergeht, aber ich habe einen Vertrag mit dem Leben. Aber sie fragte nichts. Sie aß, trank Wein, guten Wein, nickte mir öfter zu, als wäre sie einverstanden, daß ich auf ihre Fragen wartete. Unerträglich, fast hätte ich ihr Fragen gestellt, wenn es am Nebentisch nicht laut geworden wäre. Nicht laut in einer unangenehmen Art, nein, zu hören waren nur einige Sätze. Ein altes Ehepaar, die Frau korpulent, der Mann unscheinbar, kränklich.

Ich mußte es tun, sagte er.

Nein, du mußtest es nicht tun, und wenn ich es selbst getan hätte. Den Rest des Gespräches habe ich vergessen, aber dieses: Und wenn ich es selbst getan hätte, ließ mich nicht mehr los, diese wenigen Worte, die nicht unterzubringen waren im Bewußtsein, an die ich aber eine unbestimmte Erinnerung hatte, quälten mich. Erst als ich die Frau am Nebentisch noch einmal sprechen hörte, mit einer Stimme, die der Stimme DER FRAU ähnelte, stellte sich die Erinnerung her; mir fiel die Auseinandersetzung zwischen DER FRAU und meinem Vater ein, vor zwanzig oder mehr Jahren. Wir saßen beim Abendbrot, DIE FRAU und ich, da kam er, stellte seinen Koffer leise ab.

DIE FRAU sagte leise: Wo kommst du jetzt her?

Mein Zug hatte Verspätung.

Du lügst. Ich stand auf dem Bahnhof, dich abholen.

Ich war noch bei Kollegen, wir haben gefeiert. Der Mann wollte gehen, DIE FRAU hielt ihn am Ärmel fest.

Er zog den Arm weg. Ich habe dich nicht geheiratet.

So, und das Kind ist wohl auch nicht von dir? Ich habe es nicht gewollt.

Du solltest arbeiten gehen, sagte der Mann.

So, arbeiten, und wer hat mich hier kaputt gemacht? Aus mir hätte ich schon etwas gemacht, wenn der Krieg nicht dazwischengekommen wäre.

Eine Staatsnutte, das hättest du aus dir gemacht.

DIE FRAU ging um ihn herum, blieb schräg hinter ihm stehen. Dich hätten sie statt Siegfried in der Wüste erschießen sollen. Und wenn ich es selbst getan hätte.

Marita mußte etwas bemerkt haben, sie fragte mich irgend etwas. Druck spürte ich, wohin mit dem Druck? Ich mußte überlegen, welche Augenfarbe Marita hat. Als ob sie farblos wären. Als ob Marita keine Augen hätte.

P.S.: Marita ist noch nicht zurück von ihrer Geburtstagsfeier. Ich weiß nicht einmal, wo sie feiert. Als ich nach Hause ging, fiel mir die Zinkfigur von Doktor Kleinert ein. Mehrere Nahtstellen mußten gelötet werden. Er wohnt draußen in Retgendorf im weitläufigen Parkgelände. Ich bin rausgefahren, habe ihm die fertige Figur übergeben. Er bat mich, sie gleich aufzustellen, nur hatte ich kein Werkzeug mit.

Macht nichts, macht gar nichts, mein Lieber. Er kam wenig später im Kittel mit Bohrmaschine und Bolzen wieder. Er bohrte Löcher in den Steinsockel, schwieriger aber war es, das Zinkblech an der richtigen Stelle anzubohren, ohne seine Festigkeit zu beeinträchtigen. Die Plastik stellt einen Laufenden dar, ist also nur am Standbein auf dem Sockel zu befestigen. In der Fußmitte, wo das Blech am stärksten ist, verläuft die Naht, die nicht beschädigt werden darf.

Wenn es zuviel Arbeit macht, betonieren wir doch den Fuß ein, sagte er.

Wie sieht das aus, fragte ich zurück.

Er brachte guten Kognak und gute Gläser, auf denen unsere Finger sofort Spuren hinterließen.

Eine Möglichkeit wäre noch, mit einem dickeren Eisenstab Figur und Sockel zu verbinden.

Kaum, sagte ich, sie müßte wieder aufgelötet werden, um den Stab im Hohlraum zu verankern. Außerdem müßte der Stab der Körperhaltung entsprechen, also gebogen werden, und damit verliert der Eisenstab seine Festigkeit.

Er steckte sich eine Zigarette an, entschuldigte sich fast dafür. Ich rauche sonst kaum.

Aus dem Haus hörte ich Stimmen, die, wie nach gemeinsamem Schweigen, durcheinander sprachen.

Der Doktor sah zur Seite, als wollte er mit den Augen hören, aber man konnte nichts verstehen. Er drückte die Zigarette aus.

Die Figur ist ein Geschenk meiner Frau.

Die Plastik lag auf dem Sockel aus Feldsteinen, der Rasen und Terrasse voneinander trennt. Die Starrheit der Steine und die Starrheit der Figur waren gleich. Ganz anders, wenn der Laufende aufrecht stand, den einen Fuß in der Luft, den Oberkörper vornübergebeugt, den anderen Fuß beim Abrollen auf dem Ballen. Der Doktor starrte auf den Laufenden, ich auf den Steinsockel.

Eine Möglichkeit gibt es noch, sagte ich.

In seiner Garage bogen wir drei Winkel aus Blech, die seitlich am Fuß und am Sockel anzuschrauben waren. Den Winkel auf dem Sockel konnte eine dünne Putzschicht verbergen, den am Fuß eine Farbe wie die der Figur. Weißgraublau.

Nach zwei Stunden Arbeit stand der Laufende auf dem Sockel. Wir gingen um ihn herum.

Am besten bei Sonnenlicht den Winkel am Fuß übermalen, dann ist der Farbton gut nachzumischen.

Wollen Sie noch etwas trinken, fragte er, oder bleiben Sie einfach hier, leisten mir Gesellschaft.

Ich dachte an Marita, die sicher spät von ihrer Feier kommen würde. Was könnte geschehen, wenn ich wieder nicht komme, wie vor einigen Tagen, als ich bei Violetta war? Marita ist in dieser Nacht nicht zur Ruhe gekommen. Als wäre sie die Mutter und ich ihr weggelaufenes Kind. Ich setzte mich auf die Terrasse, der Doktor zog sich um. Ich bemerkte durch die offenstehenden Balkontüren am Kamin zwei Umrisse, hörte Männerstimmen. Einer redete ständig, der andere versuchte Einwürfe zu machen. Der Doktor kam wieder.

Sie sind nicht allein?

Ach so, nein, das sind Freunde aus der Studienzeit. Sie reden sich wieder heiß. Am besten gar nicht hinhören. Er stellte sich neben die Zinkfigur, strich mit der Hand darüber, klopfte dagegen. Kann ich kaum wiedergutmachen, was?

Vielleicht etwas zu essen.

Sofort.

An der Figur sollte man nicht rütteln, sagte ich ihm, am Fuß könnte sie abbrechen.

Da paß ich schon auf, die Kinder sind aus dem Haus. Schinken, Brot, Wurst, Fisch?

Essen Sie mit? fragte ich zurück.

Er drehte sich zum Haus: Heinz, Georg, wollt ihr auch essen?

Natürlich, sagten sie zugleich.

Ich ging mich waschen.

Fisch in Büchsen, großes Landbrot, Wurschscheiben und Wein waren aufgetragen, als ich zurückkam. Mich vorstellen. Die Figur vorstellen.

Sieht gut aus, ganz anders als früher.

Sieht genauso aus wie früher, stand bloß anders herum, sagte der Doktor.

Beim Essen musterte mich der eine unablässig. Ich wußte nicht, ob es der war, der im Dunkeln am Kamin gesprochen, oder sein Bekannter, der geschwiegen hatte. Ich wurde unruhig. Erinnerte ich ihn an jemanden, oder wollte auch er eine beschädigte Plastik repariert haben? Aber er schien meine Brauchbarkeit für andere Zwecke abzuwägen. Es war, als führte er ein stilles Gespräch über mich, essend und trinkend.

Dann wandte er sich dem Doktor zu. Wenn Georg wenigstens zuhören würde, aber er läßt nur seine Argumente gelten, sagte er, hob Messer und Gabel dabei in die Luft.

Der Arzt nickte.

Georg spricht von der verhängnisvollen Verquickung von Finanzkapital und Macht. Da gebe ich ihm recht, das ist heute nicht anders. Aber doch nicht in der Bestimmtheit, nicht ausschließlich.

Er sah zu mir, noch einmal, mein Blick mußte ihn irritiert haben, wie mich seine Worte irritierten. Und dann redete er zum Doktor von Deutschen, die in den zwanziger Jahren massenhaft ihre eigene Geschichte in Putschen, Gegenputschen, Parteien, Gegenparteien, Bordellen, Revuen und Aufmärschen vergessen und verdrängen wollten, wegen des verlorengegangenen Krieges und der gescheiterten Revolution.

Erst in der Dämmerung wirkte die Zinkfigur plastisch. Die Schatten in den Vertiefungen brachten nun eine Bewegung, die sich bei Sonnenlicht kaum vermuten ließ. Ich wollte den Doktor auf das Schauspiel aufmerksam machen, doch der hörte langsam kauend seinem Freund zu, der nun aufstand und im Stehen redete, von einem Nährboden sprach, in dem das Wunschbild Nation, das durch den faschistischen Gedanken dann Wirklichkeit wurde, keimte: Masse will Volk werden, Führer macht aus Masse Volk, aus Volk Heer, Heer will kämpfen.

Wir tranken Wein zur gleichen Zeit. Er sprach vom Untergang des einzelnen zugunsten der Masse: Und Hitler ist nicht nur Lakai Industrieller und des Finanzkapitals gewesen, um die proletarische Revolution zu verhindern, sondern millionenfach von den Deutschen gesucht und gefunden worden. Dafür gibt es Millionen Beweise – bis zur willigen Selbstaufgabe des Volkes.

Eßt doch erst mal weiter, sagte der Doktor, aber der andere fuhr fort: Wie viele Kommunisten haben dreiunddreißig Hitler gewählt, weil sie glaubten, der habe nach einigen Monaten abgewirtschaftet, danach könnten nur noch die Kommunisten gewählt werden. Und: Hitler hätte ohne das deutsche Volk keinen Nagel krummgebogen. Und: Faschismus ist keine Partei, sondern eine Lebensauffassung.

Was geht mich die Vergangenheit an, ich verabschiedete mich. Der Arzt fragte, ob ich nicht in den nächsten Tagen die Winkel am Fuß des Läufers übermalen könnte. Ich habe zugesagt.

Fünfzehnter Brief 20. Mai

Ich sitze am Meer und schreibe Dir. Am Meer entlaubt der kräftige Wind das Glück, nur die nackten Gedanken bleiben.

Ich habe darüber nachgedacht, was Demütigung ist. Ich habe keine Antwort. Marita ist keine Demütigung, vielleicht ist es umgekehrt, ich demütige sie. DIE FRAU, nein, sie ist keine Demütigung mehr. Es kann sein, ich nehme sie im Alter bei mir auf, es kann sein, ich besitze sie erst in ihrem Tod.

Nun, am Abend, ist es still geworden. Die Aufregung des Meeres und die Aufregung des Tages ziehen mit der einbrechenden Dunkelheit davon. Raumlosigkeit stellt sich ein, Raumlosigkeit des Meeres, des Alls. Räume, in denen zu denken wir nicht gelernt haben. Und der Versuch, die Entfernung zwischen uns aufzuheben? Oder zu verringern? Tot bist du nicht. Andere Menschen suchen, mich mit ihnen zuzudecken. Ruhe bist Du mir dann schuldig. Andere Frauen suchen. Warum Frauen, warum nicht Männer?

Das erste Mädchen, mit dem Du mich verkuppelt hast, hatte ich gerade in meine Dachkammer mitgenommen, und wir versuchten einander mit den Zähnen die Zungen zu reizen, sie zitterte vor Aufregung, ihre Hände aber fanden gleich Platz an meinem Körper. Unbemerkt kam DIE FRAU in die Kammer, auf ihrem Mund das Lachen, wie ich es von ihren Bildern, die sie mit einem Pferd zeigen, kenne.

DIE FRAU sagte zu dem Mädchen: Zieh deine Hosen herunter.

Das Mädchen sah zu mir.

DIE FRAU sagte es noch einmal, scharf: Zieh deine Hosen aus.

Weinend zog sie ihre Hosen aus. DIE FRAU sagte zu mir: Auf die Knie.

Im Abstand von einem halben Meter stellte sie sich hinter mich, umfaßte mit Daumen und Zeigefinger im bequemen Bogen meine Schläfen und drückte mein Gesicht in die ungewaschene Scham des Mädchens. Ich bekam eine kräftige Ohrfeige.

Merk dir das, sagte DIE FRAU.

P.S.: Als ich vorhin nach Hause kam, fand ich die Zimmertüren verschlossen. In meinem Zimmer lagen meine Sachen. Sofort habe ich alle Schlösser und Türen ausgebaut und meine Sachen wieder an ihren Platz gebracht. Wenn meine Wut endlich ausbrechen würde, wenn ich Marita damals doch geschlagen hätte, gäbe es etwas, das uns bindet. Sie und ihr Leib sind mir jetzt so gleichgültig, daß ich sie nicht einmal mehr schlagen könnte. Soll ich Dir sagen, was mit Marita ist: Es gibt nicht die Spur einer Unfruchtbarkeit bei ihr. Es ist allein ihr Widerstreben gegen eine Geburt; sie will nicht.

Sechzehnter Brief 29. Mai

Marita hat die alten Schlösser wieder einbauen lassen. Die Krankheit, alles an sich binden zu müssen. Soll sie. Aber mich aussperren wie eine Krankheit? Sie will die Scheidung einreichen. Soll sie. Sie wird zurückkommen.

Ich habe mir in der Stadt ein Zimmer besorgt. Als ich vorhin noch einige Sachen geholt habe, sagte sie: Du bist doch verhaltensgestört.

Schlimm, wenn man ausgerechnet mir das ansieht, aber ich glaube, ich bin wie jeder andere. Oder sind alle Männer verhaltensgestört?

Gestern war ich bei meinem Vater. Wochenendbesuch, denke ich, und um vom Ärger zu Hause loszukommen, bin ich rübergefahren. Aber aufgelöst kommt mein Vater, als ein anderer, ein Fremder, an die Tür, sagt, seine Frau stirbt, es hat schon angefangen. Der alte Mann küßt seinen Arm und weint und will sofort wieder in das Krankenhaus, aus dem man ihn gerade weggeschickt hat. Ich stehe im Flur, er tastet wie ein Schatten durch die Wohnung, weiße Rückstände in den Winkeln von Augen und Mund künden von starken Tabletten, die zusammen mit Alkohol den bekannten Trümmerhaufen von Hilflosigkeit ergeben.

Er nimmt mich nicht wahr, schleicht durch die Zimmer, spricht dabei leise, flüstert, schreit.

Sie ist weggeschafft – Nun ist sie – Man will es ihr nehmen – Schlaganfall – Lieber Gott hilf – Ist doch alles Quatsch – Sterben soll sie – Ich will nicht mehr –

Ich drücke ihn auf den Stuhl, mache ihm etwas zu essen, er steckt sich den Tischlappen in den Mund, würgt alles aus sich heraus, auf die Hose, auf den Tisch, hustet, weint, singt. Ich lege ihn auf das Bett, beseitige das Erbrochene.

Er brüllt: Laß das liegen, das soll sie machen. Sie ist mit denen ins Krankenhaus. Ich bin allein.

Er trinkt wieder Schnaps, zieht sich eine andere Hose an, würgt wieder, zieht sich den Mantel an, es gelingt mir nicht, ihn zu halten, ich schleppe meinen Vater ins Krankenhaus zu seiner Frau.

Der Bau ist modrig, die Flure sind dunkel, in einer Ecke ein fast nicht mehr erkennbares Ulbrichtbild. Krückstockgreise, sie sehen so trostlos aus, daß ich stehenbleibe und mir durch ihre alten Gesichter ein junges Mädchen, nicht Violetta, irgendein Mädchen von früher wünsche, mit dem ich sofort schlafen möchte. Eine alte Tür, ein grauhelles Krankenzimmer, überfüllt mit Betten. In der Ecke des Zimmers liegt am Tropf Vaters Frau. Sie sieht uns, will meinen Namen sagen, oder etwas, das nur sie versteht. Ich fächere ihr den Duft meines Blumenstraußes zu, ganz sanft, ich mag sie, sie ist ehrlich und das Gegenteil von meinem Vater. Sie kennen sich von Kindheit an, haben beide ihre Geheimnisse wie Du und ich. DER FRAU aber ist mein Vater nach den Wirren des Krieges zugelaufen, sie hat ihn geheiratet. DER FRAU ist es nicht gelungen, ihren schwachen Mann dieser Frau hier zu nehmen, und so ließ sich DIE FRAU vor acht Jahren scheiden.

Während mein Vater über ihre Bettdecke streicht, sehe ich sie an. Ein Auge starrt nach dem Schlaganfall wie im Puppenspielzeug falsch eingesetzt an die Decke, die gelähmte Mundhälfte hängt herunter, gibt ihre Zähne frei, der gelähmte, tropfzerstochene Arm liegt matt auf dem Bettrand.

Du wirst es schaffen, sagt mein Vater zu ihr.

Ihr werdet es schaffen, sage ich zu ihnen.

Mein Vater fällt mir um den Hals, er stinkt nach Alkohol, sagt: Ich habe unrecht getan, Konrad. Er verschluckt die meisten Wörter, aber ich weiß, wovon er spricht.

Am Abendbrottisch wollte ich nie länger als ich aß sitzen. Jeden Abend deshalb Streit. Irgendwann mit zwölf stand ich mittendrin auf, wollte gehen.

Vater sah auf DIE FRAU. Die sagte: Sitzengeblieben.

Ich ging. DIE FRAU stieß meinen Vater an, der stieß mich mit seinem Bauch in eine Ecke der Küche, griff mit seinen Händen um meinen Hals, daß es mir in den Ohren pfiff. DIE FRAU saß mit durchgedrücktem Kreuz am Tisch und nickte ihrem Mann wohlwollend zu. Aber die Bürohände ihres Mannes waren zu schwach zum Töten, und der Mensch war es auch.

Nun steht mein Vater mit hängenden Schultern zwischen mir und dem Bett seiner Frau, sieht auf den Boden, sagt: Ich habe bereut. Bereut. Für meinen Sohn wollte ich – im Krieg wollte ich nicht – ich hab es immer anders getan, Konrad.

Dann sagte er zu seiner Frau, lächerlich und abgehackt, wie einer, der diese Worte nie auf der Zunge hatte: Ich liebe dich.

Er streicht durch ihr Haar, es ist heller geworden, ihre Gesichtshaut ist fade, der Hals wirkt lang und dünn. Sie ist eingeschlafen.

Vater sagt: Warte, noch nicht.

Der Arzt sagt mir, Vaters Frau hat Glück gehabt, weil das Blutgerinnsel in ihrem Hirn klein war und schnell aufgelöst werden konnte.

Ich sage es meinem Vater.

Wenn Marita hier läge, würde sie sich mir ausliefern, würde sie mich brauchen?

Mein Vater bat mich, bei ihm zu bleiben. Er hat noch nie um etwas gebeten.

Ich bin gegangen.

Söhne sind das härteste Urteil ihrer Väter.

Siebzehnter Brief   5. Juni

Gestern vormittag, als ich noch einige Dinge aus der Wohnung holen wollte, traf ich Marita unvermutet. Tagelang hatten wir uns nicht gesehen, und wie sie dastand, vom Bügelbrett aufsah, als käme mit mir etwas Neues in ihr Leben, da fand ich sie schön, von innen, und ihr Gesicht tat mir weh, es brach mich auf. Es zog mich zu ihr, aber je näher ich herantrat, um ihr Gesicht zu berühren, um so fremder wurde es mir, bis ich, als ich dicht vor ihr stand, nur noch eine Fratze zu sehen glaubte. Ich wollte sie fragen, wo zwischen uns der Nerv, der eingeklemmte Nerv liegt, der uns bewegungslos und gleichgültig macht. Ich fragte: Kommst du mit wandern?

Du siehst doch, was ich mache, sagte sie.

Ich habe keine Sachen mitgenommen. Ich bin sofort gegangen. Aber in meinem neuen Zimmer in der Stadt fühle ich mich nicht wohl. Der Raum ist hoch, die Fenster gehen auf den Hof hinaus, der Hof ist klein, die Mülltonnen dort stinken. Nachts jagen sich Katzen.

Am Nachmittag habe ich mich auf den Weg gemacht, die Gegend südlich der Stadt kennenzulernen. Vielleicht hätte ich Marita einfach mit sachter Gewalt fortziehen sollen, wie man ein bummelndes Kind mit sich zieht, aber dann war mir, als würde ich Dich unterwegs treffen, zufällig und doch verabredet. Da würde sie stören. Da war es gut, sie nicht mitgenommen zu haben.

Hinter Krebsförden bin ich, um den Weg zu kürzen, über den Acker gegangen, und der warme Acker wärmte meine nackten Füße und atmete seinen Staub aus. Das nächste Dorf war schon in Sichtweite, als ich eine helle Kinderstimme hörte: Biiiuuuuuubababam. Bengbengbengbeng. Brumm.

Sehen konnte ich nichts, erst den Geräuschen folgend, die mich zu einer Kiesgrube führten, sah ich einen kleinen Jungen mit zerkratzten Knien und geschorenem Kopf. Ich verbarg mich hinter einer Hecke. Der Junge hatte ein Kreuz aus zwei Knüppeln in der Hand, kreiste damit durch die Luft, ließ aus der anderen Hand Steine herabfallen und stieß an der Stelle des Aufpralls mit dem Fuß in den Sand, der hoch aufstiebte. Ich sah, wie der Junge seine Sandstadt zerstörte, es mußte eine Stadt gewesen sein, Häuser und Türme waren noch erkennbar. Ich wollte hinter dem Gebüsch hervor, was macht er da, er wird in die Erde versinken, in das Loch, in die Löcher, die er mit seinen Füßen gestoßen hat.

Retzen, fetzen, bohren, Erde bohren, klumpen, ballern, brüllt er dabei, hält inne, singt etwas, nein, er weint, während Marita zu Hause bügelt, Wäsche plattwalzt – daß ich ihr Gebügeltes zerreißen möchte, wo es hier um Leben und Tod geht. Langsam warf der Junge die größeren Steine aus dem Sand, ließ dabei den Sand durch seine Hände rieseln, wischte sich die Nase und begann, kleine Häuser zu bauen. Er richtete sich nach den alten Straßenzügen, die waren noch sichtbar. Ich verstand nun Wortfetzen wie: Siegen, groß, alles sehen, besser, gewonnen.

Beim Bauen seiner Stadt sammelte der Junge kleine Steine aus dem Sand zu einem Haufen, und abgelenkt durch Sonnenlicht und Milanschreie verzögert er seine Tätigkeit immer mehr, wobei mir schien, als wüchse der Steinhaufen neben ihm unentwegt, der Steinhaufen, den zu beseitigen mir unmöglich war, denn ich konnte mein Versteck nicht verlassen, nicht eingreifen, das Spiel wäre gestört, zerbrochen das dünne Glas, und Sand in der Hand, schloß ich sie zur Faust. Als ich wieder aufblickte, pflasterte der Junge mit den Steinen die Straßen seiner Stadt. Das Spiel überstieg mein Vermögen, unbeteiligt aufmerksam zu sein, und ich ging.

Ein Bauer mit schleifendem Bein ging über den Acker und schwenkte seinen Hut, als wäre er fröhlich.

8. Juni. Du bist ein Drecksack. Was willst Du von mir, warum schreibst Du nicht?

Ich weiß, was Du machst, Du sitzt abends vor Deinem Fernseher. Ich habe mich unter Dein Fenster gestellt. Als Du morgens aus dem Haus gegangen bist, stand ich hinter der Tanne in Deinem Vorgarten. Ich hätte Dir nie schreiben sollen. Du kannst über mich lachen und ersticken daran, es ist mir gleichgültig, aber die Einsamkeit in diesem Zimmer halte ich nicht mehr aus. Hilf.

Achtzehnter Brief 9. Juni

Einen seltsamen Weg habe ich gemacht. Nach Indien.

Als ich aus dem Kontor kam, sah ich, wie die Straße, in der ich nun wohne, neu gepflastert wurde. Vom Verlegen der Rohre habe ich nichts mitbekommen. Einige Plattenleger verschliefen den Mittag neben dem flimmernden Asphalt. Andere in sattgrauen schwarzfleckigen Anzügen griffen, teils gebückt, teils aufrecht stehend, Pflastersteine und fügten sie aneinander, stampften mit einer Ramme die Steinköpfe fest. Überschütteten diese mit einer Schaufel Kies und spritzten mit einem Wasserschlauch darüber.

Die Männer sprachen nicht, sie machten die Handgriffe wie vom Tag ihrer Geburt an. Nur die Ramme gab beim Auftreffen auf die Steinköpfe ein Geräusch von sich wie eine kleine, geborstene Glocke oder wie das Geklapper von Pferdehufen. Im Zimmer habe ich mich an das Fenster gesetzt und den Männern zugesehen, wie sie mit ihren großen sicheren Händen diese Kruste schufen. Ich wäre gerne einer von ihnen gewesen. Aber ich saß im Zimmer und wartete, wie wohl große Teile unseres Lebens aus Warten bestehen. Zum Wandern fehlte mir die Lust. Mit der Dunkelheit kam Nebel auf. Die Plattenleger hatten längst ihr Tagewerk beendet, in meinen Ohren aber war noch das Klirren, das Läuten einer geborstenen Glocke, die sich durch den Nebel schlägt, das Hufeklappern von Pferden, als käme eine Kutsche, und ich sah, wie sich in die Dunkelheit ein Pferd schob, nicht galoppierend, nicht im Trab, sondern gemächlich trottend, und dahinter ein schwankender Wagen mit den Umrissen eines Kutschers auf dem Bock. Der Nebel wurde dichter, aber die Kutsche bewegte sich gleichmäßig aus dem dichter werdenden Nebel, um so immer gleich groß zu erscheinen. Die Kutsche hielt vor meiner Tür. Die Fenster des

Wagen waren verhängt. Als der Wagen stand und der Kutscher unbeweglich wie eine Puppe auf seinem Bock sitzen blieb, zog es mich vor die Tür, zu sehen, was es mit der Kutsche auf sich habe. Es war ein altes Gespann, lange mußte der Wagen in einem Schuppen gestanden haben, überall zeigten sich Spuren von Ruß, Staub und Flecken, das Holz war stellenweise gerissen, die Eisenbeschläge auf den Rädern waren verrostet, auch die Wagenfedern hatten diese schorfige Haut. Eines der beiden Pferde scharrte mit einem Huf auf dem Pflaster. Ich ging um die Pferde herum, kräftige Hengste mit langen Mähnen. Dann bemerkte ich die kleine, aber bestimmte Geste des Kutschers, einzusteigen. Er mußte mich meinen, niemand sonst war in der Nähe. Als ich zögerte, nickte der Kutscher mit dem Kopf, als wollte er sagen: Tu es, steig ein. Fast hätte ich sein Gesicht gesehen. Ich stieg ein, der Wagen fuhr ab. Das gleichmäßige Klappern der Pferdehufe erinnerte mich an die Arbeit der Straßenbauer, deren Straße ich immer weiter hinter mir ließ. Das Geklapper machte mich aber auch müde – vielleicht schlummerte oder schlief ich – daß es wärmer wurde, bemerkte ich jedoch. Wir kamen in eine flache Gegend, heiß und trocken die Luft, Wurzelarme einiger Bäume ragten aus der Erde, vereinzelt sah ich Kühe, und hin und wieder fuhren wir an schwarzhaarigen Mädchen in langen Gewändern, mit Ringen an den Ohren, vorbei. Die Straße wurde in der Richtung, in der wir uns bewegten, mit zunehmender Helligkeit belebter, und hätten wir die Richtung vertauscht mit der, aus der wir kamen, und wären wir in Schrittgeschwindigkeit gefahren, wäre kein Stocken eingetreten. So aber mußten wir immer häufiger halten, bis ein Pfad zwischen den Menschen auf der Straße gebahnt war. Es wurden immer mehr Menschen. Sie sangen. Der Gesang wurde mit der höher steigenden Sonne lauter, auch der Kutscher sang. Seine Stimme erkannte ich sofort, aber nur, weil sie es nicht sein konnte. Ich lauschte ihr, als käme sie aus der Vergangenheit. In der Ferne sah ich ein Minarett aus goldgelbem Stein, daneben einen Tempel in Form einer endlosen Treppe, die bis in den Himmel führte. Ich vergaß die Stimme des Kutschers und die anderen Stimmen, die sangen, und ich dachte: Nur die der unerschöpflichen Lebenswut der Sonne ausgesetzten Völker, die ständig die Macht des Lichtes in ihre Lebensformen verwandeln, vermögen mit ihren jahrtausendealten Mythen unserer Zeit und unserer vermeintlichen Kultur die Maßlosigkeit zu nehmen, die nur zu spurenloser Selbstaufgabe führen kann.

Irgendwann ging es nicht weiter, die Singenden waren zu einer unüberschaubaren Menge angewachsen, von der ich aus dem Fenster der Kutsche nur die in bunte Stoffe gehüllten Köpfe sehen konnte.

Ich stieg aus, um vom Kutscher zu erfahren, wohin er mich gefahren hatte, doch ich sah ihn nur noch in der Menge verschwinden, von ihr aufgesogen wie Wellen vom Wasser. In einiger Entfernung erkannte ich ein großes Gestell, dem alle zudrängten, dem auch der Gesang zu gelten schien, der noch anschwoll zu den dumpf geschlagenen Rhythmen, so daß ich unruhig wurde. Auch die Pferde begannen zu scheuen, ich stieg auf den Kutschbock und versuchte sie zu zügeln, aber sie wurden unruhiger, trabten los, schoben sich unbändig und wiehernd durch die Massen, während ich nach dem Kutscher rief. Da aber prallte der Wagen gegen einen Stapel aufgerichteter Hölzer, daß Rad und Achse weggerissen wurden. Ich sprang vom Bock, hielt die Pferde am Zaum, während die Rhythmen ständig schneller angeschlagen wurden und der Gesang in immer gedehnteren Tönen, die sich nur wenig voneinander unterschieden, alles erfüllte. Nachdem es mir gelungen war, die Pferde zu beruhigen, begann ich die Hölzer unter den

Wagen zu legen, um das Rad lösen zu können, denn die Achse war dort, wo das Rad aufgesteckt wurde, durch den Anprall aus den Halterungen am Wagenboden herausgerissen. Zum Glück fand ich unter dem Kutschbock etwas Werkzeug, auch eine alte Jacke, die mir gehörte und die der Kutscher zeitweise getragen hatte. Frischer Wind kam auf, der mir das Arbeiten und den Pferden das Stehen in der Hitze erträglicher machte. Beim Abziehen des Wagenrades von der Achse – es gelang mir erst beim sechsten Versuch – sah ich das Gerüst, von dem ich nun nicht mehr weit entfernt stand. Auf dem Gerüst betete ein Mann in weißem, langem Gewand, die Hände zum Himmel erhoben. Dann fiel er auf die Knie, und es wurde still, nur der weiterhin angeschlagene Rhythmus der Trommeln war zu hören. Während ich die Achse von den Holzsplittern säuberte, beobachtete ich neben mir über Schalen gebeugte Männer, deren Gesichter von lachenden, wenig bekleideten Mädchen eingeseift wurden. Dann begann die zum Ritus gestaltete Befreiung der Gesichter der Männer von den Bärten, wobei die Mädchen auch die aus der Nase hervorstehenden Haare sorgsam entfernten, ebenso die Haare, die aus dem Haarfeuer der Brust zum Hals hinaufwuchsen. Die Männer summten unbeweglich verharrend ständig gleiche Töne wie das Wiederkäuen gleicher Gedanken. Beim Summen beseitigen sie ohne sichtbare Bewegungen mit ihren langen Fingernägeln diesen oder jenen Fleck von den Gewändern.

Ratlos wurde ich, als ich sah, daß die Bolzen, mit denen die Achse befestigt war, verloren gegangen sein mußten. An der Stelle des Anpralls konnte ich die Bolzen nicht finden, und ein Umwickeln mit Draht oder Tau würde sich bald als zwecklos erwiesen haben, wenn der Wagen in unwegsames Gelände käme. Ich besann mich auf das Hämmern und Sägen, das ich neben dem Gerüst wahrgenommen hatte. Vielleicht würde ich dort Nägel oder Bolzen finden. Ich schob mich durch die Masse, die ich für einen Augenblick vergessen hatte, die schweigend dem Priester auf dem Gerüst lauschte. Dann gab es einen Schrei in der Menge, einen tausendfach gepreßten Schrei wie bei einer großen Anstrengung eines gewaltigen Körpers. ich sah, als wüßte ich sofort wohin, auf das Gerüst und erkannte einen der Männer, denen die Mädchen dicht neben meinem Wagen den Bart abgenommen hatten. Auf dem schanzenähnlichen Gerüst aber verlief eine halbmeterhohe, messerscharfe Stahlklinge.

Dem Mann wurden die Gewänder abgenommen, nur ein schmaler Lendenschurz blieb, er wurde auf die Klinge gesetzt, seine Hände an Rollen und die Rollen an die nebenherlaufenden Geländer gebunden, die zu beiden Seiten einen knappen Meter neben der Stahlklinge angebracht waren. Als der Mann die Stahlklinge heruntergestoßen wurde, erschien bereits der nächste auf dem Gerüst, auch ihn erkannte ich als einen von den Mädchen Rasierten. Durch die zu beiden Seiten der Klinge an das Geländer gebundenen Hände blieb der Mann auf der Klinge in der Geraden. Aber schon nach wenigen Metern hatte sich der Stahl bis in den Brustkorb des Mannes gefressen. Obwohl es nur Sekunden dauerte, bis der Mann von der Klinge zerteilt wurde und obwohl keine völlige Stille herrschte, erinnerte mich das Geräusch beim Zerteilen des Leibes an das Zischen eines gerade gelöschten kleinen Feuers. Am unteren Ende der Stahlklinge, nicht weit von meinem Standort also, wurde der nun aufgeschnittene Leib von Männern, die zu beiden Seiten des Gerüstes mit Körben standen, aufgefangen. Die Männer sahen mit ihren Körben so unverfänglich aus, daß ich glauben wollte, sie seien zufällig hier, hätten Reisig gesammelt. Neben dem Gerüst sah ich eine große Zahl brauchbarer Nägel liegen, und in dem Augenblick, als ich danach griff, schrie die Masse wieder, ihr Schrei war gelöst und entspannt. Während ich die Nägel einsteckte, traten dicht neben mich die Männer mit den Körben. Wieder wurde einer auf die Klinge gesetzt, zerteilt, und wieder wurden die Männer mit den Körben von der Wucht aufgefangenen Körperhälften in den Sand geworfen. Die Menge wurde lauter, dennoch konnte ich Pferdewiehern ausmachen. Mit aller Gewalt drängte ich mich durch die Massen, die sich vor und zurück bewegten wie Wellen, die mich voranschoben und zurückzogen. Nur allmählich ließen sich die Pferde beruhigen, sie hatten Durst, hilflos sah ich mich nach dem Kutscher um. Die Nägel, die ich gefunden hatte, reichten in der Länge aus, um die Achse wieder am Boden des Wagens zu befestigen. Da es keine Bolzen waren, mußte ich die Nägel umschlagen. Ich fand dazu in der Kiste unter dem Sitz nur eine rostige Eisenstange, die ich zur besseren Handhabung mit meiner Jacke umwickelte. Beim Umschlagen fluchte ich auf den Kutscher, der mich in diese Lage gebracht hatte. Beinahe hätte ich ihn bei seinem Namen gerufen, ich spürte direkt, wie sich die Buchstaben seines Namens auf meiner Zunge wölbten, aber es gelang mir in der Unruhe nicht, die Laute zu bilden. Die Arbeit mit der Eisenstange strengte mich an, kaum war es möglich, die Nägel in die richtige Führung zu schlagen, und mit der Zeit spürte ich eine Ungewißheit in meinem Rücken. Ich drehte mich heftig um und sah den Kutscher. Von Angesicht zu Angesicht. Du warst es. Schöner, als ich Dich je gesehen habe. Langsam, fast unscheinbar bist Du rückwärts von mir gegangen, ich wollte mit Dir sprechen oder lachen, die Eisenstange Dir anbieten, damit wir schneller fertig würden, damit wir von hier weg konnten. Fragen wollte ich Dich, warum wir hergefahren sind. Ich wollte Dich alles auf einmal fragen und konnte deshalb nichts sagen, nur sehen, wie Du verschwandest. Verschluckt von

Körpern Du, gelähmt ich. Als ich Dir dann nachlaufen wollte, war es zu spät. Deine Spur hatte sich aufgelöst. Auch die von den Mädchen sorgsam rasierten anderen Männer waren verschwunden. Waschschalen mit abgeplatzter Emaille, flache Seifenstückchen und kleine Handtücher lagen auf den Holzbänken, auf die ich mich nun stellte, um Dein Gesicht zu suchen, Hilfe in Gesichtern zu suchen. Doch von den Bänken wirkten die Gesichter nur noch wie flächige Ovale, massenhaft und willfähriges Mittel zur Bedienung einer Lust nach Macht.

Es war mir gelungen, das Rad auf der Achse so zu befestigen, daß es eine Weile halten mochte, mindestens aber so lange, um von da wegzukommen. Ich würde am Straßenrand auf Dich warten, gemeinsam könnte es uns gelingen, den Wagen für die Heimfahrt wiederherzustellen. Als ich losfahren wollte und mich noch einmal flüchtig umsah, erblickte ich Dich auf dem Gerüst. Nackt, angebunden an Rollen. Dann sah ich nichts, als hätte mich ein Feuerstrahl der Sonne selbst verglüht. Als auch die Tränen aus meinen Augen verschwanden und ich klarer sehen konnte, standest Du noch immer dort. Du standest vor der Sonne, Dein Schatten mähte für Momente die Blicke jener, die zu Dir blickten. Nirgends war ein Zeichen auszumachen, dem Du hättest folgen müssen, der Priester war vom Gerüst gegangen, auch die Männer mit den Körben neben der Schanze waren nicht mehr da, aber nun merkte ich am einhelligen Blick der Masse, daß ich selbst das Zeichen war. Meine Abfahrt. Die Pferde wurden wieder unruhig. Solltest Du am Leben bleiben, dürfte ich mich mit der Kutsche nicht vom Fleck bewegen, keine Geste machen, kein Zeichen geben, nicht den Pferden, nicht Dir, nicht der Masse. Warum hatte ich Dich, als Du dicht vor mir standest, nicht gehalten, gefesselt, am Fortgehen gehindert?

Zahllose Augenpaare starrten auf mich. Mit einemmal ruckten die Pferde an, im Ruck fiel ich auf den Sitzbock der Kutsche. Die ersten Hufschläge der Pferde fielen in den Schrei der Masse.

II Die Frau

*Nun gut, ich habe genug von den
Leuten, die für eine Idee sterben.
Ich glaube nicht an das Heldentum,
Ich weiß, daß es leicht ist,
und ich habe erfahren, daß es
mörderisch ist.*

Albert Camus, Die Pest

Als Konrad erwacht, beginnt es draußen zu dämmern. Er spürt, seine Füße sind eiskalt. Still ist es. Konrad steht auf, sieht sein blasses Gesicht im Spiegel, läßt Wasser ablaufen. Als er glaubt, das Wasser ist kalt genug, wäscht er sich ohne Behutsamkeit, doch es bringt ihm keine Erfrischung. Der enge Hof, das Bett, in dem er schlecht träumt, das Zimmer mit der hohen Decke und den leeren Wänden sind ihm widerlich. Noch benommen von der Nacht, packt er seine Koffer, hinterlegt der Vermieterin eine kurze Nachricht, Geld und den Zimmerschlüssel. Konrad tritt aus dem Haus, zuckt zusammen, sieht einen Haufen Pflastersteine, Gehwegplatten, Kies, daneben die Ramme der Plattenleger. Kein Traum. Er sieht in den Himmel. Ein Bussard von den nahen Wiesen kreist über den letzten Häusern.

Konrads Denken ist auf drei Worte beschränkt: Zurück, nicht zurück. Er hat keinen Schlüssel. Er muß klingeln. Vielleicht läßt Marita ihn hinein. Jetzt kann er ohnehin nicht nach Hause; Marita muß erst aufstehen. Besser noch, er kommt, wenn sie geht. Es gibt dann keine Gespräche. Konrad sieht, wie vor dem Milchladen Kästen mit Flaschenmilch abgeladen werden. Zurück oder nicht zurück. Unwirklich scheint ihm alles: das Geträumte, Marita, die Schmiede, die hinter halb geöffneten Fenstern Schlafenden. Unwirklich, die Koffer, die er trägt. Wirklich ist nur sein Hunger auf einen Kanten Vollkornbrot, ganz frisch oder vier, fünf Tage alt. Konrad atmet tief durch. Die Luft tut ihm gut. In zehn Minuten könnte er zu Hause sein. Die Luft ist würzig. Vielleicht will Marita später zur Arbeit gehen, will erst seine Rechtfertigung hören. Was will sie hören? Der alte Freund ist tot, das kann Konrad ihr sagen, mehr nicht. Oder sie macht ihm zu essen, sagt: Iß erst mal. Und dann soll er über alles sprechen, damit sie urteilen kann. Er hat fast die ganze Einrichtung für die Wohnung in die Ehe gebracht, ihr gehört nicht viel, aber sie will über ihn richten. Ihr Urteil fällt ins Nichts.

Die Kirchturmuhr schlägt sechs. Um die Straßenecke kommen zwei Männer in rostfarbenen Arbeitsanzügen und verschwinden in der ersten Haustür. Als Konrad am Haus vorbeikommt, drehen die Männer volle Mülltonnen über den Hausflur auf den Bürgersteig und stellen die Tonnen an der Bordsteinkante ab.

Konrad geht langsam mit kleinen Umwegen nach Hause, horcht an der Wohnungstür, hört Marita in der Wohnung, will klopfen, klingelt. Marita öffnet gewohnheitsmäßig, denkt Konrad, doch wenn sie ihn sieht, kann sie schnell die Tür zuschlagen.

Marita öffnet ihm, er tritt langsam in den Flur, sieht, wie Marita Schuhe und Jacke anzieht.

Ich muß los. Bleibst du jetzt hier?

Was soll er sagen.

Marita geht, Konrad hört ihre Schritte im Treppenhaus verhallen. Konrad steht im Flur, neben sich die Koffer, er kann sich nicht bewegen. Die Zimmertüren stehen weit offen. Neben dem Teppich glänzt der Holzfußboden. Er riecht Maritas Haarspray. Konrad schließt die Tür zum Bad, setzt sich in die Küche. Er ist tot. Wie lebt man mit welcher Wahrheit, denkt Konrad. Mit der Wahrheit eines Traumes oder mit der Wahrheit der Wirklichkeit? Darauf soll Marita ihm Antwort geben. Konrad nickt ein. Schreckt hoch und macht sich auf den Weg in die Schmiede seines Schwiegervaters.

Als er in die Hauptstraße kommt, werden dort die Mulltonnen geleert. Über dem Müllauto schwebt eine Staubwolke. Während die beiden Arbeiter eine Tonne an die Kippvorrichtung hängen, fällt Unrat heraus, als die Tonne ausgekippt wird, rieselt feiner Dreck auf die Straße. Konrad sieht den hastenden Arbeitern nach.

Am Vormittag schreibt Konrad Rechnungen im Kontor und sieht auf das Telefon neben sich. Er fürchtet es, fürchtet, es könnte klingeln und Maritas Worte fielen aus der Muschel, fielen auf die Erde, vor den Stuhl, auf den Tisch, lägen um ihn herum wie ein Minengürtel.

Gegen Mittag kommt ein LPG-Vorsitzender ins Kontor und fragt, ob in der Schmiede Nietverschlüsse für Kettenantriebe repariert werden können.

Nein, sagt Konrad, wir haben kein Werkzeug dafür.

Eine Stunde später bringt der LPG-Vorsitzende den Bürgermeister mit, der fragt, ob Konrad zwei seiner Mitarbeiter herausgeben kann, um vor Ort die Maschine einsatzbereit zu machen.

Meinetwegen. Einen Schmied für einen Tag, sagt Konrad.

Sieht ganz schön leer aus. Der Bürgermeister nickt in Richtung Kühlschrank, auf dem eine leere Schnapsflasche steht.

Der Bürgermeister will noch mehr sagen, vielleicht noch einen Witz, doch Konrad winkt ab, schreibt weiter Rechnungen, geht dann auf den Hof, pflückt Margeriten, die neben der Hecke wachsen. Als er die Blumen in der Hand hält, kommt ihm Marita wieder in den Sinn. Blumen als stille Mahner einer Schuld? Im Kontor steckt er die Margeriten in die leere Schnapsflasche auf dem Kühlschrank. Konrad lacht stumm. Zum Ölbild vom Uralt-Krötzig sagt keiner etwas, trotz der entstellenden Beulen auf dem Gesicht durch die sich lösende Farbe. Zu der schmucklosen Schnapsflasche, die gut ein Jahr auf dem Kühlschrank steht, gibt es stets einen Kommentar. Als wäre sie die unausgesprochene Einladung zu einer Vertraulichkeit.

Marita zieht sich gerade Jacke und Schuhe an, als Konrad abends aus der Schmiede kommt. Nimm doch wenigstens die Koffer aus dem Flur.

Marita sieht ihm nach, er geht wortlos in sein Zimmer. Es klingelt. Rosa steht vor der Tür.

Wessen Koffer sind denn das? Ist er zurück?

Liegt das Haar so, Rosa, oder soll ich es mehr nach hinten kämmen?

Warum schmeißt du ihn nicht raus?

Gegen zehn bin ich zurück, ruft Marita in die Wohnung.

Marita und Rosa gehen ins Kulturhaus hinter dem Busplatz. Der Saal ist besetzt, nur in der letzten Reihe sind noch Plätze frei. Eine Frau betritt den Saal, es wird still, der Vortrag beginnt. Rosa ist gleich vom Vortrag der Psychologin aus Berlin gebannt, bekommt rote Wangen, ihr Zeigefinger rutscht in kurzer Abfolge über den Fingernagel des Daumens.

Marita schmunzelt; wenn Rosa im Gesicht Farbe bekommt, ist sie bei der Sache. Marita kann nicht zuhören. Rosa ist ihr zuliebe mitgekommen, damit sie nicht allein zu Hause hockt. Vielleicht ist Konrad wieder fort, wenn sie kommt. Rausschmeißen, denkt Marita. Rosa hat gut reden. Konrad soll reden. Marita sieht auf die hohen Rückenlehnen der vorderen Stuhlreihen. Nur Köpfe sind sichtbar. Vor ihr ein Frauenkopf. Blond gefärbtes Haar zu einem Dutt hochgebunden und von Elfenbeinklammern zusammengehalten. An den Ohren des Frauenkopfes hängen an feinen Ösen silberne Ringe. Bei geringfügigen Bewegungen des Frauenkopfes geraten die Ohrringe ins Pendeln. Uhrenpendel, denkt Marita. Nicht greifbar. Nicht greifbar wie Konrad. Hätte sie, anstatt hierher zu gehen, bei ihm bleiben sollen? Marita streicht die Falten aus ihrem Rock.

Hör doch mal zu. Rosa stößt sie an.

Marita sieht zu Rosa, auf den Frauenkopf, zu der Vortragenden. Widersinnig: Sie, die keine Kinder bekommen kann, Eileitersterilität, und Rosa, die keine Kinder will, sie setzen sich in einen Vortrag über Fragen der Kindererziehung. Wie gut, daß sie hier niemand kennt.

Was machen wir aus dem Willen unserer Kinder? Die Psychologin ist eine schöne Frau. Die Worte Willen und Kinder hat sie beim Sprechen in Silben geteilt, betont, die Augenbrauen dabei hochgezogen. Vorhin warf sie ihre Hände flüchtig in die Luft und zeichnete eine Figur. Marita hoffte, die Figur würde sichtbar, wie in einem Zauberstück.

Du hörst überhaupt nicht hin. Rosa stößt sie wieder an.

Marita hört: Was machen wir mit unseren Kindern, kaum daß sie das Licht der Welt erblicken? Wir stricken ihnen schöne Sachen, kaufen Klappern, schieben die Kinder in die Sonne, lassen sie Stunden am Tag dort stehen, gesund sollen sie bleiben und kräftig werden. Schreien unsere Kinder, geben wir ihnen die Flasche und wiegen sie in den Schlaf. Wir wollen nur das Beste. Manchmal müssen wir auch laut werden, wenn unsere Kinder keine Ruhe geben wollen. Wir nehmen uns da sehr wichtig. Aber warum unsere Kinder schreien, wissen wir nicht. Sie wollen nicht allein sein. Sie wollen die Haut, sie wollen die Mutter, sie wollen den Schutz. Wir geben ihnen den Schnuller. Ein Anfang von Persönlichkeitsstörung. Alle Entschuldigungen der Eltern sind nichts als unsinnige Ausreden. Den Zeitfaktor – Keine Zeit! – will die Psychologin nicht gelten lassen.

Was würde aus unserer Ehe werden, wenn ein Kind im Hause wäre? Ein Kind, um Konrad zu halten? Und was wird aus dem Kind, wenn Konrad es nicht annimmt? Wenn über so einen Fall hier geredet würde! Marita drückt mit den Fingerspitzen gegen die Lehne des vorderen Stuhls. Rosa sieht sie an, Marita sieht nach vorne.

Am Ende des Vortrags wird Rosa sagen, wie gut, daß wir keine Kinder haben, denkt Marita. Keine Kinder, keine Mutter. Ihre Mutter fällt ihr ein. Zu Hause will Marita nach dem Bild ihrer Mutter suchen.

Beifall, der Vortrag ist zu Ende. Wie gut, daß wir keine Kinder haben, sagt Rosa.

Im Saal haben nun alle ein Redeverlangen, Marita sieht, wie die Psychologin in einer Menschentraube verschwindet, Mütter, Väter, die unruhig geworden sind und glauben, die Psychologin könnte ihre Fehler ungeschehen machen.

Komm, sagt Rosa, vorhin hast du auch nicht zugehört.

Der gemeinsame Weg führt Marita und Rosa bis zum Busplatz, dort verabschieden sie sich. Marita geht über den Platz. In Meyers Hutmacherladen gelbes Neonlicht. Hinter den Auslagen des Konsums sind bis unter die Decke leere Bierkästen gestapelt.

Im Buchladen an der Ecke ein großes Plakat an der Scheibe: 72. Auktion im Klubhaus der Reichsbahn. Albert Zert versteigert wieder mit Witz und Humor vergessene Koffer, Hüte, Mäntel, Fahrräder, Regenschirme & dgl. Mindestgebot: Eine Mark. Eintritt frei.

An der Bushaltestelle warten Leute. Einem Gehbehinderten folgt wankend ein Betrunkener, der glaubt, es wäre sein Kumpel.

Als Marita nach Hause kommt, sitzt Konrad am Schreibtisch in seinem Zimmer. Sie kann nicht erkennen, ob er schreibt oder liest. Sie macht sich einen Tee, sucht in der Kommode nach Bildern von ihrer Mutter, findet nur Bilder von Konrads Mutter, die lose im Album liegen. Marita trinkt den Tee im Stehen, betrachtet die großen Fotos mit den gezackten Rändern. Konrads Mutter lächelt verschlagen und undurchsichtig, scheint es Marita. Vielleicht, weil sie eine Uniform trägt. Vielleicht trägt sie die zum Spaß. Ihre Mutter oder Konrads Mutter, nie hat Marita diese Frauen anders als auf alten Fotos gesehen. Marita legt das Album zurück, setzt sich. Es ist möglich, daß sie Konrad neulich tief verletzt hat, als sie ihn verhaltensgestört nannte. Sie schaut in die Tasse. Wie soll man aber miteinander leben: In jedem Kopf eine Welt und ein Anspruch, der jede andere Welt und jeden anderen Anspruch auszuschließen scheint. Bei den Kleinigkeiten geht es los, gerade bei denen. Ihr fallen die Schuhe ein, die sie sich gekauft hat, deren harte Absätze bei jedem Schritt ein lautes Geräusch verursachen. Konrad mag das Geräusch nicht, glaubt, sie will ihn damit reizen.

Marita bringt die leere Tasse in die Küche, sieht vom Flur aus, daß Konrad an seinem Schreibtisch eingeschlafen ist.

In aller Frühe wacht Konrad auf, ahnt das hohe Untermieterzimmer, schlechte Träume, doch er ist in seiner Wohnung, und die Träume blieben aus. Er geht ins Schlafzimmer, setzt sich auf die Bettkante. Marita schläft ruhig. Mit Daumen und Mittelfinger hat sie den Kragen ihres Nachthemdes umfaßt, als wäre es ein kleines Stofftier. Er könnte sich neben sie legen.

Er zieht sich um, geht früher zur Arbeit, fegt den Hof der Schmiede, holt Sauerstoff-Flaschen vom Bahnhof, bringt auf dem Rückweg die Brötchen für die anderen in der Schmiede mit.

Dann schreibt er Rechnungen im Kontor, summt: Im Frühtau zu Berge, wir gehn fallera.

Er wird nachher, wenn Marita auch zu Hause ist, sie einfach

mit sich ziehen, sie werden wandern. Geheimnisse vergangener Wanderungen wird er nicht preisgeben, doch kann sie selbst Geheimnisse sammeln.

Paul Krötzig kommt ins Kontor, Konrad singt weiter, Paul Krötzig singt mit: Wir sind hinausgezogen, den Sonnenschein zu fangen...

Falsch, du singst falsch, Paul. Das muß heißen: Wir sind hinausgegangen, den Sonnenschein zu fangen.

Ach was, sagt Paul Krötzig, mach Feierabend.

Ich will Marita heute mitnehmen.

Wohnst du wieder zu Hause?

Hoffentlich macht sie nicht schlapp. Ich will mir Schlagsdorff ansehen.

Konrad zieht sich an und geht. Nicht weit hinter der Schmiede liegt eine tote Katze am Straßenrand, ohne sichtbare Zeichen einer Verletzung. Ein kleines Mädchen streichelt die Katze sanft und fragt Konrad, der stehengeblieben ist: sie schläft doch?

Laß sie lieber, sagt Konrad, sonst tust du ihr weh.

Warum, sie ist doch tot. Das Mädchen springt auf und läuft fort.

Konrad klingelt, Marita öffnet nicht. Aus dem Seitenfach der Aktentasche holt er den Wohnungsschlüssel. Wenn Marita in der Stadt ist, wird sich die Wanderung nach Schlagsdorff nicht mehr lohnen, denkt Konrad. Im Flur stehen noch seine Koffer, wie er sie gestern abgestellt hat. Er fühlt sich sofort angegriffen, aus der Stimmung gebracht. Konrad geht ins Wohnzimmer. Marita schläft nicht, er sieht sie mit dem Rücken zu ihm am Tisch sitzen. Sie liest, vor sich einen Stapel Briefe. Beim Näherkommen sieht Konrad eng beschriebene Seiten. Seine Schrift. Seine Briefe. Er will etwas sagen, es wird ein unklarer Laut. Marita springt im Schreck vom Stuhl, und während sie aufspringt und sich Konrad zuwendet, werden ihre Pupillen so groß wie ihre Augäpfel. Konrad sieht es, dreht sich um und will gehen. An der hellen Tapete nimmt sich sein Schatten wie ein abgebrochener Baum aus. Marita legt die Briefe zusammen, einige rutschen ihr aus der Hand. Sie schmeißt die Briefe auf die Erde und geht zu Konrad.

Ich habe nichts gewußt. Die Briefe lagen vorhin vor der Tür, als ich kam.

Konrad steht am Fenster, als stünde er am Meer, fühlt sich nacktgeweht.

Wir sollten hier raus, Konrad. Wandern, irgendwohin gehen.

Konrad geht langsam durchs Zimmer, zieht sich einen Kittel über.

Ich gehe in den Keller, das Regal weiterbauen.

Und an der Tür sagt er, auf die Briefe zeigend: Der ist tot.

Marita wird es heiß, sie geht ins Bad, hält ihre Arme unter Wasser, wäscht sich das Gesicht. Havarie, denkt sie. Betriebshavarie. Erstens Hauptschalter aus, zweitens Alarm auslösen, drittens auf den Stellplatz, warten. Worauf? Sie setzt sich ins Zimmer, wartet, ist erschöpft. In der Erschöpfung sammelt sich neuer Zündstoff, der sich stoßartig zu entladen droht. Herrgottnochmal. Marita hebt die Briefe auf, legt sie auf den Tisch, in die Kommode, zieht die Schublade noch einmal raus, legt die Briefe zuunterst. Sie zieht sich eine Jacke über, muß rausgehen; sie geht zu Rosa.

Kurt sieht Fußball, Rosa feilt ihre Fingernägel, sie gefällt sich, Marita setzt sich unschlüssig.

Wer will Bratkartoffeln zum Abendbrot? Sorgfältige Aussprache und Pausen zwischen Rosas Worten, daß Kurt verdutzt aufsieht.

Ich muß mit euch reden, ich bin ratlos, sagt Marita. Rosa setzt sich wieder.

Trink erst mal. Rosa bringt dir etwas.

Vorhin, als ich von der Arbeit kam, lag ein Stapel Briefe vor der Wohnungstür. Eingewickelt. Obenauf ein Zettel mit meinem Namen.

Vor der Wohnungstür? Ihr habt doch einen Briefkasten, sagt Kurt beiläufig.

Ich habe alle Briefe gelesen. Er hat sie zurückgeschickt. An mich. Und dann ist Konrad gekommen.

Ich verstehe kein Wort. Kurt dreht den Fernseher leiser.

Als Konrad neben mir stand, ich dachte, er macht –

Konrad wieder. Wieder Konrad!

Sei still, Weib. Wenn ich dich recht verstanden habe, Marita, lagen Briefe vor der Tür. Du hast sie gelesen. Dann ist Konrad gekommen.

Das sind Konrads Briefe. Er hat sie an seinen alten Freund geschrieben.

Und wo ist der Haken? Ich lese auch Rosas Briefe.

Der Haken, der Haken. Dann müßtest du sie lesen. Er schreibt über Sachen, über Dinge, von denen ich überhaupt nichts geahnt habe. Ich weiß nichts von Konrad. Sein Leben vollzieht sich weitab von mir. Vier Jahre sind wir verheiratet, vier Jahre suche ich ihn, und alles, was ist, schreibt er diesem Freund.

Kurt holt eine Flasche Wein, Gläser, gießt ein. Rosa trinkt.

Konrad schreibt über seine Mutter, es ist grauenvoll. Ich habe erst einen Brief gelesen, dann konnte ich nicht mehr aufhören. Er schreibt über Frauen, über mich. Aber er hat nie gesagt, was er denkt. Er glaubt, ich will keine Kinder, nur um ihn zu demütigen.

Das ist doch Unsinn, keine Frau macht so was. Rosa trinkt.

Aber Konrad denkt so. Er glaubt, Frauen sind da, um ihn zu demütigen.

Und dann?

Nichts. Er ist in den Keller gegangen und hat an seinem Regal weitergebaut. Was weiß ich.

Kurt stellt den Fernseher ab. Und diesen alten Freund kennst du?

Bis heute habe ich keine Ahnung von ihm gehabt.

Dann geh doch einfach zu ihm.

Weib, was soll Marita denn da, wenn der die Briefe vor ihre Tür legt.

Vor allem, ich kenne Konrads Mutter nicht. Die eigene Schwiegermutter. Das ist doch absurd.

Gewundert hat mich das auch schon. Auch Konrad spricht nicht von ihr, ich habe gedacht, sie wäre tot. Warum gehst du nicht zu ihr, Marita?

Zu Konrads Mutter? Wie soll ich zu ihr, soll ich ihr die Briefe unter die Nase halten, stimmt das Frau Mettusa, Sie haben grüne Augen, die nachts leuchten, wenn Sie Kinder abspritzen? Und wollten Sie Ihren Mann in der Wüste erschießen?

So was gibt es doch gar nicht, sagt Rosa.

Was geht dich denn die Frau an, ich denke, du willst wegen Konrad zu ihr.

Auch wenn er so über seine Mutter schreibt?

Das hat sich Konrad wieder ausgedacht. Der spinnt doch. Rosa trinkt.

Vielleicht meint Konrad etwas ganz anderes. Ich kenne die Briefe nicht, aber könnte er nicht alles aufgeschrieben haben, worüber er nicht spricht? Der Freund ist ein Vorwand, den gibt es nicht. Die Briefe sind an dich gerichtet.

Und wer hat sie vor die Tür gelegt?

Welche Rolle spielt das. Und dann ist Konrad in den Keller

gegangen, hat gearbeitet, und du hast deinen Schreck. Die Sache solltest du nicht so schwer nehmen. Kurt trinkt langsam. Konrad sollte woanders arbeiten, daran liegt es. Ein Mann braucht eine Aufgabe.

Konrad achtet mich nicht.

Ihr solltet mit eurem Mißtrauen aufhören. Wir sagen uns auch alles. Ohne Liebe kann man noch leben, mit Mißtrauen nicht mehr.

Es gibt aber Augenblicke, nach denen nichts mehr weitergeht, Kurt. Offenbar bleibt nichts übrig, als dann unrecht zu tun, gegen sich, gegen andere. Marita trinkt.

Ihr solltet euch ein Auto anschaffen.

Marita sieht Rosa an, merkt, wie sie rot im Gesicht wird. Kann euch überhaupt noch etwas berühren? Wollt ihr die Briefe lesen? Marita zittert. Havarie, Strom abschalten. Sie sieht unwillkürlich Kurt nach, der aus dem Zimmer geht, sogleich wiederkommt, in der Tür stehenbleibt.

Aber du hast doch gesagt, Konrad ist in den Keller gegangen. Da ist doch alles in Ordnung.

Rosa sieht sich hilflos um. Marita steht auf und geht.

In ihrem Kopf zerreißen die Gedanken, werden Bruchstücke, die herumwirbeln. Marita geht in tapsigen Schritten, die wie jenseits ihres Willens liegen. Sie geht wie eine aufgezogene Puppe den Weg.

Am Morgen gelingt es Konrad nicht, Marita zu wecken, nicht durch Zureden, Streicheln oder Ansehen – wie man oft jemanden so lange ansieht, bis dieser den Blick erwidert. Konrad ruft sie beim Namen, ruft wie eine Frage, Marita?, als könnte es ihr anders wehtun oder als stünde sie vor einer Verzauberung, aber der Zauberer Schlaf hält sie fest, und Konrad geht ins Kontor.

Er schreibt das Kassenbuch, Aufträge, blickt aus dem Fenster des Kontors, faltet gleichgültig Rechnungsbögen zu kleinen Papierschiffchen, schiebt sie mit dem Zeigefinger über den Tisch, bis sie von der Kante fallen, den Blick dabei aus dem Fenster, wo er sich das Meer vorstellt, das rauscht und gegen Felsen schlägt und in der Ferne den Himmel verschlingt. Er sieht aus dem Fenster den Stummfilm vergangener Wanderungen. Wohin mit den Gedanken?

War es gut vom alten Freund, Marita die Briefe zuzuspielen, oder war es erneuter Verrat der Gefühle? Will er einen neuen Anfang machen, ohne viel Worte über Vergangenes zu verlieren? Die Tonlosigkeit in ihm, im Zimmer verschwindet, das Leben hinter den Scheiben bekommt wieder Farben, Gerüche, die Dinge gehören wieder zusammen. Konrad kommt der Gedanke, ihm erneut zu schreiben. Er will den alten Freund ermutigen. Konrad schreibt, wie er all die anderen Briefe an diesem Tisch schrieb.

Neunzehnter Brief

Es ist gut, sich auf Dich zu verlassen, von Dir, durch Dich – Die geordneten Bilder überschlagen sich, fallen aus dem Rahmen, alte Gedanken kommen ihm, alte Worte, Wortgestümper; Konrad hat nichts mehr zu sagen, der andere ist tot.

Konrad lehnt sich zurück, schneidet Fratzen über dem Papierberg auf dem Tisch. Das Papier wehrt sich nicht, liegt da, er könnte es zerknüllen, verbrennen, zerreißen, nichts würde geschehen. Konrad nimmt einen Bogen, federleicht, läßt ihn durch die Luft gleiten, fängt ihn mit den Fingerspitzen ab, er könnte Zementsäcke schleppen, könnte Schlosser sein, Ölkanne würde man ihn rufen, oder er wäre Krankenpfleger geblieben. Aber geschah nicht ständig das gleiche, wenn er unter Menschen war, widersprach er nicht allen Erwartungen, unfähig und unwillig zur Gemeinschaft?

Mit dem Großvater möchte Konrad jetzt angeln, am unwegsamen Südufer des Langen Sees, dort wo DIE FRAU ihn nie gesucht hat. Und Marita, hat sie ihn auch nur einmal gefragt, ober mit ihr wandern will? Ob er ihr die vielen versteckt gelegenen Buchten zeigen will? Statt dessen träumt sie von irgendeinem Glück. Frauen sind wie Kinder, die vom Glück träumen. Welchen Kraftverlust bringt das!

Konrad nimmt einen Bogen Papier, läßt ihn auf den Boden fallen. Er steht auf, geht zu Paul Krötzig auf den Hof.

Brauchst du den Wagen, Paul? Ich will zum Doktor Kleinert nach Retgendorf. Wegen der Zinkfigur.

Der wird doch jetzt in seiner Zahnklinik sein.

Er muß nicht dabei sein, Paul, kleine Restarbeit.

Nimm ihm die Rechnung für die Figur mit.

Die Rechnung habe ich letzte Woche abgeschickt. Gegen Mittag bin ich zurück.

Konrad holt aus dem Schrank im Kontor Pinsel und Farben, setzt sich ins Auto, steigt noch einmal aus, um den Werkzeugkasten zu holen, und fährt dann los, fährt langsam durch die gerade Straße, will noch am Farbladen halten. Er sieht Schaufenster. Eine ältere Frau kommt aus einem Laden. Konrad bremst, sieht dann aber wieder die Frau auf dem Bürgersteig, ihre kurzen schnellen Schritte. Nur DIE FRAU geht so. Nur DIE FRAU hat den Gang wie über alles hinweg. In dem Augenblick, als Konrad DIE FRAU zu erkennen glaubt, geht sie unvermutet, ohne sich umzusehen, über die Straße, läuft vor Konrads Auto. Er will bremsen, doch er gibt Gas. Der Wagen beschleunigt, drückt ihn in den Sitz, Kornad beschleunigt noch mehr, er sieht, wie Blätter auf seinem Schreibtisch durch die Luft wirbeln. Als nur noch ein, zwei Meter sie beide trennen, springt ein Mann auf die Fahrbahn und reißt die Frau von der Straße. Nach einigen Sekunden kommt Konrad zu sich. Er läßt den Wagen ausrollen, die letzten Häuser der Stadt hinter sich lassend, und hält am Straßenrand. Tränen kommen ihm.

Marita wacht auf, angezogen, wie sie in ihr Bett gefallen ist. Die Wanduhr zeigt auf zehn. Es fällt ihr schwer, sich zurechtzufinden, beim Duschen ordnet sie den vergangenen Tag, seinen Ablauf, mehr läßt sich nicht ordnen. Sie geht einkaufen, ruft unterwegs den Direktor an.

Selbstverständlich, sagt Franz Moldenhauer, bis morgen hast du frei.

Marita liest Konrads Briefe erneut, nicht alle. Sie legt ihre Beine auf den anderen Sessel und raucht beim Lesen. Sie raucht selten. Marita liest Zeile für Zeile mit der Anstrengung einer schweren Last, ist dabei nicht empört oder abgestoßen, versucht Konrad zu verstehen und fühlt sich erleichtert um die Zweifel an ihrem Frausein, um die Zweifel an Konrads Mannsein, erleichtert um die Zweifel am Verstand, denn sind diese Briefe nicht all das zwischen ihnen Unausgesprochene? Mag es diesen Freund geben, die Briefe sind für sie.

Marita saugt den Zigarettenrauch so tief, daß sie den Moment des Hustenreizes verschluckt. Sie werden über die Briefe sprechen, nicht jetzt oder morgen, aber sie werden sprechen. Scheidung ist Unsinn, ist Laufen in noch größeren Zwiespalt. So hat sie die Briefe verstanden. Und Konrad ist aus mehr als nur der Gewohnheit wiedergekommen. Marita nimmt die Briefe, bleibt vor der Kommode stehen, legt die Briefe dort nicht hinein, zerreißt sie, steckt sie in den Ofen. Marita braucht sie nicht mehr, ihr reicht Konrads Angebot, die stille Übereinkunft. Warum ist sie zu Kurt und Rosa gegangen, kopflos geworden? Marita schüttelt den Kopf. Wie sollen Kurt und Rosa für sie Antworten finden? Marita denkt an Franz Moldenhauer. Zu ihm hätte sie gehen sollen. Dann fällt ihr Konrads Mutter ein. Marita wird sich einfach auf den Weg zu ihr machen, die Zeit dazu ist längst überfällig. Sie wird sagen: Hier bin ich, Ihre Schwiegertochter. Die Frau mag verbittert sein oder einsam, aber sie ist kein Gespenst, wie es Konrad malt.

Marita will es gleich tun. Sie zieht sich nicht um für diesen Besuch, kein Anschein von Außergewöhnlichem, auch kein Geschenk, einfach reinschauen bei ihr, reden.

Der Bus schaukelt sie durch die Straßen. Hinter dem Busplatz die einzige Ampelkreuzung der Stadt. Marita sieht, wie sich zu beiden Seiten der Ampel auf dem Bürgersteig Menschen sammeln. Als ihnen die Ampel es befiehlt, gehen die Menschenklumpen in geschlossenem Nebeneinander, rücken in zwei Linien aufeinander zu, berühren sich kurz in der Mitte der Straße wie spritzendes Wasser und fließen ihren Weg ab. Nur ein Alter findet keinen Durchschlupf. Ihn spült das entgegenkommende Nebeneinander vor sich her auf die Seite zurück, von der er kam. Der Bus fährt weiter. Marita sieht dem Alten nach.

Am Stadtrand findet sie das Haus, in dem ihre Schwiegermutter wohnt. Zweistöckig, hell der Putz, frisch gestrichen die Fenster. Die Türklinke mit ihrem Messingbeschlag glänzt, als würde sie jeden Tag geputzt oder ginge durch hundert Hände. Im Treppenhaus hat Marita Schwierigkeiten, sich zurechtzufinden. Es ist dunkel und eng. Vor der Wohnungstür im Hochparterre stehen leere Milchflaschen und auf der Fußmatte Halbschuhe mit abgelaufenen Absätzen. Semmling, liest Marita neben der Klingel. Sie geht die Treppe hoch. Wieder ein blanker Messingbeschlag an der Tür und der Name Mettusa. Marita klopft, wartet, klopft wieder.

Was wollen Sie? ruft eine Stimme hinter der Tür.

Ich bin Marita Mettusa, Ihre Schwiegertochter.

Bist du meine Tochter? Du bist meine Tochter, du bist – Dann hört es Marita ganz leise: Sie haben nicht geklingelt. Ich kenne Sie nicht.

Marita hört, wie in der Wohnung eine Tür geschlossen wird, und geht langsam die Treppen hinunter, sieht von der Straße aus in geschlossene Fenster, geht nach Hause.

Dort sucht sie in der Kommode das Album mit den Bildern von ihrer Schwiegermutter. Sie, in Uniform, scheinbar wesenlos, aber das wesenlose Bild setzt sich zusammen, Marita war in ihrem Haus, hat sie sprechen hören, eine klare laute Stimme, eine klare leise Stimme. Marita sieht die Runenzeichen am Kragenspiegel der Uniform. Ratlosigkeit, Gedankenlosigkeit. Sie legt die Bilder zurück, hält noch inne; die Bilder sollten eingeklebt werden, alles sollte an seinem Platz sein, und läßt die Bilder auf der Kommode liegen. Möglicherweise hat die Schwiegermutter einen anderen Namen verstanden oder war unpäßlich.

Was anfangen mit dem Nachmittag? Mit Franz Moldenhauer möchte sie jetzt in einem Café sitzen, seinen Geschichten zuhören. Wie oft haben sie früher in gemütlichen Kneipen gesessen oder sind nach Schwerin gefahren, um dort gut zu essen, haben dann im Dom Orgelmusik gehört. Als Konrad sie geheiratet hat, zog sich Franz Moldenhauer zurück.

Marita zieht sich um, sucht eine Verbindung im Fahrplan und schreibt Konrad, daß sie nach Schwerin fährt.

Marita muß sich beeilen, wenn sie den Zug schaffen will. Vor dem Bahnhof verkauft eine Frau Sommerastern und Gladiolen. Die bunden Blumen verbreiten viel Schönheit. In der Bahnhofshalle werden Gerüste für die Maler aufgestellt. Die Maler stehen daneben und sagen, wie es ihnen recht ist. Marita schlängelt sich durch die Gerüststangen zum Fahrkartenschalter, hinter dem ein alter Mann sitzt und Tee trinkt.

Einmal Schwerin, sagt Marita.

Dagmar, kommst du, ruft der Rentner, und an den Schalter setzt sich eine Uniformierte.

In zwanzig Minuten ist Marita in Schwerin. Lärm, endlich Lärm, so ist ihr, Gesichter, Autos, Straßenbahnen. Marita staunt, wie reibungslos die dichte Abfolge von Mensch und Maschine die verschiedenen Wege findet. Sie kommt am Pfaffenteich vorbei, im Hintergrund der Dom. Urlauber, Fremde – Marita hört es am Dialekt –, füttern Schwäne und Enten. Marita mag den Pfaffenteich nicht und mag die Schwäne nicht. In der Geschäftsstraße Gedränge und inmitten des Gedränges ein kleines Fahrzeug mit Warnleuchte auf dem Dach und großer Frontscheibe, hinter der im weißen Hemd der Fahrer verschiedene Hebel und Knöpfe bedient, worauf unter dem Fahrzeug sich Besen drehen und Schläuche Wasser sprühen. Marita muß an Walter Eschenburg denken, der immer noch mit dem Pferdefuhrwerk durch die Straßen kommt, um Küchenabfälle für seine Schweine zu sammeln. Oder an Anna Löffler, die jeden Holzscheit von der Straße aufhebt und laut dabei schimpft über die schlechte Welt. Im Winter heizt sie mit dem Holz die Wohnung.

Marita geht in ein Café. Im Geschäftsraum wird Kuchen verkauft, im Raum dahinter kann man bei Kuchen und Kaffee sitzen. An den Wänden sieht Marita mit Goldbronze überstrichene Gipsrahmen, in denen Farbdrucke von Rubensgemälden hängen. Marita setzt sich mit dem Rücken zu den Bildern, sieht der Verkäuferin hinter dem Ladentisch und den Kunden vor dem Ladentisch zu, beide Räume kann sie überblicken. Als die

Serviererin kommt und fragt, was Marita bestellen möchte, sagt sie: Das habe ich ganz vergessen.

Nach einer Stunde geht sie. Der Himmel hat sich bezogen. In den Nebenstraßen sieht Marita kaum noch Menschen. Wo sind die Menschen, wo vollzieht sich das Leben in der Nacht, denkt sie, und hat dabei die menschenleeren Straßen ihrer kleinen Stadt vor Augen.

Aus den offenen Fenstern hört Marita Stimmen verschiedener Fernsehprogramme. Entfernt ein Brummen, Transformatorenbrummen oder vielmehr ein Summen, nah und fern, ein vielstimmiger Gesang. In einer Straßenflucht sieht sie den mächtigen Turm des Domes, der sich in der Dämmerung im Himmel verliert. Im Näherkommen hört Marita immer deutlicher singende Kinder und kräftige Männerstimmen, Frauenstimmen, dann Trompeten, die sich mit den Kinderstimmen hinaufschwingen, um Höhe streitend, während Kontrabässe, Orgel und Männerstimmen gegen die Frauenstimmen anschwellen, die von Sreichern getragen werden. Marita steht vor dem Dom, dessen Umriß nun auch in der Dunkelheit versinkt. Ein tönender Koloß, eine Stimmengewalt aus dem Inneren, die alles zu zerreißen droht, Hunderte Kehlen, die etwas Lebenswichtiges behaupten, eine Behauptung weitab jeder greifbaren Erfahrung, unumstößlich, unabwendbar, verheißend. Marita fühlt sich von der Musik umhüllt, behütet. Kläglich grölen dagegen zwei Betrunkene an, untergehakt und die Flasche schwingend. Marita drückt sich ans Mauerwerk. Als die Betrunkenen vorbei sind und sie wieder der Musik zuhört, scheint ihr, als wäre der Takt gebrochen, als würden die Töne kürzer, heftiger, donnernder, als hielten die Stimmen sich nicht mehr an die Instrumente und diese sich nicht mehr an die Stimmen, als wollte sich alles selbst zersprengen in einem Jubel.

Dann verstummt der Gesang, schwaches Licht fällt nur noch aus den hohen Fenstern des Kirchenschiffs, wie zur Besinnung.

Marita geht langsam zum Bahnhof, voll aufgesogener Musik, die sie mit irgendeinem Ton aus sich herauslassen möchte, aber es werden unförmige Gebilde, die ihre Erinnerung beschädigen, und sie hört auf zu summen.

In ihr klingt jetzt nach, was die Schwiegermutter vorhin sprach: Du bist meine Tochter.

Auf dem Bahnsteig wartet Marita auf den verspäteten Zug, geht auf und ab. Ihr fällt ein, daß sie nicht weiß, was sie im Dom gehört hat, was der Stimme der Helga Mettusa so glich. Marita wird unruhig, und allmählich verliert sich der Eindruck von der Musik im Dom. Ihr kommt der Gedanke, schnell dorthin zurückzugehen, auch um noch einmal die Stimme der Schwiegermutter zu hören. Doch der verspätete Zug läuft ein. Sollte nur noch eine ungefähre Erinnerung an das Unbekannte bleiben?

Abend. Helga Mettusa sitzt nach dem Essen am Küchenfenster, den Blick in die Landschaft. Weiden, Wiesen, auf dem Hügel zwei Bullen an der Kette. Es klingelt, klingelt schon das zweite Mal in dieser Woche, die Klingel sollte weg. Eine junge Frau steht vor der Tür. Was wollen Sie?

Ich bin Marita Mettusa.

Warten Sie. Helga Mettusa hustet kurz und laut, geht in die Küche, wäscht sich die Hände, räumt das Geschirr von ihrem Abendbrot in den Schrank, geht zur Tür, sagt: Bitte, und weist Marita die Treppe hoch. Helga Mettusa sieht, wie ihre Schwiegertochter unsicher ist, und geht voran.

In der kleinen eingerichteten Dachkammer, die sie nun betreten, hängt ein einziges großes Bild, ein graues Foto unter Glas in wuchtigem Rahmen.

Das bin ich.

Ein junges Mädchen mit langen blonden Haaren sitzt auf einem Pferd, eine hölzerne Lanze in der Hand wie zum Wurf.

Setzen Sie sich. Die Kammer ist nur für den Sommer. Es fehlt die Heizung. Man ist allein hier. Man muß alleine sein können, die meisten aber halten das nicht aus. Was macht Ihr Vater?

Schmied. Konrad arbeitet bei ihm.

Und was hat er davor getan?

Vater war immer Schmied. Großvater auch.

Und Ihre Mutter?

Die ist bei meiner Geburt gestorben.

Amazone hat man mich früher gerufen. Wissen Sie, was eine Amazone ist? Wie werden Sie gerufen?

Marita, einfach Marita.

Helga Mettusa dreht sich zum Fenster, zieht die Gardine straff, zieht die Gardine zurück. Ich gehe nicht in die Stadt. Ich kenne die Stadt mit ihren Leuten. In die Wiesen gehe ich. Oder zum Langen See.

Konrad wandert auch gerne.

Die Stadt mag wohl ihre dreißigtausend Gesichter haben, aber alle sind mir bekannt, ich habe sie alle schon einmal gesehen. Man muß sich Gesichter merken können. Nicht jeder kann das.

Marita sieht in die Augen ihrer Schwiegermutter, glühende Stahlkugeln.

Sie sind mir angenehm. Du hast keine Kinder. Ich merke, wenn eine Frau keine Kinder hat.

Helga Mettusa geht an den Schrank neben der Tür und sucht in einer Schublade.

Marita weiß nichts zu sagen, will der Schwiegermutter nur ihre Absicht mitteilen, sie ihrem Sohn wieder näher zu bringen. Marita sieht auf das Bild, ohne etwas darin zu suchen. Derb und freimütig wirken Reiter und Pferd. Hier geschieht alles in sicherer Fiebrigkeit: das galoppierende Pferd streift kaum den Boden, das Mädchen berührt kaum den Sattel, mit einer Hand nur hält es die Zügel und lacht dabei.

Helga Mettusa holt aus der Schublade eine Perlenkette und hängt sie Marita um. Das steht Ihnen. Frauen müssen zusammenstehen.

In Marita pocht die Erwartung, sie will ihre Schwiegermutter umarmen, ihr die Hand geben, aber Helga Mettusa sagt wie zu sich selbst: Komm wieder, Kind, und bringt Marita an die Tür.

Marita wartet auf Konrad. Er hat sie in der Weberei angerufen, weil er später aus der Schmiede kommt. Gegen acht wollen sie bei Rosa sein, acht reicht völlig, hat Konrad am Telefon gesagt. Marita denkt an Rosas Briefe: Seit Jahren bekommt Rosa zum Geburtstag Briefe von ihren vielen Männern: Was hatten sie am Morgen im Büro, als Rosa diese Briefe vorlas, gelacht. Männchenmachende Hunde, die um ihren Knochen betteln, hat Rosa gesagt.

Marita denkt an Konrads Briefe. Sie weiß nicht mehr, was sie las, obwohl sie jeden Satz aus dem Gedächtnis aufschreiben könnte, aber nun ging etwas an ihr vorüber, woran sie keinen Anteil hatte. Führte sie die Farbenpracht der Gier, der Neugier, mit der sie Konrads Briefe gelesen hat, nicht auf den kürzesten Weg, einen, der mit bequemen Antworten gepflastert war? Ein Weg zum Selbstschutz also? Hat sie diese Gedanken des kürzesten Weges nicht jetzt noch, nämlich: sich Konrad nun erklären zu können, weil sie seine Briefe gelesen hat –

Ein Loch tut sich auf. Und wieder Zweifel. An ihrem Frausein, an Konrads Mannsein, am Verstand. Oder lockt Konrad sie auf eine falsche Spur, sind die Briefe Produkte seiner Phantasie? Gibt es das Waisenhaus in der Klosterstraße? Gegen die Ungewißheit steht nur ihr Wunsch, nicht noch einmal zu scheitern. Jetzt in kleinen Schritten gehen können, Gehversuche gewissermaßen, und nicht ohne Konrad, und nicht dabei verzweifeln, sondern glauben können – an was denn noch?

Marita wickelt die Vase für Rosa in Geschenkpapier, schreibt keine Geburtstagskarte, über die Rosa lachen könnte wie über die Briefe ihrer Verehrer. Soll doch keiner glauben, es wäre nun, da Konrad wieder zurück ist, etwas anders. Dem Trug gibt sie sich nicht hin. Vielleicht ist die Möglichkeit, sich einander mühsam und kaum spürbar zu nähern, viel schwerer als der Weg zum Scheidungsrichter. Alles andere, Glück gar, mein Gott, das ist doch Illusion.

Marita stellt die Vase auf den Flurschrank, Kornad müßte nun kommen. Warum Illusion, hat nicht auch sie einen Anspruch auf Glück? Und wie kann Konrad weiterleben, ohne sie, nachdem er ihr die Briefe geschrieben hat. Von Lebenswut schreibt er, das ist doch ein Hilferuf an sie. Zunächst sind alle Dinge neu und dünn, und dann wird der Rahmen mit dem gewöhnlichen Leben ausgefüllt, daß man sich seiner Träume schämt.

Konrad kommt.

Es wird Zeit, beeilst du dich, Konrad?

Und was hast du Rosa gekauft?

Eine Blumenvase. Das ist neutral. Marita sieht, wie er sich den Schlips ungeduldig knotet.

Die hat das Haus sicher voller Leute. Sitzt mein Schlips?

Marita knotet den Schlips.

Wieso ist eine Vase neutral?

Konrad redet, will reden, sie herausfordern. Es fängt an zu

regnen. Marita schließt die Fenster, sieht, wie Konrad auf den neuen Sesselbezügen seine Schuhe zubindet.

Rosas Selbstbewußtsein besteht doch in der Wanderschaft durch Männerbetten. Warum schenkst du ihr zum Geburtstag nicht ein paar Männer? Was soll sie mit einer Blumenvase? Neutral. Ich schenke ihr eine Flasche Wein. Auf die Karte habe ich geschrieben: für die süßen Stunden ohne Deinen Mann.

Daß Rosa in dein Kontor kommt, das außerhalb der Welt liegt, und dir von ihren süßen Stunden erzählt, wußte ich gar nicht.

Konrad streift mit der Hand über den Sesselbezug und setzt sich dann in den anderen Sessel. Behauptungen sind euer ganzes sogenanntes Selbstbewußtsein. Ihr dreht in eurer Hilflosigkeit eure Fragen zu Behauptungen um und glaubt, das wäre Selbstbewußtsein. Rosa ist ein armer Teufel. Sie ist noch ärmer dran als du.

Und was erwartest du von einer Frau? Sich anpassen oder verschwinden, so ist das doch.

Marita geht ans Fenster. Der Regen ist noch dichter geworden. Das wird ja schön werden bei Rosa, denkt sie. Warum habe ich Kurt und Rosa von Konrads Briefen erzählt, um Gottes willen, da reicht ein falsches Wort, eine Andeutung. Marita sucht einen Haltegriff, dreht sich um: Ich gehe nur mit dir zu Rosa, wenn du aufhörst zu streiten. Hier wie dort.

Marita sieht, wie Konrad ihren Rock anstarrt und grinst: der Saum ist umgeschlagen. Marita läßt ihn so.

In Wahrheit saugt ihr uns Männern die Erfahrung aus dem Leib und wollt davon leben. Ihr seid Blutsauger. Ihr bringt nichts zustande.

So, und deine Briefe, warum schreibst du mir, dem Blutsauger, Briefe? Du willst mir dein Bild von einer Frau unterschieben, willst mich zu einem Ding von dir machen.

Ihm hatte ich die Briefe geschrieben. Und ich habe ihm wieder geschrieben. Konrad schlägt mit der Faust auf den Tisch: Wieder. Wieder. Wieder.

Marita schreit: Warum bist du denn noch hier! Dann geh doch zu ihm!

Ein Kumpel. Ich habe geglaubt, wir beide wären Kumpel.

Kumpel! Ich bin eine Frau. Nicht deine Frau. Laß dir das endlich gesagt sein.

Schweigen.

Von dir laß ich mir am allerwenigsten sagen, Frau.

Marita jagen Tränen in die Augen, sie geht auf Konrad zu, zwecklos, sie würde ihm körperlich unterliegen, und geht in ihr Zimmer, weint leise, weint stumm, nach innen. Es ist das gefährliche, selbstzerstörerische Weinen, ein Weinen, das aushöhlt und abtötet. Dann sieht sie Konrad in der Tür stehen, will ihn nicht sehen, sie geht in die Ecke ihres Zimmers, hängt sich vor dem kleinen Spiegel die Kette ihrer Schwiegermutter um. Konrad kommt ihr nach, zieht sie langsam und entschieden mit sich. Marita läßt es geschehen, etwas geht mit ihr aus dem Haus, es regnet noch, etwas berührt sie leicht, umschlingt sie, etwas zieht sie weiter, sie gehen nebeneinander, etwas wischt ihre Tränen, Regentropfen, nein, Konrads Hand, etwas streift ihre Haut, leichter Schmerz, Marita zittert, will es nicht, sie sind aus der Stadt heraus, sind in der warmnassen Wiese, sind am Nordufer des Langen Sees. Der Regen hat aufgehört.

Gehen wir baden, hört sie Konrad sagen. Wo ist sie? Wer ist sie?

Als Marita aus den nassen Sachen heraus ist, in der warmen Abendluft steht, friert sie am ganzen Körper, fühlt sich blockiert, würde jetzt im Wasser untergehen, versinken wie ein Stein. Wann hat sie so etwas erlebt? Wie dicht liegen Haß und Liebe zusammen?

Konrad löst sie aus ihrem Krampf, umschlingt sie, im Ufersand ringen sie miteinander, brauchen viel Atemluft, sehen Himmelfetzen, Baumfetzen, sehen von sich Fetzen, aus Marita fließt es, Konrads Kontur verschwindet zwischen Küssen, Saugen, Beißen, Wegspreizen der Glieder.

Nach der Betäubung bleiben sie liegen.

Konrad zieht Marita ins Wasser. Körperlos, schwerelos, endlich schwerelos treibt sie im Wasser – wie leicht Leben sein kann. Sie läßt sich weiter von Konrad durchs flache Wasser ziehen, läßt sich ins tiefe Wasser ziehen. Als er sich auf sie fallen läßt, umklammert sie ihn, sie drehen sich unter Wasser, Marita treibt mit ihm ans Ufer, deckt sich mit Konrad zu.

Aus dem dichten Unterholz des Waldes bringt Konrad trokkenes Reisig. Marita sieht ihm beim Feuermachen zu, sieht, wie er die Weinflasche aus seiner Jacke nimmt. Geschenkpapier und Geburtstagskarte ins Feuer wirft, die Flasche öffnet. Es ist gut, nicht zu reden, denkt Marita, jedes Wort würde stören, überflüssig sein.

Marita zieht sich ihre Bluse aus, hängt sich die Kette um, summt ein Lied, es soll klingen wie die Musik, die sie im Dom hörte, aber es klingt wie die Stimme ihrer Schwiegermutter, klingt wie: Du bist meine Tochter. Komm wieder Kind. Marita trinkt Wein, sieht Konrad zu, der Holz ins Feuer legt, sagt dann unvermittelt: Deine Mutter ist einsam, Konrad.

Marita sieht, wie Konrad erschrickt.

Ich war bei deiner Mutter. Die Kette hier hat sie mir geschenkt.

Sie wird dich zertreten.

Sie ist deine Mutter, Konrad.

Was weißt du von meiner Mutter.

Wir hätten sie mitnehmen können.

Willst du noch zu Rosa?

Ich möchte hierbleiben. – Sie möchte das Gefühl, die Stimmung erhalten, Marita blickt in sein Gesicht, findet es schön, sie lacht aus sich heraus, sucht etwas in die Hand zu nehmen, ein Stück Holz, denkt an eine Frage, will ihn fragen, was sie morgen unternehmen wollen, übermorgen. Doch Konrad fragt sie: Wozu gibt es Frauen?

Helga Mettusa hat das Mittagessen gerade hinter sich – sie ißt nie vor eins – und wäscht sich in der Küche mit dem für den Abwasch erwärmten Wasser.

Vor dem Spiegel dreht sie sich, die Haut auf dem Rücken ist straff und ohne Muttermale. Glatt ist die Haut in den Beugen von Armen und Beinen. Beim Abseifen mit dem groben Lappen rötet sich die Haut, und das Abspülen mit kaltem Wasser fördert die Rötung. Sie wechselt die Unterwäsche, wechselt sie jeden Tag nach der Gartenarbeit, nach dem Essen. Mittag – die Tagscheide, der Wechsel.

Sie legt sich im Wohnzimmer auf das Sofa, beendet um halb vier den Mittagsschlaf, räumt das Geschirr weg, jeden Tag. Mit sauberen Händen nimmt sie den Brief, den ihr der Briefträger am Vormittag herauftrug. Der zweite in diesem Jahr. Ohne Absender, die Marke auf dem Umschlag ist in Wien abgestempelt am ersten Juli, Helga Mettusa sieht auf den Kalender, also vor sechs Tagen. Wien?

Sie schneidet langsam mit der Schere einen schmalen Streifen vom Umschlag. Ein halber Briefbogen. Das Blau stört sie, mit dem der Bogen beschrieben wurde.

Liebe Helga. Es hat über vierzig Jahre gedauert, bis ich wage, Dir zu schreiben. Weit entfernt wohnst Du. Lange habe ich nach Deiner Anschrift gesucht. Wie lange ich noch leben werde, liegt nicht in meiner Macht, nur meinen Frieden möchte ich. Dir wird es doch nicht anders gehen, denn unsere schmerzhaften Erinnerungen liegen so weit zurück, daß ich Dir nun schreiben kann, was mich noch viele Jahre nach dem Krieg bewegt hat. Ich meine Deinen Sohn Berthold. Berthold ist nicht zwei Wochen nach seiner Geburt an einer Lungenentzündung gestorben, wie ich es Dir sagen mußte. Er hat noch fünf Monate in unserem Heim gelebt. Berthold war klumpfüßig. Als Du Deinen ersten Kindertransport zur Sonderbehandlung im März zweiundvierzig gemacht hast, war Berthold dabei. Du selbst hast ihn vor seinem weiteren Weg, der schwer geworden wäre, bewahrt. Inge.

Helga Mettusa legt den Briefbogen auf den Tisch, bemerkt erst jetzt, daß es die Rückseite eines mit Schreibmaschine beschriebenen Blattes ist.

Lebensborn e. V. Hauptverwaltung München A Herzog-Max-Straße 3–7.

7. Februar 42. An den Leiter des Lebensbornheimes »Mark« in Klosterheide, Doktor Heine. Das war ihr Heim, da war sie zwei Jahre, nein vier. Zwei Jahre hat sie die Abteilung II im Haus geleitet.

Ja, Doktor Heine, Hauptsturmführer Doktor Heine, wieso stand sein Dienstrang nicht vor dem Namen, das war Vorschrift, Stempel, Heimregistratur, Kopfbogen, genau so, das stimmte.

Betrifft: Das Kind der Parteigenossin Helga Bergner. Heim »Mark«. Bezugnehmend auf Ihr Schreiben vom 19. Januar 42. Hauptsturmführer, in Beantwortung Ihres Schreibens teile ich Ihnen mit, daß Standartenführer Sollmann entschieden hat, das Kind der Helga Bergner in die Landesanstalt nach Wienebüttel zur Sonderbehandlung zu verbringen. Es wird weiterhin ohne Angaben zur Person im Heim geführt und ist dem nächstfolgenden Transport beizugeben. Besonders gegenüber Parteigenossin Bergner ist strengstes Stillschweigen in der Sache zu wahren. Ein Totenschein für das Kind Berthold Bergner wird nicht erstellt. Todesursache hat zu sein: Lungenentzündung. Heil Hitler! Doktor Ebner, Leiter des Gesundheitsdienstes im Lebensborn e. V.

Die Zeilen flirren. Behutsam legt Helga Mettusa das Blatt auf den Tisch. Inge.

Helga Mettusa dreht sich um sich selbst, willenlos. Ausgerechnet Inge, das syphilitische Weib, schreibt ihr. Will sich hinlegen, in Frieden sterben.

Die letzten acht Jahre lebt Helga Mettusa hier allein, aber die reichten nicht, ihren Haß zu verkümmern. Haß wegen des Betruges um ihr Leben. Ihr Leben war Siegfried, den hatte sie geliebt, und Berthold, den hatten sie beide gewollt.

... daß Standartenführer Sollmann entschieden hat, das Kind der Helga Bergner – Sonderbehandlung... Kein Muskel regt sich. Ihre Muskeln sind fleischgewordener Haß.

Nach dem Krieg, als ihr Leben endete, als Siegfried Tag für Tag mehr in der afrikanischen Wüste verfaulte, hat sie sich verfilzen und verwahrlosen lassen. Hat, um zu überleben, einen Mann geheiratet, hat zeitweilig gearbeitet und dem Mann später Konrad geboren.

Berthold lebt. Nein, Berthold ist tot. Konrad lebt. Das Vieh.

Helga Mettusa sieht zur Uhr, um vier geht sie fast jeden Nachmittag zum See, nun steht sie schon zehn Minuten hier am Tisch. Sie sieht auf das Blatt. Dann zieht sie sich um. Sie schließt das Hoftor, geht durch den Garten der Semmling, dann beginnt Wiesenland. Vom jahrelangen Gehen durch die Wiesen hat sich ein schmaler Pfad gebildet, ihr Pfad. Früher kam es vor, daß nach Regentagen wieder Gras auf dem Pfad wuchs. Aber sie hat es herausgezogen, immer wieder. Es wächst kein Gras mehr auf dem Pfad. Hinter dem Hügel, auf dem die angeketteten Bullen liegen, beginnt der Lange See.

Hier waren die Anfänge, hier hatte sie Siegfried kennengelernt, hier hatten sie sich geliebt. Berthold.

Am Nordufer des Sees führt die alte Holzbrücke über den abfließenden Kanal. Helga Mettusa steht auf der Brücke, Siegfried stand auf der Brücke, Helga Mettusa sieht auf das Wasser; leicht gekräuselt grau, grauweiß und graublau, die Konturen des Wassers verwischen sich ständig, bringen neue Umrisse hervor: Inge, Konrad.

Die Frau legt sich auf die alten Eichenbohlen der Brücke, aber das Grau des Himmels blendet. Ihr langer Rock ist an Splittern der Bohlen hängengeblieben und strafft sich über ihren Beinen. Was kommt über sie? Ihre Hand schiebt sich gleichmäßig in einer Spalte blutig, sie fühlt etwas Weiches in der Hand, fühlt nebelweiche warme Haut, Siegfrieds Haut, ihr Herz schlägt in der Schläfe, sie reißt unter dem Rock ihre Beine auseinander, ihr Leib krampft, er kommt über sie, lachend, mit halboffenem gierigem Mund.

Lange schläft Helga Mettusa auf der Brücke nicht, Wind kommt auf und weckt sie. Was ihr eben nahe war, verschwindet wieder in den Wellen, in den zeitlosen Wellen. Als wären in ihr alle Erfahrungen. Als ob nur die Erfahrung den Menschen leben läßt. Vom Liegen auf der Brücke ist sie durchgefroren, verspürt Hunger. Wie an der Luft zieht sie sich schwerfällig von den feuchten Bohlen hoch. Ein Windstoß weht ihr Kopftuch vom Brückengeländer, das Tuch fällt wie ein Sack über ihren Kopf, Helga Mettusa sieht nichts mehr, hat sich noch nicht ganz aufgerichtet, braucht die Hände zum Tasten in der Luft, schreit: Laß mich los, laß mich los! Sie schlägt wild um sich, verliert das Gleichgewicht, kommt gegen das Brückengeländer, an dem sie sich den Rock aufreißt. Sie wirft das Kopftuch in den Fluß. Inge.

Der Rock ist auf den moosbewachsenen Bohlen schmutzig

geworden, sie zieht ihn aus, reibt ihn, so gut es geht, im Wasser sauber, wäscht sich Arme und Gesicht dabei. Der Rock ist seitlich eingerissen. Ihr ist kalt, aber sie friert nicht, sie hat eine Säuberung erfahren, gegrüßt seist du, Mutter Maria, gebenedeit ist die Frucht deines Leibes.

Ihres Leibes. Siegfried. Berthold.

Der Rock trocknet nicht.

Helga Mettusa zieht ihn dennoch an und geht, kommt eine Stunde später als gewöhnlich nach Hause, auf dem Tisch Inges Zeilen. Helga Mettusa sieht flüchtig auf das Blatt, hat es nie gesehen, weiß nicht, was es will, knüllt es in der Hand, geht in die Dachkammer, ohne sich den nassen Rock ausgezogen zu haben, ohne sich die Haare zu kämmen, sie geht mühsam die Treppen hoch, sie, die schlanke, gewandte Frau, öffnet das Fenster in der Dachkammer, hustet kurz, lacht stumm, groß und glänzend die Augen... Der Führer steht auf dem Balkon der Reichskanzlei, der Führer hustet kurz, lacht stumm, groß und glänzend seine Augen, unter seinen Füßen Tausende Köpfe, die zu ihm herauftaumeln, der Führer grüßt. Helga Mettusa grüßt, aus ihrer Hand fällt der zerknüllte Zettel. Eine Taube gurrt in der Dachrinne. Haß. Einklang zwischen Inges Zeilen und der Erinnerung will sich nicht herstellen. Allmählich schneidet ein Messer sie auf, reißt ihre Wunde auf, die sie durch Weiterleben zu heilen glaubte – jetzt bricht sie nach und nach aus ihrem Körper. Ihr kommen die Erinnerungen zu dem Haß: machen den Herzschlag zum Haßschlag. Inge, die damals zu ihr gekommen war und gesagt hatte: Berthold ist tot. Mit der sie geweint hat, der sie glauben mußte, glauben war Befehl, der sie nie glauben konnte. Inges Tränen waren falsch, Inge schwieg, Inge wußte. Mörderweib.

Die Taube auf dem Dach gurrt wieder, Helga Mettusa schließt das Fenster, tastet wie blind auf der Treppe, sucht in der Wohnung das Blatt, den verfluchten Zettel, der ihr aus dem Fenster der Dachkammer gefallen ist, atmet heftiger, findet nicht das Blatt mit der blauen Schrift, die sie klar vor sich sieht. Sie bewegt sich schneller, dreht sich, ohne es zu wollen, tanzt einige Schritte, die Spannung im Körper zu entladen. Helga Mettusa sieht Splitter, abgerissene Teile ihres Lebens, hört es in den Ohren, hört es aber als Fremdes, hört nicht das Klingeln.

Marita, die vor der Tür steht, wartet. Wird gleich Schwiegermutter zu Helga Mettusa sagen, wird die Schwiegermutter sachte mit sich ziehen, wie Konrad sie gestern mit sich zog, sie werden durch die Straßen gehen, in Geschäfte sehen, in Gesichter, sie werden sich in das gemütliche Café am Stern setzen. Von den Stimmen im Dom will sie der Schwiegermutter erzählen, von Konrad. Schrieb Konrad nicht in seinen Briefen vom Verlangen nach seiner Mutter?

Marita klingelt noch einmal. Hört aus der Wohnung Geräusche. Als Marita sich enttäuscht umwenden will, bemerkt sie die angelehnte Wohnungstür. Sie geht durch den dunklen Flur, klopft an die Zimmertür, öffnet. Im Schreck bleibt sie an der Tür stehen, sieht, wie die Schwiegermutter sich durchs Zimmer dreht, die Arme dabei weit vorstreckt. Die Schwiegermutter gerät an den runden Tisch in der Mitte, reißt in der Drehung die Tischdecke mit der kleinen Blumenvase herunter, stößt mit den ausgestreckten Händen gegen die Kerzen im Kerzenhalter, singt fast: Siegfried, Siegfried, stößt gegen Marita, sagt zu ihr: Du bist meine Tochter, du bist meine Tochter, greift mit ihren Händen nach Maritas Kopf, ihr offener Mund kaut Luft. Marita weicht erschrocken zurück, hört Helga Mettusa sagen: Du wirst es für mich tun, ich weiß, daß du es tun wirst.

Marita will zu ihr gehen, will die alte Frau beruhigen, will sich mit ihr auf das Sofa setzen, doch nun bleibt die Frau stehen, Marita hört sie leise sprechen: Was ist zwischen Tag und Nacht? Wenn ich liege, kriecht was über mich. Es ist kein Wort. Es ist kein Schmerz. Es würgt mich nicht.

Helga Mettusa duckt sich hinter dem Tisch.

Gelbe Augen hat sie. Geschwiegen hat sie, als Berthold weggeschleppt wurde. Jetzt flüstert die alte Frau: Inge, Inge. Dann hustet sie kurz, ihr Körper dreht sich wieder, er findet einen Rhythmus, sinkt nach jeder Umdrehung mehr in sich zusammen: Kann man zerfal – len, wenn man nicht krank – ist, zerfallen wie – ein – Kleid, von Mot – ten zerfres – sen.

Sie dreht sich schneller, ruft: Siegfried, und bricht zusammen.

Marita bewegt den Mund, gebannt von dem Augenblick, da die Schwiegermutter so seltsam, so unwirklich vor ihr stand, löst sich aus der Starre, beugt sich über die Frau, die am Boden liegt, zögert, sie anzufassen, faßt sie an, zieht sie auf das Sofa, öffnet ihre Bluse, öffnet das Fenster, deckt sie zu, geht langsam rückwärts aus dem Zimmer, geht schnell die Treppe hinunter, läuft die wenigen Straßen zum Krankenhaus.

Ein Schwächeanfall, sagt der Arzt nach der Untersuchung. Hat sich Ihre Schwiegermutter über etwas aufgeregt?

Ja, ich weiß nicht.

Der Arzt sieht sich um im Zimmer, Marita hebt schnell die Tischdecke und die Blumenvase auf.

Sie hat getanzt, als ich kam.

Ist eine lustige Frau, Ihre Schwiegermutter?

Ich weiß nicht.

Können Sie sich kümmern, die nächsten Tage?

Ja, sagt Marita.

Der Arzt stellt ein Rezept aus. Wenn es ihr in den nächsten zwei Tagen nicht besser geht, rufen Sie mich an.

Marita bleibt noch eine Stunde am Bett der Frau sitzen, dann fällt ihr ein, daß sie Konrad Bescheid sagen muß.

Marita müht sich, ruhig durch die Straßen zu gehen. Ihre Augen gleiten an den Fassaden vorüber wie ein Flugzeug über die Landschaft, sie erkennt kleine Löcher, Strichmännchen aus Kreide, mit Farbe gesprühte Namen von Rockgruppen. Vor ihrer Wohnungstür bleibt sie stehen, fürchtet Streit.

Ich habe auf dich gewartet, sagt Konrad, als er die Tür öffnet.

Marita geht in die Wohnung, blickt sich wie fremd um. Konrad sieht sie an, sie sieht den gedeckten Abendbrottisch nicht, hat ihn nicht erwartet. Deiner Mutter geht es nicht gut, sagt sie langsam.

Du warst wieder bei ihr?

Sie hatte einen Schwächeanfall.

Konrad zögert.

Einen Schwächeanfall? DIE FRAU gibt sich keiner Schwäche hin.

Marita legt die Kette ab, streicht sich über die Haare. Sie hat Siegfried gerufen.

Siegfried?

Sie hat getanzt und nach einem Siegfried gerufen. Dann ist sie zusammengebrochen.

Zusammengebrochen? Warum ziehst du deine Jacke nicht aus?

Marita schweigt. Er wird jetzt wieder mit seinen Stichen, mit seinen glühenden Stichen, gegen sie kommen, wird sie verletzen, um sie dann wieder großmütig aufzunehmen, nur es wird ihm nicht glücken, seine Manier ist kein Geheimnis mehr.

Ich werde auf dich warten.

Warten? Marita sieht ihn an, sieht den gedeckten Tisch.

Ich habe ihm keine Briefe mehr geschrieben. Ich werde ihm überhaupt nicht mehr schreiben. Ich will es dir so sagen.

Marita ist irritiert. Warum muß er jetzt damit kommen, muß

alles auf einmal kommen? Wo bleibt die Zeit zum Überdenken, Zeit, sich Gedanken zu machen?

Helga Mettusa sieht in den Spiegel, wie sie immer nach dem Waschen in den Spiegel sieht, ihre helle Haut ist matt, nicht eingeölt: Meyers Kolonialwaren, echt Lythmusöl Berlin – Leipzig – Windhuk, Deutsch-Süd-West-Afrika. Schon lange, sehr lange ist kein Öl mehr in der kleinen Dose auf der Konsole, irgendwann zu Kaisers Zeit im Ruhrgebiet ausgewalzt, zur Konfirmation von der Großmutter geschenkt, und – die Zeit überdauernd – nun mit gewöhnlicher Creme gefüllt.

Um vier geht sie aus dem Haus, geht durch den Garten, den Wiesenpfad entlang, vorbei am Hügel mit den angeketteten Bullen, vorbei am Langen See, in den Kiefernwald, in die Schonung. Die Pilze stehen nicht dicht, entgegen ihrer Erwartung. Sie sucht, denkt an gestern, als sie auf der Brücke lag, als etwas über sie kam, etwas wohliges, Weiches – Siegfried.

Das Kopftuch –

Inge –

Helga Mettusa schlägt mit der Hand nach Spinnweben zwischen den Ästen, verscheucht ihre Gedanken. Auf der Lichtung stehen Rehe und äsen. Die Tiere blicken auf, als die Frau über den Waldweg geht, und fressen weiter.

Wann hat sie Inge zuletzt gesehen? Helga Mettusa bleibt stehen, ist mitten in eine Pilzbrut getreten.

März. Berlin. Kurz vor dem Zusammenbruch. Bombennacht. Sie sieht in den klaren Himmel, dreiundzwanzigster März, ja, Fliegeralarm gellte. Inge und sie sind die Treppe hinuntergelaufen, der Luftschutzraum war schon verschlossen, viel zu früh verschlossen, auch der vom Nebenblock in der Kernstraße, und dann im Dunkeln auf der Straße noch andere Suchende, nur an den leuchtenden Blümchenkringeln an Jakken und Mänteln zu erkennen. Die meisten Phosphorstreifen auf den Bordsteinkanten waren noch intakt, die halfen, sich zurechtzufinden.

Dann sind sie zurück, in Helgas Wohnung. Motorengedröhn. Tausende Motoren dröhnten über Berlin, ein ganzes Orchester von Flugzeugen. Sie spielten denselben Ton, jetzt waren sie eingestimmt, begannen ihr Spiel, Krachen, Zittern, die Erde zitterte.

Sie umarmten sich, Helga, Inge, die Bomben. Sprengbomben in der Nähe zerdrückten die Scheiben. Helga und Inge küßten sich wild vor Angst, durch die Fenster drang ungeheure Hitze, es wurde heller, sie rissen sich die Kleidung herunter, wollten nicht verbrennen, verkrochen sich tief aneinander, das Pfeifen in den Ohren, und sahen, als das Gedröhn nachließ, trotzig in den Himmel. Nein, ein Vaterunser hatten sie nicht gebetet. Am Morgen dann der Weg zur Dienststelle. Die Straßen häuserverschüttet, Oranienstraße, Moritzstraße, Alexandrinenstraße mit der Dienststelle, alles zerstört. Sie schlugen sich durch zum Rasse- und Siedlungshauptamt, überall Ruinen, die Hitze ausatmeten. Berlin glühte – eine verkohlte Leiche. Im Hauptamt hatte Gruppenführer Werner schon Pässe für sie bereit, für alle Fälle und für den letzten Befehl, das führungslos gewordene Lebensbornheim in Kohren-Salis aufzulösen, zu sprengen, die Kinder auf Transport zu schicken oder –

In einer umgestürzten Straßenbahn Menschenleiber. Ein Windstoß fegte von den glühenden Balken eines brennenden Hauses einen Vorhang aus Funken über die Straße. Und dann blieb der Wagen stehen, die Soldaten verschwanden; es hieß, der Krieg sei zu Ende. Lächerlich, der Krieg war Teil eines jeden von ihnen, der Krieg, das waren sie selbst. Dann hatten sie sich getrennt, wollten sich getrennt nach Kohren-Salis durchschlagen.

Helga Mettusa verläßt die Schonung. Es lohnt nicht, nach Pilzen zu suchen. Sie geht nach Hause, macht sich Abendbrot, holt in ihrem roten Buch die Eintragungen über die Ausgaben der letzten Tage nach und überprüft den Rest der Rente.

Als Marita am Abend nicht erscheint, geht Helga Mettusa in die Dachkammer, bleibt am verschlossenen Fenster stehen. Wie hatte sie sich gestern aufgeführt. Unmöglich! Ist sie denn verrückt geworden, vor Fremden sich so zu benehmen? Wegen eines Zettels von Inge.

Inge hat sie angefaßt in der Bombennacht.

Möglicherweise kommt Marita doch. Auf sie die Last mit verteilen, die Konrad gebracht hat. Von Marita die Entschädigung für die Geburt Konrads einfordern. Es gelingt Helga Mettusa nicht, sich ihre Schwiegertochter vorzustellen, sie bleibt gesichtslos. Ja, Marita, auf dich ist lange kein Regen gefallen. Wann hast du dich zuletzt im Spiegel gesehen, Freundin meiner Seele? Deine Gedanken suchen mich. Du bist schwach. Hörst du mich, ich nehme dich an. Helga Mettusas süßes Gefühl, vieles überlebt zu haben, vieles verschlungen zu haben, um zu überleben. Sie frohlockt, Marita wird es tun.

Die Frau riecht ihren Atem an der Scheibe. Sie atmet ruhig. Aber der zwingende Zusammenhang der Namen von Inge und Marita, diese Verbindung stellt sich in Helga Mettusa noch nicht her. Aufgeregt und voll unruhiger Energie geht sie zurück in die Wohnung, wäscht sich nach dem Essen, wischt den Fußboden in der Küche – es gab Zeiten, da sie täglich den Steinfußboden gebohnert hat – und geht schlafen.

Gegen Mitternacht wacht sie von einem Schrei auf, der aus den Wiesen zu kommen scheint. Als sie den Schrei auszumachen versucht, hört sie nur noch ein leises Pfeifen in den Ohren. Sie schläft wieder ein, wird nach einer Stunde abermals unruhig, greift im Halbschlaf in ihr Federbett, das auf ihr liegt, wacht auf, ein drückendes Pfeifen in den Ohren. Oder ist es Schreien vom See her? Sie springt aus dem Bett, läuft die Treppe zur Dachkammer hoch, reißt das Fenster auf. Nachtstill. Siegfried, ruft sie. Siegfried! Der Ruf hallt über die Wiesen, wiederholt sich zur matter werdenden Antwort fried – fried –. Das Kind war gesund, sagt Helga Mettusa. Ich will nicht mehr diese Träume haben. Sie greift sich in die Haare, das Pfeifen, Pfeifen von krepierenden Bomben bleibt, sie möchte weinen, dreht sich, schlägt den Kopf an die Wand, ihr wird schwindlig, das Pfeifen bleibt, sie schleppt sich in die Wohnung zurück, schläft vor Erschöpfung ein, mit dem Pfeifen im Kopf.

Warum wacht sie um elf auf und nicht wie sonst um acht? Helga Mettusa sieht auf die Uhr, aber der Grund fällt ihr nicht ein. Ist so das Ende, die Auflösung, die Selbstauflösung? Hat sie Berthold fünfundvierzig Jahre überlebt, um sich von Inge nun in den Tod treiben zu lassen? Du hast Angst, sagt Helga Mettusa, du hast ja Angst, und lacht bitter. Das Lachen ergreift ihren Körper, sie lacht mit dem ganzen Körper, sie schlägt tonlos lachend mit dem Teekessel auf den Küchentisch: Du hast Angst, du hast Angst. Klarer werden ihr die schmerzenden Gedanken, sie schlägt mit dem Kessel aus sich heraus, womit ihr Hirn beschäftigt ist, dann hört sie auf, den eingebeulten Kessel an die Tischkante zu schlagen. Marita wird es tun. Marita wird Inge vernichten. Inge, die Helgas ersten Transport nach Wienebüttel zusammengestellt hat und die Berthold in den Tod schickte. Verfluchtes Weib.

Helga Mettusa wirft den Kessel in den Mülleimer. Das war die letzte Nacht mit diesen Träumen. Komm, Inge, komm. Ich werde dir so lange gegen die Stirn schlagen, bis du vergißt, in Frieden zu sterben, ich werde dir so lange dagegen schlagen, bis dir alles wieder einfällt, bis dir dein Kopf abfällt.

Ihr Mund arbeitet, ihr ist, als zerbisse sie einen runden Granitstein mit den Backenzähnen. Dann hört sie es an der Tür pochen: Frau Mettusa, ist ihnen wieder nicht gut? Es hat eben so gepoltert.

Helga Mettusa geht an die Tür, ruft durch die geschlossene Tür der Semmling zu: Bringen Sie mir eine Flasche Wein aus der Stadt mit.

Dann hört sie, wie die Semmling sich die Treppen hinunter müht.

Sie wird Wein mit ihrer Schwiegertochter, mit ihrer Tochter trinken. Sie holt aus der Kredenz Weingläser, überlegt, was noch auf den Tisch gehört, Gebäck. Es ist kein Gebäck im Haus. Helga Mettusa zieht sich um, schreibt einen Zettel, heftet ihn an die Tür und geht zum Bäcker, um Plätzchen zu holen. Sie geht schnell, sieht in Gesichter, spürt, wie im Gedränge an der Ampel diese Gesichter an ihr reißen, sie aufreißen, sie bleibt stehen, wie sie auch vor Inge stehenbleiben würde, um sie zu zerschlagen, mittendurch zu schlagen.

Marita kommt nicht. In der Frau wächst die Angst vor der Nacht. Sie muß raus aus dieser Falle, aus ihrer Ohnmacht. Klosterheide, sagt sie willenlos, ohne es zu denken. Zeit vergeht. Sie lauscht ihrem Wort nach. Funktionieren Sprache und Gedächtnis getrennt voneinander, sind Körper und Geist voneinander losgelöst? Ihr scheint, der Geist hat sich längst, im Gegensatz zu den verzögerten Reaktionen des Körpers, eine Antwort auf die Bedrohung gesucht.

Klosterheide, sie wird morgen nach Klosterheide fahren, ohne Scheu zurückkehren an den Ort alten Geschehens. Sie wird dort Nahrung und Antwort finden. Sie wird diese Nacht tief schlafen, tief und traumlos, und morgen nach Klosterheide fahren.

Helga Mettusa setzt sich. Allmählich verliert sie die Unruhe.

Sie hört wieder, wenn ein Auto durch die Straße fährt. Hört wieder.

Konrad steht vor der ausrangierten Dampflok im Betriebswerk. Der Schornstein der Lok ist durch ein Rohr verlängert, die Räder sind verkeilt. Leitungen führen aus dem Kessel der Lok in die Baracken des Stellwerks. Unter dem Schleppdach neben der Lok liegt ein Rest von Kohlegruß. Konrad stellt sich vor, wie im Winter der lange Rüssel von Leitungen aus dem Leib der Lok die Wärme saugt. Die rote Farbe von den Speichen der Räder blättert ab, Rost sitzt auf den Nieten, die Scheiben des Führerhauses sind eingeschlagen. Zaghaft wächst Gras auf den Stahlplanken unter dem Windleitblech. Konrad geht um den Tender, der hinterm Prellbock auf Schotter steht, schrottbeladen. Franz Moldenhauer hatte sich geirrt. Gestern, als Franz Moldenhauer Marita besuchen wollte und Marita auf sich warten ließ, sprach er mit Franz Moldenhauer über Lokomotiven, und sie konnten sich nicht über die Baureihe der Lok einigen, die das Stellwerk beheizt. Am Tender ist das Typenschild noch zu sehen, eine 01, wie der Großvater sie fuhr.

Konrad steht am Puffer des Tenders und sieht den humpelnden Platzwart kommen.

Kann ich helfen? Die Lampen sind ja schon lange weg, neulich wollte einer die Druckmesser und Sperrventile haben. Ich kann dir noch einen Dampfreglerhebel geben. Konrad sieht in das kleine runde Gesicht mit der roten Nase. Der Platzwart hält dem Blick nicht stand, grinst, faßt sich an die Nase, räuspert sich, sagt: Najanaja, und humpelt davon.

Konrad geht langsam nach Hause. Als er in die Wagnerstraße kommt, stolpert er fast in einen ausgehobenen Graben, in dem eine Leitung verlegt wird. Bis zur Straßenmitte ist der Graben bereits zugeschüttet. Bei Näherkommen sieht Konrad

Plattenleger, wie sie die aufgestapelten Platten des Gehweges wieder verlegen. Nebeneinander rutschen sie auf den Knien vorwärts, legen die nächste in das Kiesbett, richten sie aus, klopfen sie mit dem Pflasterhammer fest und rutschen weiter. Ihre Kleidung ist vom Sonnenlicht ausgeblichen, sichtlich neu sind die Holzpantinen und die Knieschoner der drei Männer.

Langsam richtet sich einer zu Konrad auf: Was stehst hier und starrst?

Konrad will gehen, aber er bekommt seine Füße nicht von der Stelle, er sieht in ein fast kindliches Gesicht mit glasigen Augen, vor das sich bedrohlich die pralle, große Hand mit einer Schnapsflasche schiebt. Steh nicht rum oder faß mit an, sagt der. Nun blickt auch der zweite Plattenleger auf, rückt seine Schirmmütze in den Nacken, nickt, sagt: Jaja.

Konrad sieht, ihm fehlen die vorderen Zähne. Der mit den prallen Händen wischt sich den Mund und gibt die Flasche weiter: Bis heute abend müssen wir fertig sein.

Konrad hebt die Schultern: Wenn ich helfen kann.

Der Plattenleger mit den prallen Händen reicht Konrad die Flasche hin, Konrad trinkt, gehört zu ihnen. Er schaufelt den noch offenen Graben zu, kippt mit der Schubkarre das Kiesbett, verteilt auch Kies auf die verlegten Platten und spült ihn mit dem Wasserschlauch in die Fugen. Um sieben sind sie fertig. Konrad ist erschöpft, doch das Gefühl, etwas Notwendiges getan zu haben, ist frisch in ihm.

Sie verabreden sich für den Abend im Ernas Rache, ihrer Stammkneipe. Auf dem Weg nach Hause fällt Konrad ein, daß er nicht einmal weiß, wie die Männer heißen. Er muß alle Namen von denen kennen, die bei ihm einen Gartenzaun mit Krone und Initialen oder einen Preußenadler als Kleiderständer bestellen, doch die Namen der Plattenleger kennt er nicht, obwohl sich hinter ihnen die verbergen, die er sucht.

Vor der Wohnungstür bleibt Konrad stehen, fürchtet Streit. Er klingelt.

Das ist aber spät geworden. Habt ihr wieder Arbeit in der Schmiede?

Konrad schmatzt kurz mit den Lippen und geht ins Bad, wäscht sich Hände und Gesicht. Ich bin eingeladen, in Ernas Rache, ruft er Marita zu.

Nach einer Stunde weckt Marita ihn in der Badewanne. Er braucht Zeit, um sich zurechtzufinden, Marita lacht: Habt ihr Betriebsfest gemacht?

Wie spät ist es denn?

Neun.

O Mann. Konrad läßt sich wieder in die Wanne zurückgleiten, heißes Wasser läuft nach, und als Marita gehen will, greift Konrad nach ihrem Kleid, Wasser schwappt dabei über, Marita rutscht auf den Fliesen aus und fällt rücklings in die Badewanne.

Bist du verrückt geworden?

Konrad lacht, faßt Marita zwischen die Brüste, Marita planscht hilflos herum, sie küssen sich, Konrad zieht Marita aus.

Das wird doch nichts in dem engen Ding.

Abwarten, sagt er.

Die unter uns denken, die Sintflut kommt.

Können doch hochkommen und mitmachen.

Helga Mettusa überlegt, ob sie der Semmling etwas von ihrer Reise nach Klosterheide sagen soll, für den Fall, daß Marita nach ihr fragt, und ärgert sich sogleich über diesen Gedanken.

Beim Fahren durch die Stadt sieht Helga Mettusa Menschen ihre Hunde ausführen, Hund und Herrchen gehen zusammen, andere gehen jeder für sich.

Der Bus hält an der Ampel, an der sie gestern stand; Menschen. Menschen haben sich auf beiden Seiten der Straße gesammelt und verteilen sich bei Grün zu einem geschlossenen Nebeneinander auf der Straße. Helga Mettusa macht die Augen zu. Angewidert. Wieder genötigt, sich an die Flucht aus Berlin zu erinnern – als sie, nachdem das Auto, das sie ins Heim nach Kohren-Salis bringen sollte, kaputtgegangen war, in einen Treck mit Flüchtlingen geriet, ständig unter Tieffliegerbeschuß der Alliierten. Die nun über die Straße hasten, erinnern Helga Mettusa an Unausgesprochenes, an Verdrängtes, an peinliche Berührungen mit Flüchtlingen, die vor Hunger und Verzweiflung schrien oder die Sprache verloren hatten. Angst. Wozu auch sollte sich diese Erinnerung formen. Erst jetzt, da Inge sie geweckt hat, stellt sich Helga Mettusa die Frage: Wo komme ich her, was muß ich tun? Das Vergangene will sie sich wachrufen, sie ahnt den Schmerz dabei, will darin eine Waffe gegen Inge suchen, alles nach und nach auf diesen Kern bringen, bis er hart und fest genug ist, um Inge zu zerschmettern. Nicht: Wo komme ich her, was muß ich tun? lautet die Frage, denkt sie, sondern: Ich muß tun, was meiner Herkunft entspricht.

Der Bus fährt weiter. Neben sie hat sich ein Älterer mit Brille gesetzt, der beim Lesen seine Fingernägel am Buchrand säubert. Gegenüber ißt ein Mädchen hastig und krümelnd einen Mohnzopf, daneben verdeckt ein großes Zeitungsformat den Sitzenden, Überschriften sind zu erkennen, Warnungen, Bekenntnisse und Forderungen. Helga Mettusa fühlt sich eingeengt zwischen den Hinzugestiegenen, sie zieht ihre Beine unter den Sitz zurück. Der Zeitungsleser wendet das Blatt, und Helga Mettusa liest nun andere Überschriften: Leben unsere Bürger gesund? Statistische Angaben zur Planerfüllung in unserem Kreisgebiet. Darunter das große Foto eines Foxterriers und eines Windhundes. Helga Mettusa beugt sich vor, liest unter den Bildern: Asso von der Lindenstadt und Dago von Ritterbach. Es ist höchste Zeit, an einen Pensionsplatz für ihren Liebling zu denken! Sichern Sie sich rechtzeitig in der Hundepension Asso einen Platz. Doktor Adrian von Bowei, Kirchenplatz 8.

Helga Mettusa sieht in die Scheibe, sieht sich, ihr Kopf wirkt zwischen den hochgezogenen Schultern wie eine Kugel, eine rundlustige Spielzeugkugel wie bei einer Puppe.

Vor dem Bahnhof steigt sie aus. In der Bahnhofshalle stehen Maler auf Gerüsten und weißen die Wände. Sie pfeifen zur Musik aus dem Radio. Helga Mettusa streicht sich Jacke und Rock glatt.

Zwei Stunden wird die Fahrt nach Klosterheide dauern. Die Frau geht durch den Zug auf der Suche nach einem leeren Abteil. Sie sieht ältere Frauen im Zug verteilt, findet alle älteren Frauen gleich. Sie blickt in die Landschaft: Wiesen, Gräben, Schafherden, manchmal Bungalowsiedlungen in der Landschaft, die wie ein Stachel in der Haut sitzen. Menschen hinter Zäunen von Maschendraht.

Sie blickt weg, versucht sich vorzustellen, wie das Heim in Klosterheide aussieht, nickt ein, wird geweckt, als sich ein Mann mit einem kleinen Jungen zu ihr setzt. Sie versteht zunächst nicht, was der Junge ruft. Als sich der Zug in Bewegung setzt, holt der Junge aus seinem kleinen Rucksack eine Maschinenpistole aus Plaste, aus deren Lauf beim Knattern ein rotes Mündungsfeuer zuckt.

Helga Mettusa schließt die Augen.

Der Mann nimmt das Gewehr, der Junge sieht eine Weile aus dem Fenster, sagt dann: Vati, ich muß mal.

Der Mann schüttelt den Kopf und sagt: Zu schmutzig.

Der Junge sieht aus dem Fenster, nimmt wieder das Gewehr.

Er geht auf den Gang und erschießt jeden Vorübergehenden hinterrücks, springt umher vor Freude. Ich muß mal, ruft er.

Helga Mettusa sieht durch den Jungen, sieht unter seiner Haut seinen Schädel wie auf einem Röntgenbild.

Nach einer Stunde Fahrt ist sie wieder allein. Klosterheide ist in der Nähe, und je näher sie dem Ort kommt, um so mehr kehrt in sie eine Kraft zurück, die sie hatte, als sie die Abteilung II im Heim von Klosterheide leitete. Die Kraft kehrt zurück, die sie danach brauchte, um zwanzig Jahre lang mit einem Mann fertigzuwerden, der seine Vergangenheit narrte, einem Feigling, einem Kriecher, der den beflissenen und geläuterten Beamten mimte und in seinem Schreibschrank eine Stahlkassette mit Fotos hütete, die ihn als Wehrmachtsoffizier mit Schwertern und Eichenlaub zeigten. Helga Mettusa verspürt die Kraft wieder in sich, die sie brauchte, um mit Konrad fertigzuwerden, der nach ihr geriet in seinem Hang zum Absoluten, der sie zur Selbstbehauptung zwang, für den sie Märchen von großen schwarzen Raben, die in Kinderaugen picken, erfinden mußte, eher schlief Konrad nicht ein. Oder vom indischen Schwert, auf das Menschen gesetzt wurden, die beim Heruntergleiten auf der Klinge unter dem Jubel der Masse zerteilt wurden, Konrad, der mit zehn noch in ihr Bett kriechen wollte, bis sie ihn in den Religionsunterricht steckte.

Die nun spürbare Kraft ist Lebenshunger, Lebenswut, für die sie dankbar ist. Haß auf Menschen. Auf Inge.

Seltsam. Der Rhythmus der Schienenstöße, den die Wagenräder übertragen: Bambambambam bambambambam, erinnert sie an den Rhythmus des laut gebrüllten Flaggeneides im BdM: Ihr müßt die Tugenden heute üben – die Völker brauchen – wenn sie groß werden wollen – ihr müßt treu sein – ihr müßt tapfer sein – ihr müßt untereinander eine einzigartige große herrliche Kampfgemeinschaft bilden.

Helga Mettusa lacht stumm und spricht den Eid noch einmal. Das Aufgehobensein, das Leben- und Empfindenlernen eines jeden einzelnen in der Gemeinschaft füllte nicht nur die fürchterlichen leeren Jahre, in denen sie zu keiner Gemeinschaft fähig waren. Sie alle waren nun auch erwählt, auserwählt, zum Führer der neuen Idee zu werden. Und sie führten keinen kleinlichen Krieg um Besitz, es ging ihnen nicht um dieses oder jenes Land, es ging um die Idee, dafür wollten sie leben und sterben.

Das Wort Schuld gibt es für Helga Mettusa nicht.

Der Schaffner kommt, Helga Mettusa reicht ihm die Fahrkarte. Sie hört am Rhythmus der Wagenräder, daß der Zug langsamer fährt.

Mit dem Lineal schlug der Lehrer im Lyzeum diesen Takt auf das Pult, wenn sie einander Köpfe, Nasenlängen, Hüften und Beine messen mußten, wenn sie sich gegenseitig im Profil an die Wandtafel zeichnen mußten, um so selbst herauszufinden, wer unter ihnen nicht arischen Ursprungs war. Ein Gaudi war das.

Anfangs klagten Eltern gegen diesen Unterricht. Der Rektor sprach dann von solchen Volksgenossen vor der Klasse. Dachau, Sachsenhausen.

Das half, da wußte jeder Bescheid.

Helga Mettusa hustet kurz.

Klosterheide. Nichts hat sich verändert. Einige Reihenhäuser mit heller Pappfassade sind dazugekommen. Aber die Villen stehen, wie sie es kennt, umsäumt von Buchen und Linden. Die Villa der Opels – der alte Opel hat dem Heim zugeschossen, wo er konnte. Abseits von der Straße ihr Heim, Lebensbornheim Mark, das Grundstück umgeben vom schmiedeeisernen Gitter, die Auffahrt im vorderen Park, der doppelte Giebel mit seinem steilen Dach, das aussieht wie ein M, die

Blumenbeete und rechts der Anbau, ihr Anbau, ihre Abteilung II, hier hat sie gelebt. Siegfried hatte sie in das Heim vermittelt, neunzehn war sie da, Inge hat sie hier kennengelernt. Inge hat Helga als Krankenschwester angelernt. Hier erfüllten sich alle ihre Erwartungen, als sie mit einundzwanzig Berthold zur Welt brachte, dessen Geburt ein Lebensfest war, ein Ausbrechen alter Sehnsüchte. Hier hat sie zweiundvierzig die Abteilung II übernommen, nach Inges unverzeihlichen Fehlern.

Helga tritt näher, ihre Augen glänzen. Am Eingang ein Schild: Orthopädische Klinik. Sie geht um die Villa, in den Park, zum See, nein, sie ist nicht sechsundsechzig, sie ist neunzehn, wieder neunzehn, steht wieder in der wildwachsenden Jahreszeit, ohne Erwartungsangst, sie ist bei Siegfried, hört wieder Märsche, fühlt dabei das Tragende in der Hingabe. Die Stille hier war ausgefüllt mit der Mehrung des reinsten deutschen Blutes. Mutter werden, für den Führer. Fest des Lebens. Dieses Gefühl sollte ihr erst jemand ersetzen können.

Helga Mettusa hustet kurz, ist nicht bereit, sich dem ungezügelten Rausch der Erinnerungen hinzugeben, deshalb ist sie nicht gekommen. Sie geht durch den Park, geht auf einen am Ende des Weges stehenden Rollstuhl zu, sieht einen weißhaarigen Greis, der sie mit seinen klaren blauen Augen anblickt und nickt, immerzu mit dem Kopf nickt.

In einem Rad des Rollstuhls hat sich ein Ast verfangen, der Greis müht sich vergebens, weiterzurollen. Helga geht langsam um den Rollstuhl herum. Ist es möglich, kann ein Mensch, der nicht viel älter ist als sie, so gebrechlich werden? Sprachlos werden, gesichtslos? Wozu lebt der Mann noch, für welchen Zweck – umsonst, das Urteil seiner Tage. Helga Mettusa geht weiter, dreht sich um, sieht den Greis mühsam winken. Ist es möglich, daß Siegfried so hätte werden können? Sie sieht den winkenden Greis. Wenn Inge da säße. Wenn sie geschrieben hätte, daß ein Krebs sie langsam zerfrißt, es wäre ein Trost. Wenn sie Inge diesen Krebs bringen könnte, wenn sie ihr diesen Krebs wie einen Spiegel vors Gesicht halten könnte, wenn –

Wie ein Stromschlag durchzuckt es Helga.

Die Blätter!

Sie hat alles auf Blättern. Hunderte Blätter. Selig die Blätter, selig dieses Beil. Über all die Jahre im Heim mit Inge hat sie geschrieben, hat alles aufgeschrieben, wollte nichts vergessen. Ihren Kindern nach dem Krieg von jeder Begebenheit, von jedem Eindruck im Heim berichten. Diese Blätter liegen bei ihr, in der kleinen Wohnung, in der kleinen Stadt, in dem kleinen Land.

Marita wird es tun. Marita.

Eine Wohltat, das zu denken. Helga Mettusa setzt sich auf eine Bank, sieht den Parkweg hinunter, sieht den Alten im Rollstuhl, sieht den zaghaften Plünderer Wind an den Blättern der Bäume. Nein, die Erinnerung ist kein Bettelpfad.

Die alte Semmling sagte: Frau Mettusa ist den ganzen Tag schon fort.

Marita geht zu Rosa. Sie hört schon im Treppenhaus ihre Stimme. Rosa steht mit einer jungen Frau vor der Wohnungstür. Die Frau hält ihr Kind im Arm. Fünf Monate, sagt Rosa und stupst mit dem Finger in die Decke, aus der es behaglich quiekt.

Ich bin schon wieder schwanger, sagt die junge Frau lachend zu Marita.

Kann ich das Kind mal auf den Arm nehmen?

Die Frau gibt es Marita. Sie sieht in dunkle, fast schwarze

Augen. Sehnsucht. Das Kind ist so leicht, vielleicht gar kein Kind, sondern ein Engel, aus Federn. Marita will es berühren, fühlen, hat Angst, es zu verletzen. Marita möchte es küssen, möchte es an sich drücken. Das Kind lacht, hat Marita verstanden.

Die Frau tippt Marita auf die Schulter.
Ja?
Ich muß los.
Marita gibt ihr das Kind.
Rosa ist schon in der Wohnung. Marita sieht der Frau nach, hört Rosa erzählen, geht dann auch in die Wohnung.
Was hast du gesagt?
Hier sieht's lustig aus, wir haben den ganzen Nachmittag gesessen. Rosa räumt Geschirr vom Tisch, stellt neues hin.
Und das Kind?
Das hat geschlafen. In dem Alter schlafen sie noch viel.
Ach ja.
Wollen wir Tee trinken?
Mach nur, Rosa.
Sag mal, kann das sein: Ich hab Konrad gestern abend in der Wagnerstraße gesehen, der hat da Kies geschaufelt.
Marita tastet mit einem Finger über ihre Lippen. Gestern?
Ist schon wieder dicke Luft bei euch? Was ist denn aus den Briefen geworden, habt ihr miteinander gesprochen?
Marita schüttelt den Kopf.
Aber bei seiner Mutter warst du doch?
Fragen, immer nur Fragen, sagt Marita.
Mit der Gabi bin ich zur Schule gegangen. Seit die das Kind hat, stimmt's bei der zu Hause wieder. Früher waren sie und ihr Mann wie Feuer und Wasser, da flogen die Fetzen, die konnten sich nicht mehr ausstehen. Fremd geht er nun auch nicht mehr, sagt sie jedenfalls.

Marita sieht aus dem Fenster.

Aber ich trau dem Frieden nicht, du weißt, wie Männer sind. Was ist mit dir? Ist der Tee nicht gut?

Der Tee? Marita sieht in ihre Tasse.

Rosa nimmt ihre Tasse, rührt den Tee um, riecht. Was sagst du zu den Gardinen? Kurt kann sie nicht ausstehen.

Marita läßt den Löffel auf die Untertasse fallen. Rosa sieht auf den Löffel, dann auf Marita: Ist es wegen dem Kind eben?

Marita schweigt.

Versuch doch, eins zu adoptieren.

Konrad will kein adoptiertes Kind.

Schon wieder Konrad.

Er hat recht. Vorige Woche war ich wieder beim Frauenarzt. Es liegt nichts Anatomisches vor. Ich bin gesund, sagt er.

Und warum bekommst du dann keine Kinder?

Psychische Ursachen. Marita hebt unschlüssig die Schultern.

Aber so geht es doch nicht weiter, du gehst kaputt so.

Marita legt ihre Hände in den Schoß. Ihre erste Ehe scheiterte genauso: An den überspannten Erwartungen an das Leben. Erwartungen, die sich nicht erfüllten, woraus neue überspannte Erwartungen wuchsen. Dulden, sagt Marita. Anpassen oder Verschwinden.

Weiberphantasien! Rosa steht auf: Du hast aber schon ganz anderes geredet, das ist noch gar nicht lange her. Kurt hat Respekt vor dir, der würde sich das nicht rausnehmen, was Konrad macht.

Das liegt an dir, Rosa.

Rosa setzt sich wieder: Dir kann ja keiner helfen, immer nur Konrad, Konrad. Was weißt du mit deinen dreißig Jahren, was sonst das Leben bietet. Wartest, bist ein braves Weib. Weißt du was: Jeder Mann ist ein Mann zu wenig für eine Frau.

Und das gefällt dir so?

Als ob wir darüber zum erstenmal reden. Ich kann nicht anders, und ich will es auch nicht. Lust ist doch nicht nur das eine. Kurt allein kann mir nicht geben, was ich suche, aber ich mag ihn trotzdem. Wenigstens das, wir mögen uns, Marita. Und bei euch?

Ja, die Lust war immer da, denkt Marita. Beim Kennenlernen, wie hatte Konrad ihr aus der tiefen, jahrelangen Demütigung, mit einem zu alten Mann verheiratet zu sein, geholfen. Bis sie sich dann von diesem zu alten Mann trennen ließ. Wie sie Konrad am warmen Meeresstrand ein erstes Mal gegenüberstand, zufällig, zugefallen. Sie sahen sich nur in die Augen, als wäre es das Erfassen des Wesens. Komm nicht näher, bleib nicht zu fern. Verkrustung, Schorf fällt ab. Nackte Blicke. Verbirg dich. Enthüll dich. Wie dann ihre Hände begannen, die Kleider zu trennen vom Körper, leichthin, als fielen sie von selbst ab. Wie sie sich beide fast lautlos freischrien, ihren Druck zu lösen. Und dann sein Kopf tief zwischen ihren Schenkeln, als wollte er zurück, wie sie sich wieder und wieder in ihren Säften wuschen, von denen keiner ahnte, sie derart fließbar zu spüren. Wie sie ein langes Seil in den lebenden Meeresstrand legten, sich darin einzuwickeln. Ihre Zungen bohrten zwischen den Zehen, im Hintern, in der Nase, zerrissen der Leib von den Händen, zerrissen die Haare. Wie Tang und Schlick in ihre Drehungen wuchs, Wellen umschlossen sie, spülten ihre Haut glänzend: sie suchten im Mund und überquerten das Meer.

Sie waren eins geworden, so rasch war der Fall in die Anfänge. Und am Morgen, als die Fischer am Strand das Seil suchten, in das sie sich gewickelt hatten, nahmen sie den Tag nur wahr, um erneut in Lust aufeinander zu verwildern. Doch das war nicht alles, es kam die Lust hinzu, eine Welt zu entdekken, mit jedem Herzschlag zu geizen, die versäumten Schläge nachzuholen. Was ist von dieser Lust geblieben?

Doch, sagt Marita, ich schlaf mit Konrad. Als ob es das wäre.

Rosa trägt das Geschirr in die Küche.

Der Wert von Frauen wird doch nicht daran gemessen, ob sie Kinder haben oder nicht. Willst du ein Kind, um gesellschaftsfähig zu sein? Das wäre ein schlimmer Selbstbetrug, Marita. Gibt genug Frauen, die keine Kinder wollen und die – Geräusche beim Abwaschen des Geschirrs schlucken einige Worte Rosas. Ist doch alles wegen Konrad so. Du mußt dich endlich durchsetzen gegen ihn. Und ob ihr mit einem Kind die Klarheit zwischen euch schafft, die ihr jetzt nicht habt, ist eine ganz andere Sache. Wieso will Konrad kein Kind adoptieren, glaubt er an Wunder, soll ein Wunder geschehen?

Rosa schaltet den Fernseher an. Ein Film. Marita langweilt sich. Sie geht, beeilt sich nicht auf dem Weg nach Hause.

Zu Hause sieht Konrad denselben Film, Marita geht aus dem Wohnzimmer, liest in der Küche die Zeitung, wäscht sich, geht schlafen, träumt davon, ein Kind im Arm zu halten, mit dem Kind und der Schwiegermutter eine Urlaubsreise zu machen. Sie wacht auf, denkt, sie sei nur kurz eingenickt gewesen, doch Konrad schläft fest neben ihr. Sie geht ins Wohnzimmer und raucht eine Zigarette. Ihr wird schlecht davon. Sie wartet. Worauf soll sie warten? Als würden sich im Warten die Dinge von selbst erledigen, im Selbstlauf, ohne ihr Dazutun. Ein anderer Mann, denkt sie, was bringt ein anderer Mann, ich bekomme keine Kinder.

Marita geht ins Schlafzimmer. Konrad, wach auf!

Was ist denn?

Wach auf, ich möchte mit dir reden.

Er schaltet die Lampe an, sieht sich langsam um, hält seine Hand vor die Augen. Marita sieht, wie er die Uhr sucht.

Wegen der Adoption, Konrad.
Mitten in der Nacht?
Ist mir egal.
Sie setzt sich an sein Bett. Es ist wichtig, Konrad. Marita will ihn wachrütteln.
Sie hört ihn undeutlich sagen: Bist in Gefahr, DIE FRAU, ein Kind. Dann schläft er wieder. Marita läßt ihn. Ein Kind adoptieren! Rosa hat gut reden, die nimmt die Pille, hat ihr Sparbuch im Kopf, will ihre Ruhe und ein paar Männer.

Helga Mettusa arbeitet wie an jedem Sommermorgen im Garten, im von Unkraut und Wurzelfäden durchzogenen Boden. Ihre Gedanken treiben durch die Erinnerung des vergangenen Tages – Klosterheide.
Ihre Hände, hart und fest, ziehen Gras, lockern die Erde, gießen die Beete. Ihr scheint, als hätten ihr grauer Rock und die graue Jacke die Farbe der Erde.
Kreuzschmerzen. Sie richtet sich auf, weg vom Kratzen an der dünnen Kruste, in der sie beim Eindringen ihrer Hände den Puls und die Ruhe von Leben in den Fingerspitzen fühlen kann: lebende und tote Pflanzen, lebende und tote Insekten. Sie stützt die Bohnenstauden, will bis Mittag damit fertig sein. Seit Jahren arbeitet sie im Garten der Semmling, darauf bedacht, ihre Kellerregale mit Eingewecktem zu füllen, sorgsam eingeteilte Vorräte für die Wintermonate.
Sie treibt sich zur Arbeit an, muß sich so zur Ruhe zwingen, hat nach dem Aufstehen den seit über vierzig Jahren verschnürten Karton aus der Dachkammer geholt und darin ihre Tagebuchblätter gefunden. Selig das Beil.
Beim Öffnen des Kartons hat sie kaum zu atmen gewagt, behutsam den Deckel abgehoben, um nicht vorzeitig den Geist jener Blätter zu wecken. Dennoch entwich etwas davon, sie hat

es am schweren Geruch gemerkt, der ihr entgegenströmte, als sie den Karton öffnete. Sie hat den Karton wieder geschlossen und ihn ehrfurchtsvoll betrachtet.

Helga Mettusa schwitzt, hat heute mehr im Garten geschafft als sonst. Die Semmling rief ihr aus dem Fenster zu: Frau Mettusa, denken Sie doch an Ihre Gesundheit. Sie wird sich nach dem Essen gründlich waschen. Schlafen. Selig die Blätter. Als rechte Hand Inges wußte sie von deren Tun, und sie hat das aufgeschrieben. Um nicht fühlen zu müssen, um zu vergessen, um nicht vergessen zu werden, um nicht in die Sprachlosigkeit zu fallen. Und mit eben dem Geschriebenen ist Inge zu treffen.

Sie, Helga, hätte den eigenen Sohn abgespritzt!

Die Pest dir an den Hals, Teufel!

Ihre Schwiegertochter soll von Inges Tun erfahren. Ohne Unterlaß wird Helga davon erzählen, bis Marita selbst Inges Tilgung sucht.

Am Nachmittag wartet Helga Mettusa am gedeckten Tisch im Wohnzimmer auf Marita. Die Hilflosigkeit des Wartens beunruhigt sie. Sie steht auf, nimmt Werkzeug und nagelt die knarrenden Bohlen der Treppe zur Dachkammer fest. Bald kommt die Semmling, schwer atmend. Dieser Lärm, Frau Mettusa, so viel Lärm. Die Frau geht wortlos an der Semmling vorüber, schließt die Wohnungstür.

Marita geht von der Weberei zur Schwiegermutter. Sie hatte sich mit Rosa zum Einkaufen verabredet, doch Rosa wird im Betrieb gebraucht.

Unsicherheit, Verletzbarkeit, eine breite Angriffsfläche ist das Ergebnis der letzten Wochen. Marita ahnt die Unmöglichkeit, Konrad und seine Mutter einander bald nahe zu bringen. Jedoch muß es möglich sein, bei der Frau Antworten auf der

Suche nach Konrad zu finden. Nach dem Verbrennen von Konrads Briefen hat sich Marita auf Warten eingestellt. Und die Angst vor der Frau, die sie beim Lesen von Konrads Briefen befiel? Und Konrads Angst vor der Frau, die sie beim Lesen spürte? Marita hat diese Angst vergessen wie eine unwahre Geschichte. Die Furcht kann sie nicht nachvollziehen, es ist Konrads Furcht. Zu wem sollte sie gehen, mit wem darüber reden, sich Klarheit verschaffen, zu Rosa, zu ihrem Vater, zu Franz Moldenhauer?

Marita bleibt vor einer Buchhandlung stehen. Franz Moldenhauer, denkt Marita, habe ich damals von der neu gefundenen Sprache des Glücks, dem Mitteilbaren, erzählt. Alles war mitteilbar, als sie Konrad kennenlernte. Franz Moldenhauer hat ihr von einer anderen Sprache des Lebens erzählt, die nüchterner, kühler sei. Leben nicht nur Beschäftigung mit sich selbst. Was sollte ich damals mit so einem Satz anfangen, denkt Marita. Sie spielt mit dem Gedanken, Franz Moldenhauer von Konrads Briefen und von der Schwiegermutter zu erzählen. Danach, denkt sie, gibt es keine Fehler mehr.

Marita geht weiter, verwirft den Gedanken. Als ob sie auf Franz Moldenhauers Hilfe angewiesen wäre. Als ob sie nicht selbst so viel Verstand, Willen und Geschick hätte, mit ihrem Leben fertig zu werden. So will sie es tun, Franz Moldenhauer aufsuchen, wenn es keine andere Möglichkeit mehr gibt.

Aus dem kleinen Lautsprecher über dem Eingang der Wöhlertschen Musikalienhandlung dringen verzerrte Stimmen, durch Windböen gebrochen. Marita ist außer Reichweite des Lautsprechers, als sie stehenbleibt und das Gehörte stumm summt. Sie geht zurück, hört einen Chor singen, hört wie damals im Dom Stimmen einer ihr ganz und gar unbekannten, starken, hellen, dankbaren Welt, mit dem Anspruch auf Eindeutigkeit. Als sie in den Laden treten will, rasseln über die

Schaufenster die Rolläden, die Tür wird verschlossen, der Lautsprecher verstummt. Marita drückt die Klinke herunter, klopft an die Tür. Das Klirren eines mit Flaschen und Gläsern beladenen Handwagens, der von zwei Jungen gezogen und von zwei Jungen geschoben wird, schreckt sie auf. Neben dem Wagen versuchen Mädchen Schritt zu halten. Marita geht langsam dem Lärm des eisenbeschlagenen Wagens nach, der um die Ecke verschwindet und das Geräusch mit sich zieht.

Während des Abendessens will Marita nicht bei der Schwiegermutter in der Küche sitzen, wo es nach Desinfektionsmittel riecht. Sie bleibt stehen, weil ein blinder Alter über die Straße geht, der die Orientierung verloren zu haben scheint, mit seinem weißen Stock auf und ab winkt. Marita will den Alten über die Straße führen. Kaum daß sie ihn berührt, bleibt er stehen: Sie wollen mir helfen? Jetzt wollen Sie mir helfen, aber dann lassen Sie mich wieder allein. Marita zieht ihren Arm zurück, der Blinde geht weiter. In der anderen Straße sieht sie weiter hinten die Kinder mit dem Handwagen. Zwei Jungen streiten laut miteinander, der dritte sitzt auf den Stufen des verschlossenen Altstoffladens. Ein Fenster im ersten Stock wird geöffnet, eine Frau brüllt Ruheverdammtnochmaldaunten. Die Mädchen springen aufgeregt um den Wagen, die Jungen sehen zur Frau im Fenster, eine andere Frau erscheint auf der Treppe, fuchtelt mit den Armen – es fällt ihr schwer, dabei das Gleichgewicht zu halten – und greift, als sie vornüber zu fallen droht, in den Haarschopf des auf der Treppe sitzenden Jungen. Der reißt sich los, schreit, greift eine Flasche aus dem Wagen und schleudert sie an die Treppe, auf der die Frau steht, die nun zu keifen anfängt. Die anderen Jungen greifen ebenfalls nach Flaschen und drohen damit. Ein Auto hält an, der Fahrer springt heraus, will sich einen der Jungen greifen. Die laufen alle johlend davon. Marita sieht einen Jungen in ein Treppenhaus flüchten. Die Mädchen sind stehengeblieben und werden von den Hinzukommenden beschimpft. Sie wehren sich, trampeln mit den Füßen, fuchteln mit den Armen.

Drecksgören, solln euch doch die Finger bluten, ruft die Frau auf der Treppe und packt ein Mädchen im Nacken. Das fällt in die Scherben.

Nun beschimpft ein Mann diese Frau: Verrückt geworden, wenn das Kind sich verletzt.

Die anderen beschimpfen den Mann, während das Mädchen unbemerkt davonschleicht.

Marita geht in den Hausflur, in dem der Junge verschwand. Die Kellertür ist verschlossen. Hinter der angelehnten Hoftür sieht Marita den Jungen, der sich an die Wand des Hauses drückt. Als sie zu ihm gehen will, läuft er an die Hofmauer, springt, versucht mit den Händen oben Halt zu finden, rutscht ab, sieht sich um, springt wieder, findet Halt, sich windend zieht er sich hoch, springt auf der anderen Seite hinunter. Marita geht an die Mauer, hört den Jungen auf der anderen Seite heftig atmen.

Feuerwild und Trommenschrill? fragt der Junge. Marita erinnert sich ihrer Kindheit, an die Zeit der geheimen Orte, der Schwüre und Parolen bei Kerzenlicht.

Feuerwild, Trommenschrill, ruft Marita zurück, dann hört sie nichts mehr.

Marita geht nun, ohne sich weiter aufzuhalten, zur Schwiegermutter. Als sie klingelt, öffnet ihr die Frau sofort, als hätte sie hinter der Tür gestanden.

Einen Augenblick, sagt die Frau.

Marita wartet an der Tür, sieht auf die mit Leisten eingefaßten mattgrün gestrichenen Felder. Die Schwiegermutter kommt mit einer bestickten Decke, Gläsern und einer Flasche Wein.

Trag das in die Kammer rauf. Marita trägt die Weinflasche so, daß sie den weggekratzten Preis auf dem Etikett sieht.

Die Tür der Kammer ist angelehnt, Marita geht zögernd hinein, stellt Weinflasche und Gläser ab. Als sie die Tischdecke auflegen will, bemerkt sie die vielen geschliffenen Stellen auf der Tischplatte, als wäre das Holz von Beschmutzung gesäubert worden. Doch in den harten Stellen des Holzes, die sich schwer abschleifen lassen, erkennt Marita ins Furnier eingeritzte Worte. Du mußt helfen, Angst, K. M. – entziffert sie. Marita hört die Schwiegermutter kommen, zieht die Decke über den Tisch, verteilt die Gläser. Helga Mettusa öffnet die Flasche, gießt ein, wartet darauf, daß Marita trinkt, gießt sich noch etwas nach, ihr Glas ist bis zum Rand gefüllt. Dann stellt sie vor Marita einen Teller mit Gebäck, verteilt es gleichmäßig, hustet kurz. Marita sieht in den stechenden Blick ihrer Schwiegermutter.

Amazone hat man mich früher gerufen. Kannst du reiten, Kind?

Marita sitzt dem großen Bild mit dem wuchtigen Rahmen gegenüber.

Nein, ich habe Angst vor Pferden.

Reiten ist herrlich, Kind. Die Schwiegermutter holt tief Luft, trinkt dann vom Wein.

Marita nippt am Glas. Zu Hause trinken wir selten Wein, sagt sie.

Ich habe gewußt, daß du kommst. Helga Mettusa bietet mit den Augen Gebäck an.

Wie sie anreden, denkt Marita, du oder Sie? Keine Spur von der Schwäche vor drei Tagen. Sie haben sich schnell erholt, Schwiegermutter.

Erholt?

Marita sieht wieder auf das große Foto an der Wand. Sie hat

den Eindruck, es könnte jeden Augenblick herunterfallen, so schwer wirkt der Pfederleib, so massig ist der Bilderrahmen. Marita will nicht auf das Foto sehen. Wenn sie wenigstens den Blick aus dem Fenster hätte, so wie die Schwiegermutter, die ihren Kopf nur leicht zu drehen braucht, um in die Landschaft zu sehen. Sie wird nur den Horizont sehen, denkt Marita, man sitzt zu tief in den Stühlen, aber es bleibt der Himmel, der ganze blaue Himmel.

Heute morgen lag eine Karte mit Versen von Konrad auf dem Tisch. Marita sucht in ihrer Ledertasche. Das hat er noch nie gemacht. Lesen Sie.

Marita legt die Karte auf den Tisch, die Frau stellt ihr Weinglas darauf.

Ich habe mich gefreut, sagt Marita. Die Frau lächelt an Marita vorbei.

Es ist nicht einfach mit Konrad.

Die Schwiegermutter lehnt sich in den Stuhl zurück, Marita zieht zaghaft am Rand der Karte, auf der das Weinglas steht. Helga Mettusa beugt sich vor, Marita läßt die Karte los, lehnt sich zurück.

Im Alter wird das Leben schwer.

Was soll Marita darauf antworten, sie greift nach dem Gebäck.

Gestern haben wir uns geeinigt. Ich glaube, deshalb hat Konrad mir die Verse geschrieben. Er schreibt... Marita will die Karte in die Hand nehmen, Helga Mettusa aber hält abwehrend ihre Hand über Glas und Karte.

Geeinigt? Ich habe jahrelang eine Freundin gehabt, wir waren uns immer einig. Wir wußten alles voneinander. Sie hat mich verraten. Feig und hinterhältig verraten. Helga Mettusa zieht ihre Hand zurück. Bis jetzt habe ich in Ruhe und Frieden gelebt.

Helga Mettusa hustet, hat sich verschluckt, steht auf und geht ans Fenster.

Wo ist das Glück? Im Menschen? Sie macht das Fenster auf, Marita spürt eine unsichtbare kühle Wand an sich vorüberziehen.

Was hatte die Schwiegermutter gesagt, woher weiß sie diesen Satz, den Konrad schrieb in seinen Briefen? Hat Konrads alter Freund auch ihr solche Briefe geschickt? Und wem noch?

Laut sagt Marita: Konrad schreibt, es gibt drei Arten des Glücks. Eine ist das Suchen nach Öffnungen im anderen, um da einzudringen. Wenn man in ihm ist, will man ihn verdrängen, das ist die zweite Art. Die dritte Art sind die Grenzen des anderen, an denen es nicht weitergeht. Und dann ist man wieder allein.

Die alte Frau dreht sich um, als suchte sie etwas.

Was soll das? Davon weiß ich nichts.

Dann kennt sie Konrads Briefe also nicht? Marita sieht die Schwiegermutter an, die sich wieder an den Tisch setzt.

Wir haben uns geeinigt, ein Kind zu adoptieren. Sie werden Großmutter. Wenn ich nach Hause komme, wollen wir den Antrag schreiben.

Kinder sind widerlich. Die Frau umklammert die zur Hälfte geleerte Weinflasche, und der Wein in der Flasche wippt links und rechts hinter dem Etikett hervor.

Es fängt an mit dem Ekel der Geburt, dann der Ekel des Säugens. Ekel des Lehrens, am Ende der Kampf Kind gegen Mutter, darauf läuft es doch hinaus. Wenn du ein Kind hast, wirst du merken, daß alles darauf hinausläuft. Warum stehst du nicht zu mir, du bist meine Tochter.

Sie haben Konrad. Wie können Sie so sprechen?
Berthold ist tot.

Helga Mettusa beobachtet ihre Schwiegertocher. Wie sie

zum falschen Zeitpunkt einen freundlichen Blick versucht, wie sie aus dem Fenster sehen will. Doch Helga Mettusa hat den Stuhl von Marita bewußt so vor das Foto gedreht, daß sie draufblicken muß, so lange, bis sie sagt, das Bild ist schön. Man muß den Menschen so lange unter Druck setzen, denkt Helga Mettusa, bis er glaubt und nicht mehr aufhört zu glauben. Verweigert er sich, streut man Salz in sein Leben wie in eine offene Wunde. Konrad hat sie das Rückgrat gebrochen, dafür, daß sie ihn geboren hat. Ihm hat sie Salz ins Leben gestreut.

Helga Mettusa sieht, wie ihre Schwiegertochter Wein trinkt, sich das Glas zur Hälfte nachfüllt, vom Gebäck ißt, auf das Foto blickt. Ist es nicht schön, Kind, fragt sie ihre Schwiegertochter. Helga Mettusa möchte reden, von ihrem Leben, erzählen, was die Schwiegertochter angehen muß. Sagen: Konrad hab ich nicht gewollt, und den Mann hab ich nicht gewollt. Ich wollte nach dem Krieg zur Ruhe kommen, Siegfrieds und Bertholds gedenken, aber der Mann hat mich geheiratet, weil ich schön war, und ich habe mich heiraten lassen, um mich zu schützen, denn Gruppenführer Werner hat uns am Schluß gewarnt: Nicht auffallen, um Himmels willen nicht auffallen, nichts sagen, heiraten, einen anderen Namen zulegen, in eine kleine Stadt ziehen, arbeiten, bis die Lage überschaubar wird; so schlimm käme es nach dem Kriege nicht, als daß es nicht weiterginge. Und ich bin in diese kleine Stadt gezogen, die von Flüchtlingen angeschwollen war, aber es konnte mir nur nützlich sein. Ich habe mich heiraten lassen, war in einer Wäscherei tätig, keiner fragte. Neunundvierzig hörte ich in der Wäscherei auf. Zivile tauchten auf, fragten viel, suchten Menschen, wie die Zeit sie brauchte. Der Mann hat mich mühelos ernährt, wovon, war mir gleichgültig. Wenn der Mann mich nahm, starrte ich unter seinen Stößen an die Decke, ich sah den Fliegen an der Lampe nach und versuchte dann wieder herauszubekommen, was ich von ihm in mir hatte. Dreiundfünfzig wurde ich dann doch schwanger. Als ich die Abtreibung nicht mehr wagen konnte, wollte ich das Kind wenigstens tot zur Welt bringen. Ich wußte, was zu tun war. Aber das Kind hat gelebt. Im März vierundfünfzig kam Konrad. Der Mann sagte, noch mehr Kinder. Der Mann und Konrad aber reichten, um mich endlich aus meiner Ohnmacht zu wecken. Von da an habe ich gegen den Mann und gegen Konrad gekämpft. Oder ich habe mich verschlossen mit Schlüsseln hinter Schlössern. Auch das Kind, den Balg, habe ich verschlossen. Gefeiert wurde nie. Feiertags fuhr ich umher und suchte unauffällig nach Bekannten. Ich fand niemanden. Der Mann aber verspielte seine letzten Trümpfe von den Karten, die ich kannte, er wollte alles für mich tun, wenn ich ihn nur an mich heranließe. Ich habe nur noch wenig geredet, sieh meinen kleinen Mund. Ich habe nicht mehr geliebt, sieh meine verkümmerte Brust.

So möchte Helga Mettusa ihrer Schwiegertochter erzählen. danach dürfte es keine Fragen mehr geben. Nicht heute, nicht später. Helga Mettusa sieht in das fragende Gesicht ihrer Schwiegertochter. Lies vor, Kind. Ich möchte etwas hören.

Helga Mettusa nimmt das Glas von der Karte, Marita liest.
Wenn du so bist wie dein Lachen,
gehören wir zusammen, denn
mein Himmel dehnt sich dabei.
Als ich dich fand,
warst du wenig zu erkennen.
Suchen.
Sucht der Mann den Mann in der Frau?

Helga Mettusa sieht aus dem Fenster, sagt leise: Ob man lieben kann, was man nicht mag?

Ich liebe Konrad, hört sie ihre Schwiegertochter sagen, aber ich bekomme keine Kinder. Es liegt an mir, Konrad hält sich verborgen hinter Mauern, das ist etwas anderes.

Helga Mettusa sieht in Augen, die viel sagen wollen und groß sind. Du willst also von mir wissen, wer dieser Konrad ist?

Konrad ist Ihr Sohn!

Helga Mettusa dreht sich wieder weg, ebenso heftig: Mein Sohn ist tot! Sie möchte jetzt das Gespräch abbrechen. So der Schwiegertochter ihren Unmut zeigen. Doch sie besinnt sich auf das Gegenteil.

Die Verse gefallen mir, Kind.

Gestern haben wir beide über Kinder geredet. Und heute morgen lagen seine Zeilen auf dem Tisch. In ihm geht also etwas vor. Warum sagt er nichts? Warum verletzt er mich? Wir müssen ihn aufbrechen, herausholen. Sie und ich. Wir können es. Sie sind seine Mutter.

Helga Mettusa lächelt ihrer Schwiegertochter zu, wartet, ob Marita noch mehr sagen will, geht aus der Kammer, erscheint bald wieder mit einem großen Schlüsselbund, schließt den kleinen Eckschrank neben der Tür auf, dessen geschnitzter Aufsatz zur Hälfte weggebrochen ist, und zieht unter sorgfältig gestapelter Wäsche ein ledergebundenes Album hervor. Umständlich rückt sie es vor Marita auf dem Tisch zurecht. Schlägt wortlos Seiten auf. Von alten Leuten alte Fotos. Dünn und brüchig das Papier, daß es sich zerreiben und wegblasen ließe.

Da bin ich acht. Vater war noch arbeitslos. Das ist Vater in Uniform. Das Haus da haben wir dann bekommen.

Als Helga Mettusa einige Seiten überblättert, legt Marita ihre Hand dazwischen.

Willst du das sehen? Helga Mettusa blättert zurück, und Marita sieht ein großes koloriertes Foto, eine geheimnisvolle versunkene Feldlandschaft. Landarbeiter mit klobigen Holzschuhen, schwer atmend über ihren Hacken, daneben der Sämann, durch die düsteren, tintigen Erdschollen stampfend. Von Himmel keine Spur. Im Vordergrund lachende Mädchen in weißen Hemden und schwarzem Lederschlips. Das Mädchen in der Mitte umfaßt ihre Brüste, als wären es ihre Kinder. Über ihrem Kopf ein Tintenkreuz. Marita will den Namen unter dem Bild entziffern.

Die Schrift wirst du nicht lesen können, sagt die Schwiegermutter. Inge heißt das.

Aber schön, so ein Album. Das würde man alles vergessen in den Jahren. Konrads Briefe sind mir auch wie ein Album.

Helga Mettusa blättert weiter. Hier bin ich neunzehn. Das ist Siegfried. Da wurde er gerade zum Sturmbannführer befördert. Am Abend danach haben wir uns verlobt. Sein Vater hat so viel Wein aus Wien kommen lassen, daß der Vorrat über ein Jahr reichte.

Nicht eingeklebte Bilder rutschen beim Umschlagen aus dem Buch. Marita weist auf ein Bild, das spielende Kinder und zwei Frauen – eine in Uniform, die andere mit weißer Schürze und Haube – zeigt. Auf den lachenden Kinderkopf am Bildrand tippen, da sagt Marita: Der sieht aus wie Konrads alter Freund.

Helga Mettusa nimmt gleichgültig das Foto, sieht noch einmal darauf, erkennt sofort die Ähnlichkeit, die gefährliche Ähnlichkeit.

Sie blättert für ihre Schwiegertochter weiter. Landschaftsbilder, Fotos von Volksfesten.

Die Herausforderung war über Jahre nicht Konrad, denkt Helga Mettusa, der verlangte so viel vom Leben, daß es ihm nicht nur keiner geben konnte, sondern man ihn sogar deswegen mied. Nein, die Herausforderung an sie war dieser Freund: er war unberechenbar, verschlagen und verschwiegen.

Dabei hatte sie selbst dafür gesorgt, daß Konrad zu ihm die Beziehung suchte. Wie oft hat sie das später bereut. Drei Jahre hatte sie beide unter Kontrolle, hatte sie sich ihre Überallaugen, Überallhände, Überallohren gut erhalten, und Konrad schrieb brav sein Tagebuch, in dem sie alles fand. Dann schrieb er nicht mehr, blieb nächtelang weg, hatte Mädchen. Es war ihr zäher weiblicher Instinkt, der Helga Mettusa wachsam und nicht kopflos machte. Als sie merkte, wie Konrads Freund sie auszuspielen versuchte, brauchte sie alle Kraft, um in Konrad ein Feuer gegen den Freund zu schüren. Langsam, nur allmählich entwickelte sich die Flamme. Dann wurde Konrad gegenüber dem Freund immer selbstbewußter, fordernder, bis sich dieser Freund ihm unterordnete. Da stand Helga Mettusa vor dem letzten Schritt, sie lobte Konrad, tat, als wäre sie damit zufrieden, wie er sein Leben lebte. Nur etwas mutiger müsse er werden.

Daß Konrad mit dem Freund in der Werkstatt, in der er lernte, einbrach, hat Helga Mettusa gewollt. Konrad hat ihr die gestohlenen Uhren zum Geschenk gemacht. Wollte von ihr nun Liebe für seinen Mut.

Helga Mettusa hustet, Marita sieht auf, sie blättert weiter.

Niemals wollte sie dem Kind Liebe geben. Sie zeigte beide wegen der gestohlenen Uhren an. War endlich beide los. So gewinnt man ein Spiel. Mochte sich Konrad von seinem Freund oder der von Konrad verraten fühlen, die Wahrheit werden sie nie erfahren haben. Konrad im Gefängnis, seine einzige Freundschaft von heute auf morgen zerplatzt. Das war vor dreizehn Jahren.

Helga Mettusa hustet noch einmal, umfaßt ihr Schlüsselbund.

Landschaftsbilder.

Vermitteln diese Bilder nicht ein herrliches Gefühl, Kind?

Man glaubt, man ist frei. Und das ist Siegfried im ersten Fronturlaub. Sieht er nicht prächtig aus? Er hatte einen Wagen mitgebracht, und wir sind nach Klosterheide gefahren: einige Häuser und Villen.

Das Album ist fast durchgeblättert. Helga Mettusa denkt an die letzten Seiten. In der Frühe hat sie einige beschriebene Blätter ihres Tagebuchs zwischen die letzten Seiten des Albums gelegt. Wird diese Blätter gleich finden. Zufällig finden. Wird sie entsetzt lesen. Ihr wird dabei schwindlig werden, sie wird nach der Schwiegertochter rufen. Marita wird zu ihr springen. Sie stützen. Geh, wird sie zu Marita sagen. Nein, bleib, lies das erst, diese Blätter, dann geh. Und Marita wird bleiben. Dann ist sie sich Maritas sicher. Dann gehört sie ihr. Dann wird sie Marita nach und nach alle Blätter zeigen.

Wieder Landschaftsbilder.

So stell ich mir die Gegend vor, in der Konrad mit seinem alten Freund gewandert ist, sagt Marita.

Wie kommst du denn darauf?

Er hat seinem Freund Briefe geschrieben.

Kennst du seinen alten Freund?

Überhaupt nicht. Er hat mir bloß Konrads Briefe geschickt. Was heißt bloß, ohne die Briefe wüßte ich überhaupt nichts von ihm.

Und was schreibt Konrad in den Briefen?

Alles.

Helga Mettusa schließt das Album, legt es in den Eckschrank zurück, setzt bedächtig einen Fuß vor den anderen, sieht aus dem Fenster, sieht auf Marita, die auf das Bild an der Wand schaut, sucht im Eckschrank, hustet kurz und blättert vor Marita in einem buntbemalten Buch. Das ist Konrads Tagebuch. Ich habe es nicht gelesen. Aber seine Briefe würde ich gern lesen.

Fast hätte Marita ja gesagt, scheint es Helga Mettusa. Wir sollten erst miteinander reden. Sie, Konrad, ich. Die Briefe kann er Ihnen geben – Marita wird unterbrochen.

Hab dich nicht so. Du mußt zeigen, wohin du gehörst. Du mußt treu sein, du mußt stark sein, du mußt die Tugend zu kämpfen üben. Helga Mettusa scheint, als würde ihr linker Arm kalt und steif. Gib du mir die Briefe.

Nein.

Helga Mettusa hält der Schwiegertochter das Buch mit dem buntbemalten Einband hin. Nimm es. Du wirst sehen, um etwas anderes aus ihm zu machen, muß er zerschlagen werden. Helga Mettusa sieht, wie die Schwiegertochter zusammenzuckt, aufsteht und zur Tür geht. Helga Mettusa nimmt einen Schluck Wein und redet so leise, daß Marita stehenbleiben muß, um zu verstehen: Als Konrad elf war, ist er von zu Hause weggelaufen, ist bei Wind und Wetter ins Krankenhaus gekommen, nur um mich zu besuchen.

Helga Mettusa dirigiert ihre Schwiegertochter mit den Augen auf ihren Platz zurück. Marita setzt sich.

Konrads Blumen waren fast ohne Blätter. Beim Laufen sind sie abgefallen. Sein Vater hatte ihn eingesperrt, aber er ist übers Dach. Ich lag allein im Zimmer. Als er kam, haben wir vor Freude gelacht. Reden wir ein anderes Mal weiter, Kind. Helga Mettusa steht zum genau richtigen Zeitpunkt auf, das Gespräch abzubrechen, sie sieht es an den Augen der Schwiegertochter, daß sie darauf brennt, mehr zu erfahren.

Helga Mettusa begleitet Marita die Treppen hinunter. Komm wieder, sagt sie.

Als Marita fort ist, holt Helga Mettusa ein Tablett aus der Küche, geht in die Kammer, fegt den Teppich, rückt die Stühle, trägt die Gläser in die Küche, auch die Karte mit Konrads Versen, die auf dem Tisch liegengeblieben ist.

Was hat ihr der Abend gebracht? Er fing an, wie sie es sich gedacht hat, Marita verhielt sich so, wie sie vermutete, aber dann hat Helga Mettusa sich von Konrads altem Freund beunruhigen lassen. Er war ihr unvermutet nahe. Dabei will sie Inge haben. Sie hat sich von der Jagd auf Inge ablenken lassen. Sie war nicht mehr bei der Sache.

Helga Mettusa übergießt Maritas Weinglas mit kochendem Wasser. Mag es zerspringen, es ist ihr gleich. Nur Inge ist ihr nicht gleich. Inge, der sie schwören mußte, nichts und niemandem von den Vorgängen im Heim zu erzählen.

Also hatte Inge etwas zu verbergen. Da war gleich ihr Mißtrauen gegen Inge. Später hat Inge von ihren Träumen erzählt, von der Furcht, alle Mütter aus dem Generalgouvernement stünden vor ihr und verlangten ihre geraubten Kinder zurück. Inge hatte immer Angst. Deshalb wird Marita an Inge schreiben. Über das Heim. An ihrem eigenen Dreck soll Inge verrekken.

Helga Mettusa geht ins Bett. Angst vor der Nacht. Um nicht träumen zu müssen, um dem Traum seine Kraft zu nehmen, stellt sie sich vor, auf einem Balkon zu stehen, von dem sie über einen leeren Platz sieht. Konrad und sein alter Freund kommen auf den Platz, gegen Siegfried Steine werfend, eine Fahne schwingend. Es kommen andere hinzu, Lumpen, die schreien und Fahnen hochhalten, wild kreischende Weiber, die vorweg gehen, die anführen, das brüllende Massenvieh auf der einen Seite, Siegfried mit drei Soldaten hinterm MG auf der anderen Seite. So jedenfalls hatte Siegfried ihr von seinen Einsätzen vierunddreißig erzählt. Es hätte genügt, in die Luft zu schießen, doch Siegfried läßt das Pack näher kommen, die Soldaten sollen ein für allemal die Gefährlichkeit dieser Massen spüren, daß ihnen gar nichts anderes als zu schießen übrigbleibt. Näher, noch näher, Siegfried kann Konrads Augen sehen, dann das Zeichen. Nach wenigen Minuten ist der Platz leer. Helga winkt Siegfried zu vom Balkon.

Marita sitzt im Büro und will Konrads Briefe aus dem Gedächtnis aufschreiben.

Sie wird die Briefe bei der Schwiegermutter gegen das Tagebuch von Konrad eintauschen.

Gestern abend, als sie von der Schwiegermutter kam, hat sie gemerkt, wie sehr Konrad Angst hat. Vor sich selbst.

Marita hat ihm vom Album seiner Mutter erzählt, er unterbrach sie. Du warst schon wieder da, wann hört der Spuk endlich auf. Und: Was glaubst du, was geschieht, wenn wir ein Kind im Hause haben und sie weiß davon?

Sie weiß auch davon.

Quatschweib, hat er gerufen.

Mein Gott, hat sie gesagt, du benimmst dich wie ein Halbwüchsiger mit deiner Geheimniskrämerei.

Ich verbiete dir, da noch einmal hinzugehen.

So nicht, hat sie geantwortet, sonst ziehe ich nämlich hier aus.

Er hat sie angestarrt, geschluckt und geschwiegen.

Angst hat er. Berührungsangst. Über seine Briefe hat sie mit ihm auch noch nicht reden können. Er wird damit nicht anfangen.

Marita sitzt seit einer Stunde, aber an die ersten Briefe hat sie keinerlei Erinnerung mehr. Der Bleistift bricht ihr ab, sie muß ins Nebenzimmer und sich ihren verborgten Bleistiftschärfer wiederholen, danach kann sie sich nicht mehr konzentrieren.

Nun, am Nachmittag, fallen ihr die Sätze aus den Briefen ein. Dritter Brief. Es sind die prallen Farben vom Leben, von denen ich Dir schreibe, und ich werde nicht aufhören zu schreiben, bis etwas anders ist. Es wird wieder, wie es war.

Das Datum, wann schrieb Konrad?

Meine Frau hat ein Winziges von Dir. Sie weiß es nicht, weil sie nichts von Dir weiß. Nach einer Bravheit von mir verteilt sie das Winzige und spielt damit.

Marita will zum Spiegel an der Tür gehen. Bin ich so?

Herumstöbern auf abgelegenen Höfen, gerade verlassen von den einstigen Bewohnern. Zerfressene Mäntel liegen in halboffenen Truhen, dazwischen Ordner mit zerfledderten Listen, verstaubte Bilder der verlassenen polnischen Heimat und bestickte Tischtücher.

Sie hätte die Briefe nicht verbrennen sollen, sie hätte sich nicht blind auf Gefühle verlassen sollen. Marita schreibt weiter.

Vom Wandern müde, schlafe ich in dem Haus ein. Mir ist, als kämen von irgendwo oben oder irgendwo unten nackte Kinder. Sie schweben über einer rostigen Stahltreppe und folgen geheimnisvollen Tönen. Nun sehe ich, wie sich in die Brüste der Kinder eine Spritze drückt. Bei jedem Stich in das Herz entsteht dieser Ton.

Konrad schrieb von DER FRAU, die im Dunkeln steht, und diese Kinder – das kann sie unmöglich der Schwiegermutter zumuten, wenn sie die Briefe liest, wird sie sagen, er ist geisteskrank. Beim Schreiben klingt alles anders, so hatte sie die Briefe nicht gelesen, so nicht verstanden.

Sechster Brief. Wie wird das Jahr? Meine Frau hat mir kräftig die Hand gedrückt, widerlich.

Das gleiche. Was schrieb sie da, schrieb das Konrad, sie hat doch ganz anders gefühlt beim Lesen? Jetzt ist sie empört. Sollte sie die Briefe nicht so aufschreiben, wie sie die Briefe verstanden hat? Nicht alle, vier, fünf reichen, so dick ist Konrads Tagebuch nicht, wie sie bei der Schwiegermutter gesehen hat. Gleichviel, wenn sie so Konrad näherkommt – Marita schärft den spitzen Bleistift so, daß er abbricht. Anders schreiben.

Dritter Brief. Juli, Die prallen Farben vom Leben sind es, wenn ich Dir schreibe, und ich werde nicht aufhören, Dir zu schreiben, bis etwas anders ist zwischen uns. Bis wir eine Art Beziehung aufbauen, wie ich sie zu meiner Frau suche. Wo Kleinigkeiten keinen Streit machen, wo man nicht mit Worten verletzt wird, wo die Mauern um einen herum abgebrochen sind, wo sich die Erwartungen aneinander erfüllen. Das braucht Zeit und Ruhe. Wir wandern gerne, Marita und ich. Gestern fanden wir ein abgelegenes Gehöft, das noch nicht lange verlassen ist. In dem alten Bauernhaus sahen wir eine alte Truhe, in der zerfressene Mäntel lagen; daneben ein Haufen Kartoffeln. In der Diele ein offener Schrank, neben dem Kamin ein Eimer Kohlen. Der Eindruck von Schmutz aber entstand nicht, es war sogar etwas von Gemütlichkeit. Der Nachmittag war schwül, vom Wandern sind wir müde geworden und haben ein paar Stunden in dem Haus geschlafen. Zu Hause waren wir abends. Wir haben viel zu entdecken. Es ist keine Zeit für Streit. Wir...

Marita hört auf zu schreiben. Konrad benutzt seinen Penis als Prügel gegen sie. Als sie neulich in der Badewanne saßen, ist es ihr bewußt geworden. Er schlägt sie damit auf ihre Brüste, auf den Rücken, überallhin. Er tritt mit dem Fuß zwischen ihre Beine. Nicht, daß es ihr weh tut, aber mit dem Fuß. Der Griff seiner Hände bringt Schmerz. Anfangs war es aufregend, diesen festen Griff am Körper zu spüren, anfangs, aber er will Schmerz, will etwas in ihr zerdrücken. Ich möchte eine Frau sein und Kinder bekommen. Ein Scherz, hat Marita gedacht, Konrad scherzt. Aber er hat es gesagt: Ich sollte eine Frau sein. Kinder bekommen. Marita ist aufgestanden aus der Wanne und hat in der Küche gewartet, bis Konrad eingeschlafen war. Und gestern: Ich verbiete dir, da hinzugehen. Warum geht sie zu seiner Mutter, doch nur seinetwegen. Keine Möglichkeit, einzuhaken, mit ihm zu sprechen. Er hat Angst vor ihr.

Marita schreibt den zweiten und dritten Brief. Wie kann mir die Schwiegermutter helfen, denkt sie.

Ihr Glaube an Sehnsucht, Lust, Gerechtigkeit ist unzerbrochen geblieben über die Jahre. Aber das Gefühl ist nicht unverletzt. Ein Riß klafft tief und nicht sichtbar. Peinlich von ihr verdrängt, versteckt wie der Sprung in einem kostbaren Glas, tief und nicht sichtbar, weggedreht oder nach hinten gerückt im Glasschrank. Statt dessen der Zwang, heil zu sein, Zwang, nicht unsicher zu sein vor anderen Frauen, Müttern; Furcht, den Geliebten zu verlieren. Das Gefühl, versagt zu haben. Keine Mutter sein, unzerbrochen sein, nicht gebären können wie nicht sterben können. Das krankmachende Gefühl unstillbarer Erwartungen, das sich in Träume versteift, immer höhere Schichten zwischen sie und Konrad türmt. Die Geburt eines Kindes, denkt Marita, das Herauspressen eines Lebens, eines so neuen, unerhörten Lebens würde in ihr den Schleier der Unschuld, des Versagens zerreißen. Und würde sie bei der Geburt eines Kindes auch zerbrechen, aber sie wäre doch eine Mutter, eine Frau, als Frau wäre sie dann ganz.

Helga Mettusa legt gerade Wäsche in verschiedene Körbe, als es klingelt. Eilig schiebt sie die Körbe mit dem Fuß vom Flur in die Küche. Marita steht vor der Tür.

Guten Tag, Schwiegermutter.

Ich bin beim Waschen.

Sie setzen sich ins Wohnzimmer, Helga Mettusa stellt nichts auf den runden Tisch, möchte weiterwaschen, streicht über die Falten der gestärkten Tischdecke, die steif herunterhängen.

Es tut mir leid wegen vorgestern.

Vorgestern?
Wegen Konrads Briefen.
Helga Mettusa nickt, muß dennoch überlegen, sich besinnen.

Sie hatten recht, Konrad ist noch lange nicht soweit, darüber zu sprechen, was ihn bewegt. Zumindest soweit es ihn und mich angeht, hört sie Marita sagen, und nun fallen ihr die Briefe ein, von denen die Schwiegertochter neulich sprach.

Ich habe sie ihnen mitgebracht. Konrads Schrift ist ziemlich unleserlich.

Helga Mettusa sieht, wie Marita aus ihrer Handtasche Briefe holt, sie auf den Tisch legt und zu ihr hinüberschiebt.

Möglicherweise meint es die Schwiegertochter ehrlich, denkt Helga Mettusa. Aber wie kann Marita glauben, sie erkennt Konrads Schrift nicht? Sie weiß genau, wie Konrad schreibt.

Naives Kind. Ich will sie nicht lesen. Die Frau schiebt die Briefe zurück.

Die anderen Briefe bringe ich auch noch, in den nächsten Tagen, morgen.

Nein! Nein!
Warum?

Helga Mettusa steht auf. Heute ist kein guter Tag. Der Tag ist lang, ich habe große Wäsche.

Als sie sich verabschieden, sieht Helga Mettusa auf den fein ziselierten Knauf an der Wohnungstür, auf die feinen weißen Rückstände des Säuberungsmittels in den tiefliegenden Teilen des Schmuckbandes, die sie nicht mit warmem Wasser, mit Zitronensaft oder einer Sicherheitsnadel gelöst oder herausgekratzt bekam.

Die Frau spürt, wie auch Maritas Augen auf ihre Hand, auf den Knauf gerichtet sind.

Dann sagt sie heftig zu Marita: Geh in die Kammer!

Sie schiebt Marita an die Treppe, sieht, wie sie sich fragend umschaut. Helga Mettusa geht in die Küche, rückt den Wäschetopf von der Gasflamme und stellt den Gashahn ab.

An der Tür ist es ihr eingefallen: Nicht Inge, Inges Kindern wird Marita die Blätter schreiben. Da ist Inge zu treffen, bei ihren Kindern. Alles sollen die über ihre Mutter wissen. Fast hätte sie sich aufgegeben, erdrückt von Inges Brief, diesem giftigen Fetzen, aber sie hat sich zum Leben gezwungen. Zum Leben! Marita, ihre Tochter, wird Inges Kindern schreiben. Die werden dann in ihrer Wut die Mutter zertreten wie eine Giftnatter, daß Inge der Atem wegbleibt!

Der Vorsatz ist geformt, ausgeglüht und gehärtet wie eine Lanze. Wie eine Amazonenlanze.

Sie, die Mutter, hätte ihren Sohn abgespritzt!

Kind, Tochter, sagt Helga Mettusa in der Kammer, besinnt sich aber sogleich auf die Gefahr eines Unkontrolliertseins. Sie öffnet das Fenster, bleibt dort stehen, faßt sich, wendet sich zu Marita, die ihren Stuhl so zurechtrückt, daß sie aus dem Fenster blicken kann, seitlich von sich das große Bild. Helga Mettusa läßt sie, denkt an Inge, von der sie nicht einmal die Anschrift kennt, Briefmarken und Poststempel verrieten lediglich Wien. Von der sie nicht sicher weiß, ob sie Kinder hat. Wichtiger aber ist: Sie hat sich aus Inges Umklammerung befreien können. Schwer, das Hochgefühl, nicht erwürgbar, sondern selbst Richter zu sein, verbergen zu müssen. Und wenn sie selbst nach Wien fahren müßte, um Inge und ihre Kinder aufzuspüren –

Mitleid und Verzweiflung sind das wertloseste vom Überflüssigen. Wie alt bist du?

Dreißig.

Hast du schon mal die Kette getragen?

Oft. Wenn Konrad nicht –
Ich hatte einen Verlobten. Siegfried. Zweiundvierzig ist er in Afrika gefallen. Wir hatten einen Sohn. Berthold. Einundvierzig habe ich ihn geboren. Im Mütterheim von Klosterheide. Ich war dort Krankenschwester. Inge, meine Freundin, hat die Kinderabteilung geleitet. Zweimal hat sie versucht, fremde Kinder als eigene auszugeben. Nach der Geburt hat man mir Berthold weggenommen. Lungenentzündung, hieß es. Nach Tagen kamen der Heimarzt und Inge. Berthold wäre gestorben. Dann hat Inge Fehler gemacht, und ich übernahm ihren Posten. Zwei Jahre habe ich die Kinderabteilung geleitet. Im Januar fünfundvierzig mußte das Heim geräumt werden. Nach dem Krieg haben wir uns aus den Augen verloren. Vor acht Tagen hat sie mir geschrieben. Es war, als du zum drittenmal kamst und der Arzt geholt wurde.

Helga Mettusa sieht, wie die Schwiegertochter etwas sagen will, vielleicht wieder etwas über Konrad, hat sie noch nicht begriffen, worum es geht?

Helga Mettusa redet in schärferem Ton weiter: Es war lächerlich von mir, mich so aufzuführen, einfach lächerlich. Inge hat mir geschrieben, ich hätte meinen Sohn selbst nach Wienebüttel zur Sonderbehandlung gebracht. Ich hätte es selbst getan.

Die Frau merkt, wie ihr die Tränen kommen. Sie dreht sich zum Fenster. Hustet kurz. Sie möchte ihre Tränen wegschreien.

Berthold wäre mit Klumpfüßen auf die Welt gekommen, sagt sie leise. Sie merkt, zu mehr ist ihre Stimme nicht fähig. Er hätte noch im Heim gelebt, ein halbes Jahr lang. Ihre herunterhängenden Arme werden schwer, als trüge sie einen Eimer Wasser. Einen großen Stein. Schwer wie vierzig Jahre.

In Wienebüttel wurde nur undeutsches Blut abgespritzt,

schreit sie, und dann leise: Ich will ihn sehen. Wenn er tot ist, will ich Erde auf sein Grab fallen lassen. Ich werde dann jeden Tag bei ihm sein.

Sie spricht nicht weiter. Sie möchte sich endlich an den Tisch setzen, sieht Marita an, streicht über Maritas Hände, die auf dem Tisch liegen.

Ich weiß, wie dir zumute ist, Kind. Du fühlst dich bedroht.

Du möchtest aufstehen und sagen: Frieden. Du willst jetzt nicht wissen, wo das Glück im Menschen ist. Nur sagen: Frieden, Mutter. Du möchtest ein kleines Kind sein und unter die weiten, schützenden Röcke deiner Mutter kriechen.

Helga Mettusa sieht zu ihrer unbeweglich dasitzenden Schwiegertochter. Sie möchte ein Kind sein und mit dem Kind Marita unter die weiten, schützenden Röcke der Mutter kriechen, dann gäbe es kein Unrecht an Berthold.

Ist Konrad Berthold? hört sie ihre Schwiegertochter behutsam fragen.

Solange das Unrecht an Berthold in der Welt ist, gibt es keinen Konrad.

Dann, dann – Marita hebt hilflos die Arme.

Ja?

Sie sehen sich in die Augen.

Du merkst, Kind, man kann nicht viel tun. Inge hat gewiß Kinder. Sie werden so alt sein wie du. Inge wollte nach dem Krieg viele Kinder haben.

Warum schreibt diese Inge nach so vielen Jahren davon?

Nun sagst du es selbst: Inge. Sie will sich nicht fürchten müssen. Vor mir oder ihren Kindern. Sie hat große Angst. Sie will, daß ich sterbe. Weißt du, wie ein Mensch stirbt, der leben will? Seit diesem Brief kommt es mir vor, als wäre alles um mich herum abgestorben. Die Wiesen, der Lange See, die Stadt. In den Nächten träume ich schlecht. Am Tag muß ich mich zwingen. Das muß ein Ende haben. Kannst du mir nicht helfen? Mitleid und Verzweiflung sind wertlos.

Helfen?

Geh nun, sagt Helga Mettusa.

Nein, hört sie Marita sagen.

Helga Mettusa steht auf, verläßt die Kammer.

Marita sieht auf die fleckige Tischplatte. Auf dem Tisch liegen zwei kleine Stapel alter Postkarten, längs und quer geschichtet, einer nicht erkennbaren Ordnung folgend. Nichts denken. Marita stützt ihren Kopf in die Hände. Helfen. Marita legt die oberste Karte vor sich hin. Das Bild zeigt ein dreistöckiges Haus mit seitlicher Tordurchfahrt und einem Säulenvorbau in der Mitte der Fassade. Helfen.

Über den hohen Fenstern des ersten Stocks kleine Giebel, und auf dem Balkon, im Säulenvorbau, lehnt eine Frau über der Brüstung, als suche sie den Fotografen. Marita kratzt mit dem Fingernagel am Rand der Karte, sie umzudrehen wäre eine Tonnenlast. Das Gebäude kommt ihr bekannt vor. Es könnte das in der Hauptstraße sein. Auch jetzt sieht man auf dem Dach Fahnenmasten. Aber das Erdgeschoß stellt sich auf dem Foto anders dar. Marita beugt sich über die Karte. Links ein Kellereingang, auf dessen weißer Umrahmung auf dem Putz *Restauration Heinrich Schücke Restauration* zu lesen ist. Über dem Sockel steht *Schank- & Speisewirtschaft*, unter dem Sockel zwischen den drei Kellerfenstern *Punsch, Grog, Glühwein, Großer Frühstücks-, Mittags- & Abendtisch, Bouillon, Milch, Cacao*. Auf den Kellerfenstern des Mittelteils des Hauses liest sie *Billard-Zimmer*. In der Tordurchfahrt, im rechten Teil des Hauses, viele Schilder über dem Sockel. Marita überlegt, ob es das Haus in der Hauptstraße sein könnte. Sie dreht die Karte um, findet jedoch auf der unbeschriebenen Rückseite keinen Hinweis.

Auf dem größten Schild an der rechten Seite des Hauses ist zu lesen *Electrische Bedarfsartikel Alfred Freund – für electrische Kleinbeleuchtung – Zimmerbeleuchtung etc. en gros. Wandarme, Tischlampen, electr. Klingeln, electr. Fahrradbeleuchtung, Holzdruckknöpfe, Leitungen, Fassungen etc.* Daneben kleinere Schilder *H. Ridiger Bürstenmacher. Auch Lieferung von Bimsstein. St. Melk Rechtsanwalt Vordereingang, erste Etage. Nur mit Voranmeldung.* An der rechten Seite der offenen Toreinfahrt in großen Buchstaben *Foto Paris Männerakt.* Neben der Einfahrt, auf einer schwarzen Tafel, die mit Schnörkeln wie eine Rummelbude geschmückt ist, steht *Verein für Feuerbestattung Die Flamme Redaktion und Expedition.*

Helfen? Sie sollte der stolzen, unnahbaren Frau helfen? Marita sieht sich hilfesuchend in der Kammer um, sieht wieder auf die Postkarte. Ganz nah dem rechten Bildrand der sich anschließende Teil des nächsten Hauses. Es scheint ihr, als seien die Aufschriften auf dem Sockel übertüncht worden. Marita beugt sich noch dichter über die Karte. Spuren eines verbissenen Kampfes zeigen sich auf dem Putz über den geschwungenen Gittern der Kellerfenster, zwischen den Rußflecken, neben der Regenrinne. Unter dem grob Überpinselten: *Wählt KPD, Arbeit und Brot, Sozialdemokratie.* Darunter weist ein Pfeil mit abgeknickter Spitze einen Luftschutzraum an.

Marita sieht, wie die Schwiegermutter mit einem Tablett Geschirr in die Kammer kommt, Marita legt die Karte zurück.

Das Haus kommt mir bekannt vor.

Hauptstraße sieben. Da ist die Partei drin.

Und früher?

Auch. Die andere. Marita schlägt die Tischdecke vor den

aufgereihten Karten um, blickt der Schwiegermutter nach, die wieder aus der Kammer geht, und deckt den Tisch.

Was geschieht hier am Tag, wenn die Frau alleine ist? Marita gießt Tee ein.

Schweigen. Marita spürt, wie das Schweigen die Situation ändert; Ende des Zwischenspiels. Marita ißt, dann auch die Schwiegermutter. Marita starrt vor sich auf den Teller. Klosterheide, Mütterheim, Inge, Sonderbehandlung, Berthold. Die Zeit, die ganze Welt war anders. Wie soll sie jetzt den Zugang finden, wie der Schwiegermutter helfen? Soll sie fragen, soll sie der Frau weiter zuschauen, die auf die Karte mit dem Haus sieht.

Die ganze Straße war früher voller Läden, die Straße lebte davon.

Maritas Blick folgt dem Zeigefinger, der auf die anderen Karten weist.

Du kannst sie dir mitnehmen.

Gerne, sagt Marita, des Wortes wegen, eines Wortes wegen. Sie ißt, aber es schmeckt ihr nicht, sie weiß nicht, was sie nach dem Abendbrot erwartet. Marita legt das Besteck auf den Teller.

Komm mal, sagt die Schwiegermutter. Marita geht mit ihr aus der Kammer auf den Dachboden. Die saubergefegten Bohlen dehnen sich unter ihrem Tritt. Marita sieht, wie die Schwiegermutter die Dachluke öffnet, den Kopf hinausstreckt; ihr Leib ohne Kopf. Die Schwiegermutter winkt sie heran. Marita sieht eine Vielzahl Dächer im Sonnendunst liegen. Flache, geteerte, steile mit roten Pfannen, mit blauen Pfannen und Antennen, Baumkronen dazwischen. Entfernt der spitze Turm der Kirche und ein Schornstein. Die Schwiegermutter zeigt auf einen Spalt zwischen den Häusern, in dem die ganze Straße sichtbar ist.

Da sehe ich die Gesichter. Ich weiß, wer Lehrer, Schneider oder Verkäufer ist.

Marita sieht offenstehende Fenster, Ausschnitte von Wohnungen. Sie sträubt sich gegen den Gedanken, die stolze Frau spähe heimlich in die Wohnungen.

Ich kenne sie alle, die Gesichter, hört Marita die Schwiegermutter noch einmal. Dann folgt sie ihr in die Kammer zurück.

Besser wäre es, zu gehen, denkt Marita, beobachtet dabei die Frau, wie sie einen Pappkarton aus dem Eckschrank holt und den aufs Tablett stellt, ihn öffnet und ihr ein Blatt, nicht größer als eine Postkarte, vorlegt. Rechts oben erkennt Marita die Ziffer eins, links ein Datum, 17. Nov. 39, dann Schrift, deutsche Schrift, Sütterlin, das Marita nicht lesen kann. Franz Moldenhauer fällt ihr ein, der schreibt manchmal so.

Marita sieht zur Schwiegermutter, ihr Gesicht strahlt: Lies!

Steile Buchstaben, enge Buchstaben, die Blätter müssen mit der Schere auf das Format geschnitten worden sein, der Rand ist unregelmäßig gezackt. Marita sieht in den Karton, der mit Blättern gefüllt ist.

Lies, Kind! hört sie die Schwiegermutter.

Marita liest 17. Nov. 39. Dann erkennt sie nur noch einzelne Buchstaben. Helfen.

Nicht wahr, Kind, du willst alles wissen? Du sollst alles wissen.

Marita sieht auf, ihr scheint, das Gesicht der Schwiegermutter verinnigt sich, während sie liest:

17. Januar 41. Wieder zwei Polenfrauen angekommen. Inge hat sie aus Ravensbrück geholt. Sie sind voller Ungeziefer. Die eine hat Bronchitis. Was sollen die hier? Doktor Heine schickt sie auf Gemüsetransport.

18. Januar. An Obersturmbannführer Eichmann geschrieben wegen des fehlgeleiteten Kindertransportes aus Polen. Die

Kinder führen kein Gepäck mit sich, sind ohne weitere Angaben und wohl in großer Eile ausgesucht worden. Rassisch nicht wertvoll. Inge sagt, nach Wienebüttel damit.

Marita spürt ihre eigene Unsicherheit, versucht abzuwehren. Sie blickt dennoch ins Gesicht der Frau; es scheint zu leuchten.

Es ist damals niemand getäuscht worden, Kind. Wir wollten, was kam. Alle haben es gewollt. Jedes Volk sucht sich seine Führer. Und was kam, hat der Führer weit vorher gekündet. Alle wußten es.

Ich möchte das lesen, Schwiegermutter, nur heute nicht. Im Büro gab es viel... Marita verstummt vor dem Gesicht der Frau, das kalt leuchtet, sieht ihr nach, wie sie den Karton schnell im Eckschrank wegschließt.

Wieder falsch, denkt Marita, ich verhalte mich immer nur falsch.

Du mußt mir die Blätter abschreiben, du bist meine Tochter. Ich weiß, daß du es tun wirst.

Wieder die gleichmäßige, klare Stimme der alten Frau.

Konrads Vater war schlecht, das Kind mußte leiden.

Marita horchte auf.

Der Vater war ein Schwächling, aber Inge ist ein Ungeheuer. Sie hat mir Berthold genommen. Nun will sie mich. Nur du kannst helfen.

Marita sieht, wie die Frau an der Tür wartet, und steht auf.

Am nächsten Vormittag vergißt Marita eine Verabredung. Franz Moldenhauer, ihr Direktor, kommt ins Büro, um sie zu holen. Marita greift sich in die Haare, legt die vielen beschriebenen Seiten, auf denen sie deutsche Schrift geübt hat, zusammen, klappt das alte Lexikon zu und geht mit Franz Moldenhauer. Am späten Nachmittag kommt er noch einmal in Maritas Büro.

Mach Feierabend, Marita.

Willst du abschließen?

Er sieht auf dem Schreibtisch Seiten mit Schriftproben.

Sütterlin? fragt er verwundert.

Ich mache das erst seit heute.

Schon recht ordentlich. Das S und das K machen dir wohl Schwierigkeiten?

Ich finde die Schrift unübersichtlich.

Warum machst du das?

Wegen Konrad und seiner Mutter.

Franz Moldenhauer legt die Seiten auf den Schreibtisch zurück. Du solltest dir ein Lehrbuch für Schriftkunde zulegen. An der Tür bleibt er stehen: Möglich, daß ich noch eins habe. Ich muß mal nachsehen.

Das wäre mir lieb, Franz, so komme ich nicht weiter.

Warum beschäftigst du dich wegen Konrad mit Sütterlin, hinterläßt er neuerdings so seine Nachrichten?

Es ist mehr wegen der Schwiegermutter. Sie hat ein Tagebuch, aber ich kann es nicht lesen.

Wenn du Zeit hast, komm gleich mit. Wenn ich das Buch noch habe, weiß ich, wo zu suchen ist. Aber ich kann dir nichts versprechen.

Marita zieht ihre Jacke über.

Was hast du eigentlich im Krieg gemacht, Franz?

Du stellst Fragen heute. Einfacher Soldat war ich.

Als Soldat muß man schießen, sagt Marita beiläufig.

Vierundvierzig haben mich die Franzosen gekriegt, haben mich aber ein Jahr darauf laufenlassen. Ich bin sogar dick geworden bei den Bauern in der Bretagne. Meine Mutter hat mich fast nicht wiedererkannt.

Und was war in Deutschland?

Nach dem Krieg?

Nein, davor.

Das war ein ganz gewöhnliches Leben hier. Die Eltern gingen zur Arbeit, ich habe mich abends am See herumgetrieben oder war mit Mädels aus der Nebenstraße im Kino. Es gab dann Keile von den eifersüchtigen Jungen. Im Krieg gab es keine Bombenangriffe hier, auch sonst keine Kämpfe. Es war nie immer nur so oder so. Es war auch anders. Franz Moldenhauer zieht an seiner Pfeife. Was hat denn deine Schwiegermutter früher gemacht?

Sie war in einem Kinderheim.

Hoffentlich ist meine Frau zu Hause, sie kann mir beim Suchen helfen.

Konrad sitzt mit den Plattenlegern in Ernas Rache. Sie spielen Karten; abgegriffene, fettige Karten, fünf Pfennig jede Runde. Konrad hält mit. Sie reden vom Fußball, Kreismeisterschaften, Stadtmeisterschaften, von Autoersatzeilen, von Frauen. Übervolle Aschenbecher, harte Holzstühle, graue Gardinen. Konrad will auch mitreden über Frauen, aber es ist zu laut in der Kneipe, der Lärm macht alles überflüssig. Leben, dein Name ist Frau, Frau, dein Name ist Vagina, das Meer, in dem ich ertrinken will. Konrad schüttelt den Kopf. Dieses Märchen aus der Halbwüchsigenzeit. Als ob danach oder dadurch etwas anders würde im Leben. Konrad verliert, zahlt und geht.

Wie verabredet holt er Marita nach der Arbeit ab, um mit ihr einkaufen zu gehen. Wie an jedem Freitag.

Deine Sachen stinken nach Zigarettenrauch, sagt Marita. Sie betreten die Wöhlertsche Musikalienhandlung, der Lautsprecher über der Tür ist abgestellt, im Geschäft ist es ruhig.

Marita geht am Regal mit den ausgestellten Schallplatten entlang, versucht sich an die Musik im Dom zu erinnern, sucht in den vielen Plattenhüllen die Erinnerung. Im Heimwerkerladen kauft Konrad Maurerwerkzeug, dann machen sie einen

Umweg durch die Hauptstraße. Es fällt Marita schwer, in dem einheitlich grau verputzten Gebäude jenes von der alten Postkarte wiederzuerkennen. Simse und Vorsprünge über Türen und Fenstern sind verschwunden, die Tordurchfahrt ist vermauert.

Im kleinen Buchladen am Busplatz findet Marita ein Buch mit Kunstschriften, ein paar Seiten davon in Sütterlin, Marita kauft das Buch.

Sie gehen nach Hause.

Nach dem Abendessen arbeitet Konrad im Keller am Regal weiter, ölt das neue Werkzeug ein, räumt den Werkzeugschrank um. Die Plattenleger werden jetzt noch in Ernas Rache sitzen, der Qualm im Raum wird noch dichter sein, es wird nun beginnen, lustig zu werden. Der Plattenleger, dem die vorderen Zähne fehlen, wird wieder vor Aufregung hin- und herrutschen und die Nerven verlieren und vorzeitig sein Blatt auf den Tisch hauen, was ihn eine Lage kostet zur Freude der anderen.

Konrad fegt die Sägespäne zusammen, die hochwirbeln und im Lichtstrahl der Lampe aufzuschweben scheinen. Konrad geht aus dem Keller, wartet, bis die Späne nicht mehr klettern, bis der Staub allmählich sinkt.

Liegt sein Scheitern nicht an der Weigerung, sich mit dem Verlust des alten Freundes abzufinden, dem Hoffen, er stünde eines Tages vor der Tür. So wie er im Gefängnis hoffte und mehr durch die Hoffnung denn alles andere überlebte, die Hoffnung, der Freund würde an seinem Entlassungstag am Tor warten. Darüber möchte er mit Marita reden, doch wie, ohne sie zu verletzen. Sie ist verletzt, das fühlt er, da ist so etwas Interessiert-Gleichgültiges ihm gegenüber, das Zuversicht und Mißtrauen in sich birgt. Und dann: Ihre Träume haben nichts mit den seinen zu tun, Marita kann nur als Frau leben, nicht als

Bruder, nicht als Schwester oder Freund. Kindheit, die zeitlos unheilbare Krankheit. Das einfachste, Marita zu umarmen, gelingt ihm nicht. Was bleibt, wenn das Element Liebe das Element Mann und das Element Frau nicht zu einen vermag?

Erst als die Schritte auf dem Flur verstummen, als alle den Betrieb verlassen haben, kann sich Marita auf die Sütterlinschrift konzentrieren. Die Schlingen und Schleifen bei der Kleinschreibung schienen ihr wie kindliches Gekrakel. Sie merkt, wie ihre Hand immer wieder aus den Rundungen und Bögen der Schrift ausbricht.

Nach einer halben Stunde hört Marita die Reinigungsfrau auf dem Flur. Jeder Handgriff ist ihr vertraut, Flurfegen, Zimmerfegen, Papierkörbe leeren, Fenster schließen, Flur bohnern. Marita denkt an die Lehrzeit, als sie der Reinigungsfrau helfen mußte. Geruch von Bohnerwachs dringt durch die Türritzen. Gleich wird die Bohnermaschine laufen, sie dröhnt wie das Triebwerk eines Flugzeugs. Marita wartet auf das Geräusch. Als die Bohnermaschine läuft, versucht sie weiterzuschreiben.

Machst du wieder Überstunden wegen der Sütterlinschrift? hört sie Franz Moldenhauer unvermittelt.

Ich habe dich gar nicht kommen hören, Franz.

Bei dem Lärm ist das kein Wunder. Ich habe doch noch mal auf dem Boden bei mir nachgesehen. Nichts. Du hast es neulich selbst von meiner Frau gehört: Sie hat aufgeräumt. Alle alten Bücher weg.

Marita schiebt ihm eine Schriftprobe hin. Was sagst du?

Gut. Vielleicht lockerer, nicht so verkrampft, aber das ergibt sich von selbst. Ich habe dir einen kleinen Text in Sütterlinschrift mitgebracht.

Franz Moldenhauer sucht in seiner Aktentasche, reicht Marita einige Zettel. Laut lesen, Marita, das übt.

Ob ich das begreife?

Und das alles nur wegen des Tagebuchs deiner Schwiegermutter! Was hat sie noch gemacht?

Krankenschwester im Mütterheim in Klosterheide.

Ich tue es mehr wegen Konrad. Damit zwischen ihm und seiner Mutter ein halbwegs ordentliches Verhältnis entsteht.

Marita liest stumm den Text, den Franz Moldenhauer ihr gegeben hat, und liest ihn dann laut ohne Unterbrechung.

Wunderbar! Franz Moldenhauer lacht auf. Und schaden kann es nicht, wenn deine Schwiegermutter von ihrem Leben redet, alte Leute haben oft einfache Antworten auf schwierige Fragen.

Es geht so viel verloren. Die Alten sterben, die Jungen tun, als ginge es sie nichts an.

Franz Moldenhauer geht, und Marita schreibt weiter. Als sie die Lust verliert, über den Tisch sieht, muß sie an Konrads Briefe denken. Warum wollte die Schweigermutter die nicht annehmen, nicht darin lesen? Marita sucht in ihrer Handtasche nach den Briefen. Sie wird jetzt zur Schwiegermutter gehen und sie danach fragen. Irgendwo muß es einen Anfang geben. Will die Frau die Briefe nicht lesen, wird Marita über Konrad reden. Er will in der Schmiede aufhören, hat er ihr gestern gesagt. Auf dem Bau anfangen. Und von Ernas Rache hat er erzählt.

Marita räumt ihren Schreibtisch auf, schließt das Büro ab, der Pförtner macht einen Witz, aber Marita hat es nun eilig, zur Schwiegermutter zu kommen.

Ihr scheint es, als habe die Schwiegermutter sie erwartet. Die drückende Hitze läßt am Abend nach, Tür und Fenster in der Kammer stehen offen, als Marita eintritt. Pfefferminztee duftet aus der Kanne. Neben den Tisch sieht Marita den Karton, in dem sie die Tagebuchblätter der Frau weiß.

Die Minze habe ich am Langen See gepflückt.

Marita denkt an Konrad, der hin und wieder Kräuter von seinen Wanderungen mitbringt.

Ich habe noch genügend altes Papier gefunden, ich möchte, daß du alles auf altes Papier schreibst, sagt die Frau, als Marita Konrads Briefe aus der Tasche nehmen will.

Marita stellt die Tasche wieder neben den Stuhl, die Schwiegermutter legt ihr Blätter hin.

Um ehrlich zu sein, ich habe fünf Tage gebraucht, um die deutsche Schrift lesen zu lernen. Ich habe neulich kein Wort auf den Blättern entziffern können.

Kein Wort? Ich habe sauber geschrieben, das ist saubere Schrift, du hättest es lesen können.

Wir haben die deutsche Schrift nicht gelernt, heute ist die nicht mehr üblich.

Es kommt auf deine Schrift an, Kind. Meine kennt Inge, aber nicht deine. Du bist meine Tochter.

Marita sieht der Frau nach, die sich ans Fenster setzt, die Hände in den Schoß faltet und hinaussieht.

Marita schreibt.

17. Nov. 39, Klosterheide! Meine Arbeit wird die schönste sein. Neues Leben, es hüten, schützen, in ihm das Deutsche wecken. Selbst Mutter sein. Das Heim liegt so wunderbar im Wald am See. Der See ist voller Geheimnisse, voller Leben. Inge hat mich gleich dem Heimleiter, Doktor Heine, vorgestellt. Er ist erst fünfunddreißig und schon Sturmführer. Er kann sich noch gut an unseren Besuch im Sommer erinnern und hat Siegfried einen Gruß unter meine Karte geschrieben. Den Schwestern und Oberschwestern werde ich morgen vorgestellt. Ich schlafe in einem Mansardenzimmer wie die anderen Schwestern. Inge schläft in ihrer Abteilung II. Doktor Heine sagt, wenn ich im nächsten Jahr die Schwesternausbildung

beende, könnte ich schon als Inges Stellvertreterin auf die Abteilung II.

19. Nov. Habe kaum geschlafen. Inge hat mir ihr Reich gezeigt. Siebzehn Kinder. Alles stramme Kerlchen, das Gold unserer Zeit. Inge sagt, der Anbau wird zu klein, weil der Reichsführer im nächsten Jahr an die Hundert Kinder in den Heimen haben will. Wo kommen die her? Im Heim sind nun fünfzehn deutsche Mütter. Die jüngste ist gerade siebzehn.

23. Nov. Dienst bei unseren Müttern getan.

25. Nov. Die Luftschutzräume im Park sollen als Wohnräume für polnische Frauen genutzt werden und sind im Umbau. Doktor Heine sagt, die rassisch wertvollen Frauen aus den polnischen Randgebieten werden nach und nach in unsere Heime geführt. Ihr völkischer Blutanteil muß aber mindestens achtzig Teile von Hundert betragen. Wenn die Polenfrauen eine deutsche Geburt erbringen, dürfen sie zu weiteren Geburten im Heim verbleiben. Aber es sollen auch Kinder aus den besetzten Gebieten in das Heim kommen. Doktor Heine sagte uns, der Reichsführer hat dazu geeignete Verfügungen erlassen. Es sollen Kinder im Alter von sechs Monaten bis zu sechs Jahren kommen, die aufgenordet werden können.

30. Nov. Zwei Geburten in dieser Woche. Das deutsche Muttertum, die deutsche Frau, die Lebensgestalterin der Führer kommt hier zu ihrem Recht. Das Recht und die Pflicht der Geburt, das Lebensziel jeder wahren Frau. Früher fragte ich mich, wo das Glück im Menschen liegt. Aber was zählt das Glück des einzelnen gegen das Glück unseres Volkes. Ich habe nicht vergessen, wie unsere Eltern im Weltkrieg schändlich versagt haben, im Glauben an ihr eigenes lächerliches Glück. Wie konnten sie nur nach der Schmach weiterleben in einer Art, die der germanischen Rasse bis dahin fremd war.

Der Trost, ein Achtzig-Millionen-Volk kann nicht untergehen, paßt zu Wanzen und Läusen, aber nicht zu uns. Die Nibelungen konnten untergehen und wurden dadurch ewig. Wir müssen die Schande des Friedens um jeden Preis wiedergutmachen. Hier sollen Führer aufwachsen, die in die Welt ausziehen, mit Glut im Herzen und Stahl in der Haut.

Marita sieht auf, sieht die Schwiegermutter mit verklärtem Lächeln am Fenster, unbeweglich, noch immer die Hände im Schoß. Marita überlegt, ob sie Konrads Brief aus der Tasche holen soll, bemerkt, wie die Schwiegermutter nun auf ihre Hände blickt. Sie schreibt weiter.

4. Dez. Inge hat gesagt, es gibt nun Offiziere, die aus dem Frontgebiet verdeutschungsfähige Kinder aussuchen und diese in unsere Heime führen. Doktor Heine will Inge auch in diese Gebiete schicken, um bei der Auswahl zu entscheiden. Ich hoffe, Inge wird mich im nächsten Jahr mitnehmen.

5. Dez. Die Schwestern hier sind alle so herrlich jung. Unser Reichsführer ist auch erst neununddreißig Jahre.

10. Dez. Nun sind die Bunker fertig, und zehn Polenfrauen aus dem Grenzgebiet sind sogleich dahin verbracht worden. Doktor Heine hat sie untersucht. Alle sind sie geeignet, rassisch wertvolle Kinder zu gebären. Auch ist am Nachmittag der erste Kleintransport aus den polnischen Randgebieten hier angekommen. Von den siebenundzwanzig Kindern sind neunzehn aufnordbar. Die Kinder von den nichtdeutschen Müttern werden woanders untergebracht. Es geht alles sehr schnell. Inge sagt, hier war vor zwei Jahren noch tiefe Ruhe, aber es war wohl die Ruhe vor dem Sturm.

Marita hört, wie die Schwiegermutter tief Luft holt, und blickt auf. Vielleicht will sie etwas sagen. Ja, Mutter? will Marita fragen, schreibt, als zuviel Zeit verstreicht, weiter.

16. Dez. Tue Dienst bei unseren Müttern. Wie sie lachen,

wie sie freudestrahlend ihre kleinen tapferen Kinder hochhalten. Ich spüre dabei ein Brausen des Blutes.

17. Dez. Heute war ein langer Tag. Bin noch im Bunker gewesen. Fürwahr scheußliche Löcher. Dauernd tropft Wasser von der Decke aus den undichten Rohren. Das Wasser gefriert, und man rutscht aus. Einigen Polenfrauen mußten Handschellen angelegt werden, weil sie sich wie die Wilden bewegten. Sie rufen Flüche, obwohl ihnen die polnische Sprache verboten ist. Wenn sie gutes Blut in sich haben, werden sie überleben. Es ist überhaupt eine großartige Auslese, und die Jahre werden bald Früchte tragen. Die Polenfrauen müssen ab morgen beginnen, die deutsche Sprache zu lernen. Nächstes Jahr, wenn der Krieg zu Ende ist, wird mir Siegfried ein Kind schenken.

Erst als der Schlüssel im Eckschrank knackt, schaut Marita auf, sieht dort die Schwiegermutter, die geräuschlos an ihr vorübergegangen sein muß, ein Buch aus dem oberen Regal unter der Wäsche hervorziehen. Sie legt es vor Marita hin. Erna Lendvai-Dircksen. Das deutsche Volksgesicht Mecklenburg-Pommern, liest Marita. Der Name und die Art des Einbandes kommen Marita bekannt vor, ohne daß sie sagen kann, warum. Die Schwiegermutter blättert, Marita sieht Fotografien über die ganze Seite, kleine Bildunterschriften: Sommerlandschaft in Mecklenburg. Junger Fischer. Alter Müller. Bauer aus dem Griesen-Land. Bauernkinder aus Klütz. Der große Felsen auf Rügen. Hiddenseefischer. Fischersohn. Vater. Mutter. Tausendjährige Eiche bei Weizakker. Ostpommerscher Fischer. Das Meer... Du kannst es dir mitnehmen, Kind.

Wieder diese gleichmäßige, klare Sprache, die Wesenlosigkeit der Schwiegermutter. Marita schreibt weiter.

20. Dez. Nun sind auch unsere Männer hier für einige Tage.

Mir scheinen sie fast zu jung. Doktor Heine hat sechs Polenfrauen für geeignet befunden. Habe beim Zeugungsakt zugesehen.

21. Dez. In mir ein Feuer der Begeisterung darüber, wie wir gegen den elenden Sumpf unserer Zeit kämpfen. Unsere Soldaten sind Helden. Wenn ich ihre glänzenden Körper sehe, die von keinem Makel verunstaltet sind, ihre kräftigen Brüste, ihre starken Arme, die prallen Schenkel, bin ich sicher, sie führen uns in die Zukunft, Soldatsein ist Zukunft.

In dem Augenblick, als Marita das nächste Blatt abschreiben will, legt ihr die Schwiegermutter einen kleinen Zettel vor. Marita dreht den Zettel hin und her, dann sagt die Schwiegermutter: Schreib untereinander: Doktor Heine, Doktor Sollmann, Doktor Ebner, Reichsführer SS Himmler.

Himmler mit Doppel-m?

Sag so etwas nicht wieder, hört Marita die Frau, sie hustet kurz. Man macht damit keine Späße.

Was soll das? denkt Marita und will weiterschreiben.

Du hast ja noch gar nicht gehört. Doktor Heine ist der Heimarzt und Leiter in Klosterheide. Doktor Sollmann und Doktor Ebner sorgen sich im Hauptamt München um alle Heime im Reich. Sie sind im persönlichen Stab des Reichsführers. Damit du es weißt.

Marita schreibt weiter, liest und schreibt, was sie liest. Hat Mühe mit der Schrift. Denkt nichts.

29. Dez. Neuer Transport von Polenfrauen angekommen. Sie sollen schon am Wochenende zur Verfügung stehen. Vier Mädchen haben sich freiwillig gemeldet. Doktor Heine hat entschieden, ihnen doppelte Abendbrotration zu geben. Aus Linz zwei Frauen angekommen. Die Heime in München und Wien sind schon überbelegt.

Wie weit bist du?

Marita legt das Blatt mit der Nummer fünfzehn in den Karton.

Neunzehnhundertvierzig. Sie hält das Blatt hoch.

So weit bist du? Das reicht für heute, für heute ist es gut.

Marita schüttelt ihren rechten Arm: Man muß ziemlich aufpassen.

Sie wird wohl erst auf den letzten Blättern etwas über Konrad erfahren. Fragen wird sie nicht.

Marita steht auf, geht ans Fenster. Die Sonne ist unter dem Horizont verschwunden, Finken singen in der Hecke.

Als Marita gegangen ist, nähert sich Helga Mettusa vorsichtig dem Tisch, auf dem die zerbrechlichen Seiten, die empfindlichen Erinnerungen liegen. Ein breiter Rand, die Worte in schöne Schrift gebunden, gefangen wie wilde Tiere, die Inge zerreißen werden. Die Frau geht ans Fenster. Morgen wird sie beim Wandern ihre Dankbarkeit im Zwiegespräch Kräutern und Gräsern mitteilen, auf der alten Brücke am Langen See Siegfried ihre Freude zurufen. Er wird sie hören. Auf Inges Leib wird sie tanzen.

Helga Mettusa stutzt. Sie wird nach Wien fahren müssen. Wie anders ließe sich Inge und ihre Kinder finden?

Als Marita am nächsten Morgen kommt, sitzt die Schwiegermutter wieder am Fenster. Marita legt sich das Papier zurecht und beginnt zu schreiben.

1940

3. Jan. Der Reichsführer hat entschieden, daß die Frauen in den Bunkern Pistolentaschen nähen sollen, bis zum achten Monat. Gartenarbeit und Wäschewaschen für das Heim bis zum fünften Monat. Nun sind vierundzwanzig Polenfrauen im Bunker.

7. Jan. Inge hat vorgeschlagen, eine Erklärung an den Reichsführer zu schicken. Sie meint, man sollte endlich auch die Kinder von deutschen Eltern, die sich am Reich schuldig gemacht haben, einziehen, beschlagnahmen. Für die NAPOLA, die Ordensburgen oder den Lebensborn wäre das jedes Jahr eine sichere Quelle.

10. Jan. Siegfried kommt im Februar auf Fronturlaub.

Vielleicht wäre es besser, wenn ich die Blätter auf Arbeit mitnehme, sagt Marita. Im Moment habe ich etwas Zeit. Es würde schneller gehen.

Marita versteht die Schwiegermutter kaum, die leise vom Fenster her spricht: Wie kannst du das machen, wie kannst du meine Blätter einfach herumtragen?

16. Jan. Der Lehrgang in Rassenkunde hat nun begonnen. Ich gehe Doktor Heine zur Hand bei der Bestimmung einer möglichen Verdeutschung von Polenkindern. In der Abteilung II achtundvierzig Kinder. Neun sollen schon morgen den Weg zu ihren künftigen Eltern antreten. Manchmal ist bei diesen Kindern etwas Tückisches im Blick, etwas, das von unten kommt. Inge sagt, die sollen so früh wie möglich zu Jungmännern gemacht werden, in der Vorschulzeit singen und marschieren lernen, in der Schulzeit sollte eine tüchtige Ausbildung im Kriegshandwerk erfolgen, im Sport durch körperliche Ertüchtigung und in Lagern durch Erziehung zum Gehorsam.

20. Jan. Meinen zwanzigsten Geburtstag in Stille und Würde gefeiert. In der Abteilung II sind drei Mädchen von fünf Jahren. Sie werden bis zum zwanzigsten Lebensjahr für Eltern freigegeben, danach holen wir sie uns als Mütter wieder.

5. Feb. Eine Polenfrau hat sich im Bunker aufgehängt. O/23, neunzehn Jahre. Ihr Hals hat sich ganz lang gezogen. Sie hat sich sogar zuvor noch gewaschen.

10. Feb. Unsere Männer sind eingetroffen. Einige haben

seltsame Dinge mitgebracht: silberne Teekocher, auf Holz gemalte Marienbilder, die Wunder wirken sollen, und Pelzmäntel. Doktor Heine hat all das Zeug in die Heizung geschafft. Alle Polenfrauen sollen zur Verfügung stehen. Doktor Heine sagt, doppelt hält besser. Auch haben sich acht Mädchen aus dem Reich ins Heim begeben, um ihre Kinder zu gebären. Für sie sollen in den nächsten Wochen unsere Männer von der Leibstandarte des Führers kommen. Bei denen gibt es keine Zahnplombe und kein Muttermal. Doktor Heine will sie vermessen, ihre Maße sollen den Heranwachsenden im Heim ein Ansporn zu Kraft und Schönheit sein. Die Bilder ihrer Körper werden auf dem Flur hängen. Doktor Heine sagt, nicht jede deutsche Frau kann einen Mann bekommen, aber Kinder wohl.

21. Feb. Mit Doktor Heine die neuen Kinder untersucht und bestimmt. Vom Körperbau her sind sie alle aufnordbar. Die Arten des Haarwuchses an den Kindern habe ich bestimmt. Vier von ihnen sind lissotrich wie die meisten unserer Rasse. Einer war kymbotrich und einer ulotrich, dazu noch dunkel. Ein dunkler Krauskopf. Er hat einen sehr schön gezeichneten Mund und lange Wimpern. Was mich aber erstaunte, war, daß seine Fingernägel rein und frei von den weißen Hornschichtfleckchen sind, die sich bei fast jedem finden. Auch die Hautarten der Kinder habe ich festgestellt, meist waren Wirbelmuster und Bogenmuster auf dem Abdruck. Die Formung von Nasen, Ohren, Fingern, Zehen und Geschlechtsteilen ist unterschiedlich weit, aber gut gediehen. Die Hautpigmentierung und die Farbe der Brustwarzen ist gleichfalls gut. Bei keinem der Kinder Muttermalbefall. Bei zweien sind die Zähne schlecht. Bei einem ist der Schulter-Becken-Index ungünstig. Auch hat dieser Senkfüße. Zumindest läßt sich das durch Einlagen in den Schuhen eindeutschen. Doktor Heine wird sie morgen richtig

untersuchen und dann entscheiden. Um den kleinen Krauskopf wäre es schade, wenn es nicht reicht...

27. Feb. In der Wochenschau hieß es gestern, daß unser Reichsführer dem Führer das Versprechen abgenommen hat, nach Kriegsende unseren Männern die mehrfache Ehe zu gewähren. Auch sollen die Eigennamen der Frauen entfallen. In allem keimt der große Gedanke der weißen Völker.

2. März. Mit Doktor Heine die Untersuchungen von Rudolf Virchow ausgewertet. Die großartige Sammlung von Zahlen, die von ihm über zehn Jahre, bis 1881, zusammengetragen wurde, zeigt uns, wie damals die arische Rasse im Verhältnis zu anderen Rassen in Deutschland vertreten war. Das Ergebnis führt leider zu der Feststellung, daß der rein arische Menschtyp schon zur Virchows Zeit eine Minderheit war. Nun ist die Zahl der rein Arisch-Deutschen weiter gesunken.

4. März. Unter dem Schwurspruch unseres Ordens in der Eingangshalle hat Doktor Heine einen Spruch unseres Reichsführers anbringen lassen. Unter MEINE EHRE HEISST TREUE steht nun DER MENSCH DER ZUKUNFT WIRD NICHT MEHR VOM AFFEN SONDERN VOM SS-MANN ABSTAMMEN. Es gab heute Südfrüchte.

11. März. Den Polenfrauen beim Duschen zugesehen. Sie haben schöne Leiber. Warum haben wir Frauen an der Scham Haare, die den Eindruck einer geheimen Höhle machen, die sich aber nicht verbergen will. Als ginge es ohne diesen Schleier nicht. Der Haarschleier aber erst macht das Geheimnis.

Ich stelle mir den Mann ohne Schambehaarung vor. Bei ihm würde sich dadurch nichts ändern.

20. März. Beim Zeugungsakt zugesehen. Unsere Männer haben gelernt, soldatisch zu zeugen.

Marita bemerkt, wie die Frau aufsteht und sich hinter sie stellt. Soll ich dir die Schultern massieren? Ich massiere deine

Schultern, hört sie die Schwiegermutter. Marita spürt die festen Hände im Nacken.

Im Büro habe ich heute auch nur Schreibkram gemacht. Ich müßte schwimmen, aber allein macht das keinen Spaß, sagt Marita, auf den Tisch starrend, sich gegen den Griff der Schwiegermutter stemmend.

Kennst du Inge schon?

Welche Inge? Ach, Inge. Nein.

Sie ist überall. Das Kreisen und Klopfen der Finger auf ihrem Nacken erinnert an die Fahrt mit dem Riesenrad; wie lange mochte das schon her sein, als sie mit Franz Moldenhauer in Berlin im Plänterwald Riesenrad gefahren ist? Doch an das Gefühl kleiner springender Poltergeister auf ihrem Rücken bei der Talfahrt hat sie noch Erinnerung.

Als die Schwiegermutter aufgehört hat zu massieren, schreibt Marita weiter.

23. März. Was ist Rasse? Rasse ist nicht nur ein biologisches Merkmal. Rasse ist auch begeisterte Gnade aus Leidenschaft, Blut und Gestalt. Rasse ist Vollkommenheit des Möglichen. Rasse ist Schicksal der wenigen. Rasse ist Kraft, Schönheit, Lust, Kampf und Spiel. Der leidenschaftliche Wille des Mannes und die Hingabe der Frau. Eines Tages wird im Paß nicht mehr stehen: Geschlecht männlich oder weiblich, sondern: deutsch. Nation deutsch, Geschlecht deutsch.

2. April. Doktor Heine hat Schwierigkeiten, Medikamente aus Berlin zu bekommen.

15. April. Doktor Heine und ich haben nun bei zwanzig Frauen aus dem Bunker Schwangerschaft festgestellt. Die ersten Geburten werden im November sein. Die Nachfrage der künftigen Eltern ist groß. Ein Parteigenosse war hier, um die Mütter aus Polen genau in Augenschein zu nehmen. Es sind keine Polen, es ist verstreutes deutsches Erbgut, hat er gesagt.

25. April. Der Reichsführer will nicht mehr die getrennte Unterbringung von deutschen und nichtdeutschen Kindern. In der Abteilung II werden nun also auch Kinder von nichtdeutschen Müttern leben.

7. Mai. Großer Kindertransport eingetroffen. Zwei Stück aus Dänemark, fünfzehn aus der Ostmark, sieben aus Lettland, drei aus Siebenbürgen. Gleich siebenundzwanzig Stück. Aber bei der Vorauswahl hat man wenig Sorgfalt walten lassen. Ein Achtjähriger ist angelegt, ein einziges Muskelpaket zu werden, wird aber klein von Wuchs bleiben. Außerdem hypobrachykephal, 82,8 Zentimeter, chamäprosop, Blutgruppe AB und wenig durchblutete Haut. Etliche hatten das, was Inge Hühnerbrust nennt. Nur einer hatte einen Längen-Breiten-Schädelindex von 60. Da viele von ihnen sonst brauchbar sind, sollen die älteren für leichte Arbeit verwendet werden.

10. Mai. Doktor Heine sagt, es gibt immer noch Männer unseres schwarzen Ordens, die aufs Geratewohl kleine Frauen mit gedrungenem Körperbau ehelichen wollen.

17. Mai. Bin mit Doktor Heine in Berlin gewesen, haben aus dem Bestand der Stiftung Ahnenerbe Reagenzgläser in Empfang genommen. Habe Frauen gesehen, die sich schminken. Sie sind ohne jede Demut, diese Dirnen, und ich hüte mich weislich vor ihnen.

3. Mai. Nach dem Krieg werden Lebensborndörfer geschaffen. So können wir dann aus dem verstreuten völkischen Blut eine viel bessere Zuchtwahl treffen.

19. Mai. Doktor Heine will keinen Besuch von seiner Familie im Heim. Er sagt, es verlohne nicht, denn auf dem Reichsparteitag sieht sich doch alles wieder.

6. Aug. Das Paradies ist der glückliche Zustand, beherrscht zu werden.

15. Aug. In der Registratur sind neue Namenslisten vom Rassehauptamt eingetroffen für die Polenfrauen und die Heimkinder. Die schönsten Namen sind Adelheid, Hildegard, Sieghilde, Gundula. Sie klingen wie ein Blumenreigen, und ich kann mich nur wundern, warum die Polenfrauen nicht mit Freude die neuen Namen annehmen wollen.

20. Aug. Mir sind einige von unseren Männern auffällig geworden, die bei ihrem Aufenthalt hier eine Dauererektion hatten. Es sind durchaus kampferprobte Soldaten unserer Waffen-SS. Aber vor und nach dem Kontakt mit den Frauen blieb dieser Zustand bei.

21. Aug. Beobachtung: Was unsere Männer an Frauen erregt, liegt hinter deren Haut, unter ihrer Oberfläche. Ich habe gesehen, wie ein junger Soldat seine ihm zugestellte Zeugungsfrau nur anstarrte. Er hat ihren Leib beobachtet, auch darauf getastet, als suche er darin etwas oder wollte sich festhalten daran. Am Tag nachdem er die Polin erstochen hatte, sagte er, nun fühle er sich frei, denn ständig sei in ihm die Angst vor dem Mädchen gewesen – daß sie ihn verschlingen könnte. Mit den Nasenlöchern oder dem Mund oder der Scham. Von Doktor Heine habe ich gehört, der Mann hat lange an der Front im Moor in Stellung gelegen. Vielleicht ändert der Krieg etwas an der Art des Menschen.

30. Aug. Doktor Heine hat einen Behälter mit Goldfischen für das Labor bekommen. Der Carassius auratus, sagt er uns, sei ein Meisterwerk. Die chinesischen Barbaren haben es zuwege gebracht, durch Zuchtauswahl und Kreuzung den Goldfisch zu züchten. Den Homo auratus. Wir werden Tiere und Pflanzen entwickeln, wir werden Maschinen erfinden, die uns den besten Samen spenden, und Maschinen, aus denen Kinder so kommen, wie wir sie brauchen. Wir werden ein sicheres Netz von Erfindungen um uns haben, das uns vor anderen

schützt und uns über sie erhaben macht. Wir sollten beginnen, Versuche an den Kindern zur Verbesserung der Auslese zu machen.

20. Sept. Aus der Abteilung II sind in dieser Nacht drei Franzosenkinder entwichen. Sie haben hohen Anteil völkischen Blutes. Dennoch werden sie streng bestraft. Doktor Heine hat beantragt, die Posten vor dem Heim zu verdoppeln. In den Bunkern sind Heizungen verlegt worden.

5. Okt. Der Förster war hier und hat uns für übermorgen einen herrlichen Bock dagelassen.

7. Okt. Große Feier im Heim, der Reichsführer wird heute vierzig.

10. Okt. Inge sagt, in Kohren-Salis und Wernigerode ist es vorgekommen, daß Polenfrauen Kinder aus dem Heim entführen wollten. Sie haben behauptet, die Kinder gehörten ihnen! Nun hat der SD diese Frauen.

20. Okt. Bis neunzehnhundertachtzig wird es einhundertzwanzig Millionen Geburten in unseren Heimen geben. Der Reichsführer hat am 7. Oktober die Patenschaft über 0/87 übernommen. Das Kind hat heute sein Patengeschenk vom Reichsführer erhalten, einen Geburtstagsleuchter. Inge sagt, die Leuchter werden in Dachau angefertigt. Aber wenn sie brennen, sieht man ihnen das nicht an.

7. Nov. In der Abteilung II sind zweiundachtzig Kinder.

15. Nov. Doktor Heine sagt, es zahlt sich aus, wenn Beruhigungsmittel in die Nahrung der Bunkerfrauen gegeben werden, sie sind so beim Zeugungsakt nicht verkrampft, sondern schlaff. Auch sind so mehrere Zeugungsakte an einem Abend möglich.

20. Dez. Doktor Sollmann hat vorgeschlagen, den Samen unserer Männer einen Tag vor dem Zeugungsakt im Labor untersuchen zu lassen. Festgestellt werden muß, ob der Samen

a) dickflüssig und weiß ist, b) ob er nach Ausstoß nicht unter fünfzehn Minuten verwässert, c) ob die durchschnittliche Ausstoßmenge mindestens fünf Gramm beträgt, d) ob bei der Untersuchung mit dem Mikroskop mindestens achtzig von hundert Teilen der Samenfäden lebensfähig sind, e) ob Fremdkörper ausfindig zu machen sind, f) ob vielköpfige Samenfäden zu finden sind.

27. Dez. Warum verstecken Mütter in den Ländern, in denen wir Einzug halten, ihre Kinder vor uns? Wir hören doch die Rufe der Kinder: Licht zu Licht. Warum müssen wir Sonderabteilungen zum Auffinden verborgener Kinder gründen? Frauen, die ihre Kinder vor uns verbergen, sind keine Mütter.

1941

17. Jan. Wieder zwei Polenfrauen angekommen. Inge hat sie aus Ravensbrück geholt. Sie sind voller Ungeziefer. Die eine hat Bronchitis. Was sollen die hier? Doktor Heine schickt sie auf Gemüsetransport.

18. Jan. An Obersturmbannführer Eichmann geschrieben wegen des fehlgeleiteten Kindertransportes aus Polen. Die Kinder führen kein Gepäck mit sich, sind ohne weitere Angaben und wohl in großer Eile ausgesucht worden. Rassisch nicht wertvoll. Inge sagt, nach Wienebüttel damit.

Marita sieht auf die Zeilen. Rassisch nicht wertvoll, ohne Gepäck, Wienebüttel. Das hat sie schon gehört. Was schreibt sie da die ganze Zeit? Marita legt den Stift aus der Hand. Was geschieht hier? Geht es um Vieh oder Dreck, um weggeworfenen Aussatz? Was schrieb sie von Frauen über Frauen? Sind das die Phantasien dieser alten Frau?

Ich glaube das alles nicht, sagt Marita und blickt auf die Blätter.

Ich habe gewußt, daß so was kommt. Doch, Inge war so, so ist Inge.

Inge? Bunkerfrauen, Zeugungsakt, Moor, Männer, Samen, ist sie nicht mehr sie selbst?

Ein Gefühl von Reißen. Marita ist, als steckten Nadeln im Innern des Körpers, als würde sie ihr Körperinneres aus sich herausziehen. Marita sieht auf ihre schöne Schrift, gleichmäßig fließen die Buchstaben ineinander, das C, das K, das S, keine Verbesserung stört das Schriftbild, Zeile für Zeile löst sich ab, als reichten die ein Wohlwollen weiter. In dem Augenblick, als Marita die Seiten zerreißen will, zieht ihr die Schwiegermutter die Blätter hastig aus der Hand.

Die sind für Inge! Merk dir das! hört Marita die Frau.

Stille im Zimmer. Dämmerung. Entferntes Vogelgezwitscher. Kommt Konrad die Treppe herauf, sie holen, rufen irgendwo spielende Kinder, Feuerwind, Trommenschrill? In Marita stellt sich eine Melodie ein, sie sucht nach den Worten, wozu noch Worte, jeder nimmt sie sich, Wortopfer, Worttäter, nun stimmen Melodie und Worte überein: Ich muß auch heute wandern, hinaus in finstre Nacht, da hab ich noch im Dunkel die Augen zugemacht... Dann bleiben ihr die Worte weg. Leere. Marita sieht Wolken ziehen, sieht die Schwiegermutter den Karton und die Seiten im Eckschrank verschließen.

Was war in Wienebüttel?

Ein Spezialheim. Sonderbehandlung. Inge fuhr dort immer hin.

Was ist Sonderbchandlung?

Benzolspritze oder Gas. Vier Minuten.

Oder Gas?

Es war alles georodnet, es war alles richtig. Die Schwiegermutter hält Marita den Zettel mit den vier Namen hin. Doktor Heine, Doktor Sollmann und Doktor Ebner haben...

Alles richtig?

Nein! Inge hat Berthold nach Wienebüttel geschickt.

Inge? Ach ja. Inge.

Wach auf, Kind! Wir sind beide um das Liebste betrogen. Marita hört die Frau husten. Für mich ist es zu spät. Siegfried ist gefallen, Berthold ist tot. Inge hat nur ihre schwarze Uniform gewollt. Sie hat Kinder gejagt. Sie hat schwarzes Blut. Ich lache, siehst du. Inge ist kein Mensch. Und du, was willst du? Konrad? Du siehst ihn oft an, wenn er schläft. Du willst, daß er dich liebt, daß er mit dir spricht, wie im Märchen. Konrad habe ich am Bett Märchen erzählt, bis er schlief. Du willst Liebe. Die Gabe zum Kampf ist uns gegeben. Du mußt groß sein, du mußt stark sein, und du mußt die Tugend üben, treu zu sein. Was fragst du nach Wienebüttel!

Marita sieht vom Tisch auf, trifft auf den Blick der Schwiegermutter, der ist sanft.

Ich zeige dir den Weg, um Konrad zu besitzen. Beweise ihm, daß sein alter Freund ihn verraten hat. Beide beginnen damals einen Einbruch. Konrad behielt vom Gestohlenen alles, teilte nichts. Dafür hat ihn sein Freund verraten. In einem Brief zeigte ich die beiden an, mehr nicht, verraten hat erst der Freund. Konrad mußte ins Gefängnis, der andere ist davongekommen. Beweis Konrad das, und dir gehört der Teil von ihm, den er seinem Freund vermachte. Konrad wartet heute noch auf ihn. Den anderen Teil Konrads besitze ich. Diesen Teil habe ich gehütet wie ein wertvolles Pfand. Es ist Konrads Angst vor mir. Wenn du mit den Blättern fertig bist, bring Konrad her. Ich werde mit ihm reden.

Marita beeilt sich, in der Kaufhalle den Wochenendeinkauf zu besorgen. Fast laufen Franz Moldenhauer und Marita aneinander vorbei.

Du bist schon zurück, Franz, ich habe dich erst Montag erwartet.

Wir sind früher fertig geworden. Was macht die Sütterlinschrift, was macht das Tagebuch deiner Schwiegermutter?

Die Hälfte ist abgeschrieben. Marita will sagen, was ihr undeutlich, widersprüchlich, fremd erscheint, doch sie findet nicht die Worte.

Den Ort Klosterheide habe ich auf der Karte gefunden, sagt Franz Moldenhauer und weist mit der Hand in Richtung Süden, aber über ein Kinderheim konnte ich nichts erfahren.

Lebensborn nannte sich das Heim, sagt Marita leise. Aber warum beschäftigst du dich damit?

Franz Moldenhauer winkt ab: Das hätte ich schon früher tun sollen; vor lauter Zukunft vergißt man, woher jeder kommt.

Franz Moldenhauer hat es eilig, Marita verabschiedet sich, er ruft ihr nach: Schreib erst mal zu Ende, schaden kann das nicht.

Zu Hause angekommen, packt Marita den Korb für den Ausflug.

Bist du fertig, fragt sie dann Konrad, und beide gehen vor die Haustür.

Der Wagen rollt heran, Kurt und Rosa steigen aus, Konrad setzt den Korb in den Kofferraum.

So pünktlich waren wir noch nie, Kurt lacht.

Sie steigen ein, fahren los. Rosa sitzt unruhig, fragt Kurt: Hätten wir nicht mit dem Fahrrad diese Tour machen können?

Das erzählst du jedesmal, Weib, wenn wir im Auto sitzen.

Wohin geht's denn, Kurt?

Zum Feldberg.

Da kommst du mit dem Auto doch nicht hoch.

Dann gehen wir das Stück.

Wir können überhaupt zu Fuß gehen, laß den Wagen hier stehen.

Daß du immer übertreiben mußt, Konrad.

Rosa singt: O wie wohl ist mir am Morgen...

Denkste, Weib, guck mal da vorne, die ersten schwarzen Wolken.

Davon hat der Wetterbericht nichts gesagt.

Sie biegen von der Straße ab, auf einen Waldweg, das Gestrüpp wird dichter, der Waldweg verengt sich zusehends. Kurt hält.

Nun habt ihr eure Wanderung, weiter geht es nicht.

Sie steigen aus, Rosa macht ein paar Schritte.

Ein bißchen hättest du noch fahren können, ruft sie. Die Luft, ist das nicht herrliche Luft!

Sie gehen unter dem Blätterdach alter Bäume. Schwarze Asthölzer. Disteln fangen an, violett zu blühen. Unscheinbar, dann gleichmäßig stärker werdend, beginnt Regen aufs Blätterdach zu prasseln. Ausgerechnet, stöhnt Konrad. Der Weg windet sich den Berg hinauf, Rosa stolpert mit ihren hohen Absätzen zwischen den Wurzeln des ausgespülten Weges, Marita kommt ins Schwitzen, Kurt ist als erster am Waldrand. Dreihundert Meter vor ihnen, auf der kahlgerodeten Bergkuppe, der Aussichtsturm.

Ich schlage vor, wir laufen mit nacktem Oberkörper zum Turm rüber, dann haben wir da etwas Trockenes zum Anziehen.

Und wenn die Tür zu ist, Kurt?

Mach schon, Weib.

Konrad ist nun auch am Waldrand, sieht über den umgepflügten Boden der Bergkuppe. Rosa und Kurt haben ihre Hemden und Jacken unter den Arm geklemmt, Marita legt ihre Sachen zusammen.

Wir laufen jetzt zum Turm, Konrad.

Konrad zieht langsam seine Sachen aus. Dann geht er in aller Ruhe durch das Gestrüpp neben dem Weg zum Turm. Grau atmet der Himmel. Bei jedem Tritt der nackten Fußsohlen spürt Konrad die Aufregung der Erde in sich, er tritt auf Steine, Dornen, Moosflächen, Knüppel, er geht wie in einer Umarmung.

Schade, daß wir keine Fotos machen, im Betrieb glaubt uns das wieder keiner.

Rosa reibt ihre Haare trocken und zieht die Bluse über. Marita und Kurt warten, bis Rosa fertig ist, dann gehen sie die Treppe hinauf. Die Stufen der Wendeltreppe im Turm sind schmal und ausgetreten. Stickige Luft vom aufgeweichten Kalk der Wände.

Rosa sieht aus einem der engen Turmfenster, die alle zwanzig Stufen den Blick in eine andere Richtung freigeben.

Was wollen wir da oben, bei dem Wetter ist doch nichts zu sehen.

Guckt doch mal, Konrad da unten.

Kreisch nicht so, Weib. Wo ist Konrad? Ist der verrückt, guck doch mal Marita.

Konrad geht quer über Baumstubben im großen Bogen um den Turm.

Kurt brüllt. Der Regen schluckt den Ruf, dennoch winkt Konrad. Sein nackter Körper glänzt im Regen. Kurt brüllt wieder, und Konrad schmeißt seine Sachen weg.

Hat der was getrunken?

Laß ihn, sagt Marita.

Sie steigen weiter im Turm Treppen, Rosa erzählt, Maritas Gesicht arbeitet. Ihre Zunge wälzt sich unter den Lippen, will sie durchbrechen. Als es zu regnen aufhört, kommt sie auf der Plattform an. Rosa lehnt sich über die Brüstung.

Mir wird ganz schwindlig. Wo ist Konrad nun wieder, wenn der sich bloß nichts wegholt.

Der ist oft genug an der Luft, sagt Marita, der hat deutsches Blut in den Adern.

Jetzt würde ich einen Eisbecher essen.

Einen Eisbecher? Das sieht dir ähnlich, Weib, einen Grog!

Sie gehen wieder hinunter. Unten in der Halle im Schachbrettmuster schwarz-weißer Fußboden aus unechtem Marmor, hier und da zeigen aufgeplatzte Ecken grauen Beton. Über einem Becken ein Löwenkopf, aus dessen Maul Regenwasser tropft. Hohe schmale Fenster, in deren Gittern Scheiben fehlen, reichen an die Kappen der Kreuzgewölbe, die mit Wappen ausgemalt sind, Putz ist von Feuchtigkeit abgeplatzt. Unter einem Wappen in roten Buchstaben: Dem Volk Der Großherzog 1872.

Wir haben im Wagen den Korb stehenlassen, Weib.

Wolltest du in dieser Räuberhöhle Kaffeestunde machen?

Als Jungs mußten wir hier unsere Mutproben bestehen. Vom Turm abseilen, am Blitzableiter wieder rauf.

Seitlich unter der Bergkuppe hat Konrad eine Senke aufgespürt. Gerochen, das Herbe, von vermodernden Bäumen, dikken Pilzen mit roten und weißen Hüten, unter denen Kobolde zu schlafen scheinen. Süßlich riechende Nesseln und Minze. Hier kann man atmen. Was soll das Weltuntergangsgestammel überall? Konrads Hände bohren sich in Erde. Er drückt sie an seinen Körper. Diese Hand Erde reicht zum Leben. Alles andere wäre Lästerung. Er drückt mit der Hand die Feuchte aus der Erde, die in den Boden tropft. Alles andere wäre Verleugnung der eigenen Herkunft.

Konrad geht weiter. Der Grund unter seinen Füßen wird schwammig. Kahle Birken, Schwarze Moorerlen. Umkehren. Aber eine unwiderstehliche Gewalt zieht ihn. Mühsam muß er seine Füße bei jedem Schritt dem Sog des Bodens entziehen, um nur noch tiefer in ihm zu versinken. Glucksendes Moor kriecht an ihm hoch. Versinken, denkt Konrad, nur noch sinken in den Schutz.

Die anderen im Auto essen Kuchen. Konrads Anteil liegt auf dem Plasteteller.

Jetzt muß ich den tatsächlich suchen wie ein kleines Kind. Kurt schüttelt den Kopf und geht.

Der findet sich schon wieder, ruft Marita ihm nach.

Laß ihn, besser, er geht, als du.

Wieso ich?

Damit du ihm nicht wieder nachrennst. Das will Konrad doch nur.

Ich renne Konrad nicht nach. Die Tugend, treu zu sein, ist kein Nachrennen.

Schreib weiter, Marita.

Helga Mettusa steht neben dem Tisch, sieht Marita auf die Hand, blickt auf die Seiten. Sie kann sofort zugreifen, falls Marita wieder in einen Zustand der Schwäche verfällt, in ihr der Wunsch aufkommt, die Blätter zu zerreißen. Sie kann erleben, wie ihre alte Schrift kurzzeitig lebendig wird, von Marita eingesogen und ausgestoßen zu neuer Schrift.

20. Jan. Wieder in Klosterheide. Unvergleichlich erhaben sind die Berge und die Schluchten der Alpen. Die Wochen mit Siegfried waren wundervoll. Im Sommer, beim nächsten Fronturlaub, werden wir ans Meer fahren.

13. Febr. Überall liegen von unseren Soldaten die leeren Reemtsma-Blechschachteln herum. Nur die Gutscheine haben sie mitgenommen. Ich habe mit Inge im Keller von dem Zeug geraucht, scheußlich!

20. Febr. Wie wird Europa nach der nationalsozialistischen Revolution aussehen! Nur ein Volk wie das unsere ist erwählt genug, dem wilden Völkergemisch die richtige Führung zukommen zu lassen. Der Bolschewist behauptet das von sich auch. In zehn Jahren wird es ihn nicht mehr geben.

24. Febr. Der Reichsführer hat angeordnet, nun auch Kinder bis zu zwölf Jahren aus den germanisierten Gebieten in die Heime zu verbringen. Wir müssen den Trakt der Abteilung II erweitern. Doktor Heine wird den Antrag nächste Woche nach München entsenden.

28. Febr. Partisanenkinder angekommen. Inge hat den älteren Handschellen anlegen lassen, das ist sicherer.

2. März. Wir brauchen mehr Kinder. Auch unsere deutschen Mütter erbringen noch nicht genug Geburten.

9. März. Festliche Namensweihe für die Partisanenkinder. Wir haben die Namen diesmal dem Almanach für Namen deutscher Mädel und Knaben von Budendorf entnommen. Wie der Name, so das Kind.

20. März. Den nationalsozialistischen Gedanken wird es immer auf der Welt geben. Doch nur der deutsche Nationalsozialismus stellt sich die Aufgabe der politischen und rassischen Neuordnung Europas, ja der ganzen Welt. Nur ein Volk wie das unsere, das schon lange tief in seinem Innern nach solchen Werten strebt, ist für diese Mission geeignet.

29. März. Öfter sehe ich in Berlin junge Frauen, die dem Idealbild einer Mutter entsprechen, und ich wundere mich dann, wieso diese Frauen nicht in unseren Heimen sind.

15. Mai. Doktor Heine hat mich untersucht. Endlich bin ich in glücklichen Umständen. Die Niederkunft wird im Oktober oder November sein.

16. Juni. Ich arbeite weniger, habe mit Inge längere Spaziergänge gemacht.

12. Juli. Mache nun mit unseren Müttern lange Wanderungen um den Gudelacksee.

25. Juli: Wieder Katharina Wichowski (Marie Holzer) untersucht. Sie ist fast zwei Jahre im Isolierzimmer mit den Spiegelwänden. Sie kann so allen Zeugungsakten im Neben-

raum zusehen. Doktor Heine sagt, sie soll auch weiterhin keinen Mann bekommen, damit wir so die Grenzen ihrer Belastbarkeit erkennen. Ihre Brüste haben Knoten, die äußeren Schleimhäute der Scham sind wund. Sie ist beweglich, spricht aber unzusammenhängendes Zeug, es sieht fast so aus, als verlerne sie das Sprechen. Dafür ist in ihrem Blick etwas Wildes, wie eine Flut. Wir brauchen einen Menschen ohne sein Inneres. Wir brauchen nur die Körpermaschine.

7. Aug. Nun ist zu sehen, daß es in meinem Bauch wächst und wächst. Inge ist sehr nett zu mir.

9. Aug. Hätte ich Siegfried nicht, ich wollte nicht lieben. Ich würde wie die Amazone ins Feld ziehen. Das ist das neue Schicksal der Frau, daß auch sie kämpfen muß.

11. Aug. Siegfried muß nach Afrika in den Feldzug. Auch wenn er fort ist, ist er doch bei mir. Er ist in mir. Ich spüre, wie sich das Kind im Bauch bewegt. Ich möchte dann mit ihm sprechen, ihm sagen: Wachse, werde ein kräftiger Sohn. Werde wie dein Vater. Wenn er von meinem Blute lebt, wird er auch meine Stimme hören. Manchmal singe ich nur für ihn.

Helga Mettusa sieht, wie Marita zögert, den Stift dann fallen läßt. Ich möchte nicht weiterschreiben.

Sie zieht der Schwiegertochter die Blätter weg.

Warum soll ich von Menschenmaschinen und Katharina Wichowski schreiben? Warum sich so etwas ausdenken?

Ausdenken? Helga Mettusa lacht. Geht es um dich, geht es um mich? Schreib weiter.

Helga Mettusa schaut an die Decke: Spuren von Feuchtigkeit über dem Fenster wie Umrisse einer Landkarte.

Was willst du? Ist heute irgend etwas anders als damals? In der Welt bedient man sich unserer Gedanken. Jeder behauptet, es sei für die beste Sache der Welt. Wir haben den Krieg verloren, das ist alles, aber die Zeit geht weiter.

Helga Mettusa dreht vor Marita den Stift wie einen Uhrzeiger.

Was macht's, wenn du ein fremdes Kind bei dir aufnimmst? Es ist nicht deins. Du bist unfruchtbar.

Helga Mettusa schiebt Marita den Stift zu, sieht, wie ihre Schwiegertochter langsam den gewohnten Schreibfluß wiederfindet.

15. Aug. Der Reichsführer hat entschieden, daß die ausländischen Frauen auch für die Salamander-Schuhwerke arbeiten sollen. Vornehmlich Stiefel. Doktor Lender von den Carl-Zeiss-Werken in Jena hat das Heim besucht. Doktor Heine hat ihn geführt. Inge sagt, es wurde wieder für unsere Einrichtung gespendet. Nötig sind Bettwäsche, Gardinen und Tischdecken mit anderen Mustern. Man sieht sich satt.

20. Sept. Nun können unsere Kindertransporte auch nach Brandenburg-Görden, Hadamar oder nach Grafeneck verbracht werden. Die Anstalten arbeiten auf Gas, das ist sauberer.

18. Okt. Ich habe einen Sohn geboren. Es ist, als bebte mein Leib noch immer unter seinem Weg ans Licht. Berthold wird er heißen. Alle haben mir gratuliert. Von Doktor Heine habe ich gute französische Windeln bekommen. Inge hat für mich ein Fotoalbum gekauft, für die schönsten Bilder von Berthold. Doktor Heine hat mir angeboten, für einige Tage zu den Eltern zu fahren, doch ich werde im Heim bleiben und ausführlich an Siegfried schreiben.

20. Nov. Reichsärzteführer Doktor Conti und der Reichsführer SS waren zur Besichtigung hier. Inge sagt, der Reichsführer SS leidet an scheußlichen Darmgeschwülsten. Abends war für uns alle gemeinsames Essen. Reichsführer SS lehnt die künstliche Befruchtung weiterhin ab, Doktor Conti ist dafür. Schwer ist das Schicksal der deutschen Frau, die durch Un-

fruchtbarkeit für ihr ganzes Leben gezeichnet ist. Die Ärzte sollen ihr helfen, um sie von dem schlimmsten aller Leiden zu befreien. Inge sagt, in Auschwitz werden zu diesem Zweck Versuche an Frauen gemacht. Es beruhigt, zu wissen, daß man sich um alles kümmert. Doktor Heine hat vorgeschlagen, Bunkerfrauen, die schon eine wertgerechte Geburt für das Heim erbracht haben, für weitere Geburten zu nutzen und sie nicht abzuschieben.

21. Nov. Doktor Heine sagt, Berhold sei krank, man wisse noch nicht was. Fieber habe er auch.

22. Nov. Bei Berthold gewesen. Die Schwestern haben ihn in guter Pflege, Inge sagt, sie schaut jeden Tag nach ihm.

25. Nov. Der Adoptionsverwaltung geschrieben. Fünfzehn Kinder stehen zur Verfügung. Die künftigen Eltern sollen sich Namen und Geburtstage aussuchen. Es handelt sich um Kinder des Jahrgangs 39, Geburtstage in der Spanne von Januar bis Juli.

28. Nov. Doktor Heine sagt, Berthold hat eine Lungenentzündung. Aber es wird alles für den kleinen Eroberer getan werden. Inge scheint mir verändert. Ich weiß nicht, ob es mit Berthold zu tun hat. Sicher wünscht auch sie sich einen Sohn.

30. Nov. Der Krieg ist die Wiedergeburt all unserer toten Wünsche. Männer werden diesen Kampf führen, es werden Heere sein. Das einzige, was nicht lächerlich wirkt, ist ein Heer, denn die Zeit des einzelnen ist vorüber. Wir haben den Willen zur Ganzheit um jeden Preis.

2. Dez. Ich habe nicht zu Berthold gedurft. Die Schwester sagt, es geht ihm nicht gut, hohes Fieber hat ihm das Bewußtsein genommen.

3. Dez. Ich will es nicht glauben. Berthold ist tot.

15. Dez. Es geht mir wieder besser. Doktor Heine sagt, wir brauchen Helden. Mütter wie mich, die standhaft bleiben,

wenn widrige Schicksalsschläge übermächtig zu werden drohen.

16. Dez. Nach langer Zeit wieder einen Spaziergang gemacht.

17. Dez. Der SD war hier, weil seit einem halben Jahr aus unserem Heim etliche Soldaten mit Syphilis an die Front zurückkehrten und kampfuntauglich wurden. Heute wurde Inga Lindström mitgenommen. Die ständigen Blutkontrollen, die wir gemacht haben, waren bei allen Frauen im Heim negativ, aber nur deshalb auch bei Lindström, weil es gar nicht ihr eigenes Blut war. Von wem das Blut stammt, wissen wir noch nicht. Sie ist hochgradig positiv und hat seit Monaten akute Syphilis. Bei ihr im Zimmer wurden im Volksempfänger Unterlagen in englischer Sprache sowie Listen aller im Heim beschäftigten Frauen mit ihren Aufgaben und Dienstgraden gefunden. Doktor Heine sagt, der SD vermutet, sie arbeitet für den englischen Geheimdienst. Ihr Auftrag sei, so viele unserer besten Leute als möglich mit dieser scheußlichen jüdischen Seuche frontuntauglich zu machen. Das Schlimme ist, Inge selbst hat Lindström voriges Jahr aus Norwegen mitgebracht. Auch Inge wurde zum Verhör nach Berlin mitgenommen.

Helga Mettusa beugt sich über das Blatt, als sie bemerkt, daß sich Marita verschrieben hat.

Soll ich's noch mal schreiben?

Nein, schreib weiter, Kind.

Helga Mettusa hält das Blatt fest, Marita radiert den Schreibfehler, verbessert das Wort.

20. Dez. Inge ist aus Berlin zurück. Lindström gestrichen.

23. Dez. Doktor Heine hat angeordnet, den Samen von den angekommenen Männern untersuchen zu lassen. So sollen mögliche Ansteckungen vermieden werden. Etliche Soldaten

stellen sich verstockt bei der Untersuchung an. Sie meinen, wir gucken ihnen dabei etwas weg.

1942

13. Jan. Nun hat es Schwester Anna zu weit getrieben. Sie hat 0/98 derart geschlagen, daß der Junge beim Weinen erstickt ist. Doktor Heine ist Schwester Annas selbstgefälliges Treiben schon lange ein Dorn im Auge. Der SD hat sie abgeholt.

20. Jan. Doktor Sollmann aus München war hier. Sein Spitzname: Der schöne Max.

7. Febr. Inge aus den Masuren zurück. Sie hat Zwillinge mitgebracht, wie sie herrlicher und vollkommener nicht sein können.

15. Febr. Inge sagt, daß nach dem Krieg alles vorbei sein wird. Die Fahrten nach Wienebüttel gibt es dann auch nicht mehr. Die Zeit des schlechten Blutes gehört bald der Vergangenheit an.

16. Febr. Inge ist nach München gefahren. Dort sind Kleinkinder aus Ungarn angenommen, die in Wäschekörben verschickt wurden.

Für eine Weile war es Helga Mettusa erschienen, als schriebe die Schwiegertochter mit Eifer, doch nun sieht sie, wie Marita den Stift weglegt, sich zurücklehnt.

Ich kann nicht mehr.

Schreib weiter.

Helga Mettusa hält Maritas Blick aus. Er berührt sie unangenehm. Als Marita aufstehen will, drückt Helga Mettusa ihre Schwiegertochter in den Stuhl zurück. Du mußt weiterschreiben. Wohin willst du? fragt sie Marita, die doch aufsteht, zur Tür geht.

Sie lauscht Maritas verhallenden Schritten nach. Dummes Kind. In zehn Minuten wäre sie fertig gewesen. Ihr können die letzten beiden Seiten Stunden kosten. Helga Mettusa übt. Die

Buchstaben geraten ihr zu groß, die Schrift wird zu steil, das Blatt rutscht weg, der Bleistift bricht ab.

Spät abends hat sie die beiden Seiten fertig, überliest das Geschriebene noch einmal.

25. Febr. Der schöne Max war wieder hier. Doktor Heine hat uns alle gerufen, dann mußte Inge vortreten, und Doktor Heine sagte, Inge hat schwere Schuld auf sich geladen. Ein halbes Jahr gab sie anderndorts ein Kind aus der Abteilung II als ihr eigenes aus. Die Überprüfung ergab, daß das Kind nicht registriert war.

26. Febr. Wurde von Doktor Sollmann als Leiterin der Abteilung II berufen.

2. März. Ich begleite meinen ersten Kindertransport nach Wienebüttel. Inge hat ihn zusammengestellt. Durchweg schadhafte Kinder, elf Stück.

Helga Mettusa legt die Blätter zusammen. Nun geht sie nur Inge noch etwas an.

Wenn in ihrem Kindertransport Berthold gewesen wäre, hätte sie ihn wie die anderen Kinder abgespritzt. Die Frau lacht kurz auf, hustet, geht in die Wohnung, ordnet die Blätter zu den anderen in die Mappe, schließt den gepackten Koffer. Übermorgen wird sie nach Wien fahren. Die Reise ist endgültig beschlossen und vorbereitet. Sie blättert in ihrem Paß, den sie gestern abgeholt hat. Sie lächelt. Als die den Antrag stellte, hat sie die alte Adresse von Doktor Heine in Wien angegeben. Grund: Besuch. Freundlich war man zu ihr.

Morgen, denkt sie, will ich im Garten arbeiten, nachmittags zum Langen See gehen. Genugtuung, Ruhe. Helga Mettusa öffnet das Fenster, groß und weit scheint ihr nun das kleine Zimmer.

Am Morgen, auf dem Weg zur Schmiede, gibt Konrad am

Schalter der Lokalredaktion am Busplatz die Todesanzeige seiner Mutter auf. In zwei Tagen wird sie in der Zeitung erscheinen, sagt man ihm. Konrad wählt den Trauerrand größter Ausführung, sichtbar, endgültig, setzt seinen und Maritas Namen unter die Anzeige.

Sein Körper schmerzt.

Er geht in die Schmiede. Im Kontor sucht er Ruhe zu finden. Konrad streckt die Beine unter den Tisch, schließt die Augen. Diese Nacht!

Vom Hof dringt das scheppernde Geräusch aufeinanderfallender Eisenstangen. Er geht auf den Hof und hilft Paul Krötzig, die Wagenladung Eisenrohre abzuladen. Als sie fertig sind, fragt Paul Krötzig nach Marita, seiner Tochter.

Der Arzt hat nichts feststellen können, sagt Konrad. Er blickt auf den Stapel Stangen, als könnten die ihn vor der Erinnerung bewahren. Nein, der Arzt hatte nichts festgestellt. Aber er, Konrad, hat sie in der Nacht schreien hören, hat ihr den Mund zuhalten müssen, hat ihr den Mund aufdrücken müssen, damit sie nicht am Erbrochenem erstickt, hat sie festhalten müssen, als sie um sich schlug, hielt sie fest, als die Weinkrämpfe kamen, lies sie los, als sie endlich erschöpft und schlaff war.

Der Arzt meint, eine Magenverstimmung. Drei Tage Bettruhe, sagt Konrad.

Da hat sie etwas Schlechtes gegessen? Wenn du willst, geh nach Hause.

Etwas Schlechtes hat sie gegessen, hat es in sich aufgesogen, seit Wochen, hat ihr Blut, ihren Verstand, ihr Herz damit vergiftet; mit dem Geist seiner Mutter. Marita hat es in der Nacht geschrien, geflüstert. Noch nie hat Konrad einen Menschen in solcher Verzweiflung gesehen. Seinem wohlwollenden Zureden, sanften Streicheln schlugen ihre Schreie entgegen: Moor, Katharina, Inge, mein Kind... Augenblicklich war er bereit, alles für Marita zu tun, wenn sie nur zu schreien aufhörte. Erst eingeschüchtert, dann suchend, dann wütend, ihre blinde Wut ablösend, als sie schlief. Er hat den Arzt gerufen. Der sah ihre geschwollenen Brüste, die über Nacht gewachsenen Pickel im Gesicht.

Konrad hat sie vor DER FRAU gewarnt, und wie! Herumgesprungen ist er wie ein Halbwüchsiger!

Konrad geht ins Kontor, packt seine Sachen. Gestern abend, als Rosa und Franz Moldenhauer Marita zu Hause ablieferten und sagten, sie sei im Büro vom Stuhl gefallen, hat er sich nicht weiter um sie gekümmert. Blaß war sie. Er ist in den Keller gegangen, hat das Regal lackiert. Dann kam die Nacht. Warum schrie Marita nach DER FRAU und Franz Moldenhauer zugleich? In der Frühe, nachdem der Arzt gegangen war, hat Konrad die Perlenkette zerrissen, hat die Fotos DER FRAU verbrannt, hat die Todesanzeige aufgegeben.

Bis morgen, Paul, ruft Konrad und geht vom Hof der Schmiede.

Wenn er jetzt ruhig wäre, wenn er seinen Leib beherrschte, wenn sein Leib ihn nicht länger lähmen würde – Ist er leer und schon zu Ende gekommen? Begleiten nur Verlangsamungen seine Gedanken, seine Sprache, seinen Plan? Wer trägt ihn aus?

So wie er jetzt ist, würde er DIE FRAU nicht töten können. Sie wäre wieder stärker. Er würde verlieren, wimmern, wie sein Vater.

Konrad geht schneller, ihm wird warm. Wut. Sein Schritt wird sicherer. Schritt für Schritt nähert er sich dem Haus seiner Mutter, eilt die Treppen hinauf, wirft sich mit dem Körper gegen die Tür, wirft sich dagegen und dagegen. Die Semmling kommt die Treppe herauf: Mein Gott, Sie Dieb! Sie Einbrecher, daß ich so was noch erleben muß! Sie schlägt mit ihrem

Stock auf Konrad ein, der sie nicht wahrnimmt. Die Tür gibt nach.

Das ist mein Haus, schreit die Semmling. Sie machen alles kaputt.

Konrad steht vor der verschlossenen Wohnzimmertür, der verschlossenen Schlafzimmertür, wirft sich gegen die verschlossene Küchentür.

Warten Sie, warten Sie, ich habe doch die Schlüssel dafür.

Konrad hält inne, sieht die kleine wimmernde Frau.

Ich habe die Schlüssel, warten Sie.

Konrad geht aus der Wohnung.

Frau Mettusa ist gestern nach Wien gefahren, hört er noch.

Konrad geht langsam durch die Straßen. Zu Hause liegt Marita. Nach Hause will er nicht. Möchte Erde auf sich fallen lassen, möchte wieder im Moor die Vereinigung mit der Erde suchen. Er sieht auf die Betonplatten des Gehwegs. Fast seine Lebenszeit hat er gebraucht, um sich von DER FRAU zu lösen. Konrad versucht, nur auf ganze Gehwegplatten zu treten. Mußte als Kind zu Gott beten, bis er vor Angst glaubte. Hat DER FRAU alles vom Einbruch zum Geschenk gemacht, hat nichts für sich behalten, hat nichts dem Freund gegeben. Freikauf, Abschiedsgeschenk. Hat Marita gefunden. Unmöglich, gleichmäßig zu gehen, gebrochene und ganze Gehwegplatten wechseln ohne jede Regelmäßigkeit. Fast ist es ihm gelungen, DIE FRAU aus seinem Leben zu verbannen. Jetzt nur noch gebrochene Platten. Konrad bleibt stehen. Es geht nicht weiter. An der Hauswand ein großer Schaukasten der Kirchengemeinde. Ein großes Christusbild; Christus, strahlend, die Hand erhoben, fährt zum Himmel auf. Zu seinen Füßen Geblendete und das leere Kreuz. Das Bild, erinnert sich Konrad, hängt seit Ostern.

Konrad sieht Christus ins Gesicht. Tief und durch die Farben hindurch in die Strahlen. Ganzheit löst sich auf, wird zum verletzbaren Teil. Christus, der kraft seines unbändigen Triebes Wunder vollbrachte, was ihm neue Kraft zu weiteren Wunden gab, der im triebhaften Suchen nach Immernureinem, nach Liebe, erfolglos blieb, der schließlich nur die letzte Stufe des Glücks erfuhr, die maßlose Einsamkeit, in der er aus Lust am Leiden am Kreuze starb, im erlösenden Licht der Sonne, die das Auge Gottes ist. In diesem Glück, in dieser Einsamkeit weiß dieser Christus von der Tödlichkeit unerfahrener, unerfüllter Mutterliebe.

Auch die Anstrengungen der Fahrt hat Helga Mettusa bedacht, während der Stunden in der Kammer, in denen Marita die Blätter abschrieb und anfing, Fragen zu stellen. Lieber Himmel, soll sie doch fragen.

Kommen wird die Anstrengung der Fahrt, Anstrengung des Suchens, Anstrengung der Heimfahrt. Sie hat jeden Tag und jede Stunde von der Abreise bis zur Rückkehr in einen Plan geordnet. Fahrt nach Wien, erstens. Am Tag darauf wird sie sich ausruhen, zweitens. Am dritten Tag wird sie Inge suchen. Und sie wird Inge finden, sollte sie auch am Ende der Welt wohnen. Ihr Brief war abgestempelt in ersten Wiener Bezirk. Altstadt. Nach Wien in die Altstadt ist Ende vierundvierzig Doktor Heine gezogen, denkt Helga Mettusa, nachdem er seines Postens in Klosterheide enthoben worden war, es hieß, wegen seiner Verbindungen zum Generalstabschef Beck. Genaues hat sie nicht erfahren. Aber als Doktor Heine ging, da hat sie bemerkt, wie Inges heimliche Zuneigung zu ihm in offene Gefolgschaft umschlug. Sie muß blind gewesen sein, daß sie nicht gesehen hat, wie Doktor Heine Inge trotz ihrer Fehltritte gestützt hat. Dieses Weibervieh. Ein Kind wollte sie von ihm, bar jeder Ehre den schwarzen Orden schänden, wie sie die Kinder geschändet hat, die nach Wienebüttel gingen.

Hat sie, Helga Mettusa, es nicht mit eigenen Augen gesehen, wie Knaben es Inge im Untersuchungszimmer der Abteilung II besorgen mußten, hilflos und weinend, bevor sie auf Transport nach Wienebüttel gingen? Ja, es war an der Zeit gewesen, daß Helga Mettusa die Leitung des gesamten Heimes übertragen worden wäre.

Helga Mettusa nickt mit dem Kopf.

Doch zu spät.

Ein halbes Jahr darauf mußte das Heim geräumt werden. Eine Schande, wegen des verlorenen Krieges. Und Inge wollte nur noch eines: zu Doktor Heine nach Wien. Theresienstraße, Altstadt.

Inge finden. Sie hat große Kakteen gehabt, die das ganze Fenster einnahmen. Helga Mettusa wird in jedes Fenster der Theresienstraße sehen. Inge suchen, drittens. Ihre Kinder suchen, viertens. Am fünften Tag wird sie den Kindern und Inge die Seiten des Tagebuchs zu gleichen Teilen in die Hand geben. Am sechsten Tag wird sie zurückfahren. Jeden Punkt des Plans hat sie untergliedert, mehrere Möglichkeiten in Betracht gezogen, ein dichtes Raster zusammengesetzt, das sie vor jeder Ablenkung oder Abweichung bewahrt.

Vierzehnstündige Bahnfahrt. Berlin, Bad Schandau, Prag, České Velenice, Wien. Auf dem Franz-Joseph-Bahnhof riesige Reklamewände. Herumstehende Menschen, Lärm, trockene Luft. Im Auskunftsbüro wird ihr das Hotel Reichshof in der Kleinen Stadtgasse empfohlen. Ein Taxi fährt sie in die Altstadt. Um fünf ist sie aufgestanden, eine Stunde vor Mitternacht legt sie sich ins Bett. Zu weiche Matratzen. Ein langer Tag. Zu weiche Matratzen. Zuvor hat sie sich am Waschbecken neben der Badewanne abgeseift, wie sie es mittags nach der Gartenarbeit macht, der Tagesablauf war heute gestört, aber schon übermorgen wird sie auch hier nach ihrem alten Zeitplan leben.

Bis Prag hat sie abwechselnd im Abteil geschlafen oder sich unterhalten. Alles verlief gewöhnlich. Nur einmal, bei der Grenzkontrolle auf österreichischer Seite, als der Uniformierte, ihren Paß in der Hand, sie mehrmals ansah, als suche er im Gedächtnis ein Gesicht, das er beiseite geschoben hatte, berührte es Helga Mettusa unangenehm. Für einen Augenblick glaubte sie sich erkannt, ihre Anreise verfrüht entdeckt, Inge gewarnt.

Helga Mettusa will es erledigen. Sie ist den vierten Tag in Wien. Gestern fand sie die Wohnung von Inge. Inge Globatschnik, dahin war es mit ihr gekommen, nicht einmal zum deutschen Namen reichte es. Theresienstraße fünf. Hat gestern von der Hauswirtin von Inges Tochter erfahren, krank sei sie, Schubertstraße sechzehn. Helga Mettusa fragte nach Doktor Heine, doch den kannte die Frau nicht. Warum so viele Häuser drei Schilder mit gleicher Nummer trügen, wollte sie noch von der Wirtin wissen. Die zeigte auf die Fünf rechts neben der Tür, die sei aus Kaisers Zeit, die Fünf links neben der Tür aus der Zeit vom Führer, die darunter erst zwanzig Jahre alt.

Helga Mettusa ist in das Hotel zurückgefahren, hat am Nachmittag, wie bei sich zu Hause, einen Spaziergang gemacht, dabei ihren Zeitplan überprüft. Um einen Tag ist sie voraus, hat alles um einen Tag vorgezogen, ist am vierten Tag vormittags in die Schubertstraße gegangen und hat bei einer Nachbarin den Umschlag abgegeben. Inges Tochter arbeitet wieder, das erste Mal nach langer Zeit, erfuhr sie.

Helga Mettusa wird jetzt Inge Globatschnik den Umschlag mit den restlichen Seiten bringen: Tagebuch über Inge Metzner 1939–1942, wird an der Tür sagen: Deine Tochter hat die anderen Seiten, und gehen, zu Mittag im Hotel essen. Es kann sein, daß Inge in dem kurzen Augenblick an der Tür sie nicht erkennt. Erst im nachhinein wird sich die Erinnerung einstellen. Vielleicht kommt ihr Herz ins Stocken.

Helga Mettusa klingelt. Noch einmal.

Servus. Sie wünschen? Helga? Helga!

Inge tritt auf Helga Mettusa zu, wird größer, Helga Mettusa wird schwindlig, sie umarmt Inge, spürt Wärme durch ihren Körper fließen, zuvor war er kalt, die ganzen Tage schon, sie hält sich an Inge, hört nicht, ob sie etwas spricht. Helga Mettusas Benommenheit bleibt, als sie im Wohnzimmer am Tisch sitzt, sie trinkt einen Schluck Wasser aus einem Kristallglas, das Inge ihr gebracht hat, und versucht zu husten. Sie kann nicht husten. Helga Mettusa atmet ruhiger, trinkt noch einen Schluck, hustet kurz, bemerkt, wie Inges Hand über die ihre streicht: Ich kann es nicht glauben, Helga.

Sie zieht die Hand nicht weg, schließt die Augen, preßt die Lider gegen den Druck in den Augen.

Hättest du doch geschrieben! Wir hätten alles vorbereitet, und der Georg wäre auch hier, hört sie Inge.

Helga Mettusa fühlt sich besser, sie zieht die Hand weg, setzt sich aufrecht, lacht ein wenig, sieht Inge in Lachen ausbrechen, sie stehen auf, umarmen sich, drehen sich dabei, fassen sich an, zupfen an den Haaren, am Rock, drücken die Hände.

Nachdem Inge Wein auf den Tisch gestellt hat und beide sich zugetrunken haben, fühlt sich Helga Mettusa wohl.

Ich kann es nicht glauben. Hätt gestern jemand zu mir gesagt, die Helga kommt, ausgelacht hätte ich den.

Helga Mettusa sieht, wie Inges Augen sie gierig aufsaugen. Sofort ist jedes Gefühl von Leichtigkeit und Bewegung in ihr erstarrt. Sie fühlt sich von der Last der mitgebrachten Blätter in die Länge gezogen, fürchtet zu zerreißen. Schnell muß es nun gehen.

Ich habe dir etwas mitgebracht, Inge. Helga Mettusa sieht nicht mehr in deren Gesicht, ihr Blick haftet auf dem Teppich, während sie vornübergebeugt aus der Handtasche den Umschlag zieht und ihn auf den Tisch legt.

Tagebuch über Inge Metzner 1939–1942. Ihr Gegenüber lacht, dreht den Umschlag: Du hast unsere Jungmädelzeit aufgeschrieben? Unsere Streiche, wenn wir auf Urlaub waren? Sie legt den Umschlag auf den Tisch, verschränkt ihre Arme im Nacken. Da habe ich noch Metzner geheißen. Wie lange das schon her ist. Sie trinkt Wein. Warum ahnt sie nichts, denkt Helga Mettusa, jedes Tier spürt die nahe Stunde seines Todes.

Lies etwas vor, Inge.

Hieraus? Das kennst du doch.

Ich habe es nicht gelesen. Meine Schwiegertochter hat es für dich geschrieben. Ich möchte wissen, ob das gut ist.

Helga Mettusa kann wieder in Inges Gesicht sehen. Gleich wird es fahl und alt werden, zerbröckeln, zerfallen. Ihre Hände, denkt Helga Mettusa, haben sich nicht verändert, sind nicht aufgedunsen oder abgemagert. Ihr Griff in den Umschlag nach den Seiten ist wie ihr Griff von früher, nicht zu schnell, nicht zu langsam, bestimmt und sicher.

Soll ich? Das können wir auch später machen, du bleibst doch hier. Und ich bin allein, der Georg ist noch eine Woche zur Kur. Ich mache uns Mittag.

Nein, bleib sitzen, lies!

Aber schau, leg doch erst einmal deine Sachen ab. Wie du dasitzt. Wie in einer Wartehalle.

Lies!

Na gut.

Helga Mettusa hört die Stimme eines Menschen. Bald wird ihr Heulen alles Menschliche verzerren.

28. Februar. Partisanenkinder angekommen. Inge hat den älteren Handschellen anlegen lassen, das ist sicherer.

2. März. Wir brauchen mehr Kinder. Auch unsere deutschen Mütter erbringten noch nicht genug Geburten.

Helga Mettusa ahnt Inges Blick auf sich.

... Ich geleite meinen ersten Kindertransport nach Wienebüttel. Inge hat ihn zusammengestellt. Durchweg schadhafte... Warum bist du so? Du bist voller Bosheit wie früher.

Helga Mettusa lacht auf: Nun weißt du, warum ich hier bin. Sie schaut auf Inges Hände, die sich an der Tischkante entlangschieben.

Du hast mir geschrieben. Du hast geschrieben, Berthold wäre klumpfüßig, du hast geschrieben, ich hätte ihn...

Ich mußte es tun.

Du bleibst dabei? Berthold wäre ein Krüppel, ein jämmerlicher Krüppel gewesen? Du bleibst dabei, ich hätte ihn abgespritzt? Was hebst du deine Hände vors Gesicht, so hätte Berthold seine Hände gehoben. Ist das die Stunde, in der er starb? Sieh mich an! Warum hast du ihn nach Wienebüttel geschickt, warum!

Weshalb bist du so, Helga, wir sind doch Frauen.

Ja, Mütter sind wir.

Ich mußte es tun. Berthold durfte nicht länger leben. Es muß doch mal vorbei sein. Helga.

Lies weiter.

Du kannst dein Leben nicht im Zorn, im Haß beschließen. Du darfst deine Kinder nicht mit deiner Schuld bedecken.

So warst du immer, am Ende kamst du mit dem Gegenteil. Du willst also dein Leben in Frieden beschließen. Es ist aber nur dein Frieden, und der zählt nicht. Wir haben Bräuche. Unsere Bräuche.

Sei still, ich will nicht mehr mit dir reden, geh!

Gehen soll ich? Angst hast du. Angst hast du immer gehabt, deshalb hast du Berthold weggeschickt, du hast ihn mir geneidet, lange vor der Geburt, du hast nur deine Reitpeitsche und deine Uniform gehabt. Frieden willst du? Es gibt Bräuche, erinnere dich. Ich will deine Tochter.

Annemarie!

Was schreist du?

Was ist mit Annemarie?

Zittere nicht so. Dein Leib zittert, es ist lächerlich. Unsere Leiber haben gezittert, als er zu uns sprach, Globatschnik, wenn er sprach, glühten seine Augen wie die Sonne, erinnere dich: – Unsere neue Rasse ist die verkörperte Energie, die mit höchster Wucht geladen ist, erinnere dich, geschmeidige, hagere, sehnige Körper mit tausend Feuern in den Augen, Überwinder, Stahlnaturen, unser Wollen ist ein geballter, alles vernichtender Feuerstoß. – Du bist hingelaufen, hast ihn umarmt, hast in seine Augen gesehen, erinnere dich, da haben unsere Leiber gezittert.

Hör auf! Annemarie ist krank, und jahrelang haben wir sie gepflegt, der Georg und ich.

Berthold hast du auch gepflegt? Wie hast du ihn gepflegt? Wie die Kinder im Heim, wie die Knaben, deren Kopf du zwischen deine Beine gedrückt hast, und wenn sie es nicht richtig machten, hast ihnen ins Gesicht geschlagen, so lange, bis sie es konnten. Und gebrüllt dabei: Merk dir das! Merk dir das! Wurde Berthold so gepflegt? Oder hast du ihn dir beiseite geschafft, lebt er noch, verkauft?

Schweigen.

Der Wein ist gut, Globatschnik. Wir wollen singen, uns bewegen. Wer nicht singt, ist kein guter Mensch, hast du immer gesagt. Im Grunewald, im Grunewald ist Holzauktion, ist Holzauktion. Sing mit, Globatschnik, oder gefällt dir das

Lied nicht mehr? Wir können es beide tun, das Werk, das auf uns gekommen ist, du hilfst mir.

Teufel!

Fett bist du geworden, Globatschnik, früher waren deine Hüften schlank, wir haben dich alle darum beneidet. Und diesen schlechten Namen, wo hast du den her?

Du bist ein Teufel!

Meine Ehre heißt Treue, erinnere dich, Blut zu Blut. Wir können es beide tun. Wenn Annemarie tot ist, wie Berthold, hast du Ruhe.

Der Georg ist nicht da. Zur Kur ist er. Der Georg würde dich erschlagen, so wie du dasitzt.

Helga Mettusa lacht vor sich hin, lacht aus vollem Hals, sieht Inge in hellem Kleid mit großem Blumenmuster, die Haare hochgebunden. Inge geht rückwärts in die Zimmerecke. Helga Mettusa hört auf zu lachen.

Was stehst du in der Ecke, willst du mich mit deinen Kakteen erschlagen?

Ich habe Unrecht getan.

Unrecht!

Ich will zu Gott beten, er soll mir vergeben, er möge mir mein Seelenheil wiedergeben. Jahrelang haben der Georg und ich kranke Kinder gepflegt, wir sind arm, wir haben alles den Waisenkindern gegeben, der Georg ist immer noch Hauswirt im Waisenheim. Unsere Tochter ist krank, wir haben es nicht als Strafe angesehen. Sie soll nur wieder gesund werden. Das ist der Lohn für das Gute. Du mußt doch vergeben können!

Der Georg ist dein guter Hirt?

Ich habe geglaubt, du bist gekommen, damit...

Ich war vorhin bei deiner Tochter in der Schubertstraße. Deine Hauswirtin hat mir gestern gesagt, wo sie wohnt. Sie hat die anderen Blätter. Sie wird sie dir vielleicht vorlesen.

Nein.

Vielleicht heilt dein Gott auch deine Tochter, wenn sie erfährt, wer du bist.

Das hast du nicht getan.

Helga Mettusa sieht, wie Inge langsam, an den Schrank gelehnt, zu Boden sinkt, in der Ecke hockt wie ein kleines Kind. Sie steht auf und geht.

III Marita

... unser Anteil am Irrtum, der ist ja gesichert, aber unser Anteil an einer neuen Wahrheit, wo beginnt der?

Ingeborg Bachmann,
Frankfurter Vorlesungen

Der späte Sommer hat durchgeatmet, Regen über Nacht. Die Luft am Morgen hart und rein. Marita steht am Fenster, ihr Blick geht über das Dach des gegenüberliegenden Hauses in den Himmel. Wolken ziehen, von der Sonne erleuchtet, ins Blaue, barocke Wolken, gigantische Berge, Titanen, deren luftige Gewänder golden glänzen. Herausgeschleuderte Wolkenfetzen lösen sich auf. Bleibt der Mensch, die unvollkommene Gattung.

Marita sieht jemanden am Fenster gegenüber. Sie kennt ihr Gegenüber flüchtig: kurzes strähniges Haar, blaß das Gesicht und nur von unterlaufenen Augenrändern betont. Der Mann bleibt im Dunkeln, trotzdem erkennt Marita seine Umrisse. Man muß erst krank werden, denkt sie, um die Nachbarschaft kennenzulernen. Mittags gehen die Nachbarn von gegenüber einmal die Straße auf und ab, bleiben vor parkenden Autos stehen, treten einen Schritt zurück, zeigen auf verschiedene unscheinbare Stellen, aufs Dach, auf die Motorhaube, treten an ein Auto heran, tasten über das Dach, die Motorhaube, wiederholen ihre Bewegungen am nächsten Fahrzeug. Jeden Tag das gleiche, als entdeckten sie stets neue Wunder. Manchmal schüttelt der Mann den Kopf, nimmt seine Hornbrille mit den dicken Gläsern ab und erklärt seiner Frau mit Handzeichen. Konrad hat gesagt, der sei ein pensionierter Richter. Er hält die Frau unterm Arm wie ein Bündel Akten, scheint es Marita.

Konrad will zum Mittag kommen. Marita geht in die Küche und sieht nach dem Essen. Es muß noch kochen. Die Langsamkeit der Zeit schmerzt Marita. Sie fegt wieder den Teppich in ihrem Zimmer, zieht die Uhr auf, deren Feder sich nur unmerklich gelockert hat, nimmt die vom Arzt verordnete Tablette zur Beruhigung ein, wischt über die Fensterbank, sieht wieder in die Ferne und hört ganz in der Nähe Kinderstimmen. Wie von unsichtbarem Zauberstab berührt, öffnet sie das Fenster, sucht die Kinder, als ob Sehen sättigt. Auf dem Nebenhof spielen zwei Jungen. Der größere von beiden sitzt in seinem grünen Tretauto, das im Kies steckt. Trotz heftigen Tretens und Schwungholens mit dem Oberkörper rührt sich das Auto nicht von der Stelle. Der Kleinere bindet mit einem Band seinen Kipper vor das Tretauto, in dem der andere sitzen bleibt, zieht rückwärts in der Hocke am Kipper. Los, mach schon, ruft der Ältere drohend. Vor dem Kipper hockend, versucht der Kleine es wieder, Marita sieht, wie sein Gesicht vor Anstrengung rot anläuft, während der Ältere, ein dickfelliger Bursche, in närrischem Stolz Nalosnalos ruft. So keimt der werdende Mann, denkt Marita. Der Kleine, noch munter vor sich selbst, versucht abermals seinen Kipper zu ziehen, springt auf, gerät aus dem Gleichgewicht in eine verwegene furchtvolle Stellung, das muß auch der Ältere so empfunden haben, bemerkt Marita, er duckt sich, dann ruft der Kleine: Das sag ich alles Mutti.

Marita geht in die Küche, sieht nach dem Essen, hört Schritte vor der Wohnungstür, aber es ist der Sohn von den Nachbarn, der aus der Schule kommt. Erstaunlich, welche Auskünfte Geräusche im Treppenhaus über die Bewohner geben; der alte Hauswirt, ruhig, leise Stufe für Stufe steigend, nie ein lautes Wort im Treppenhaus oder gar ein Gespräch auf dem Treppenabsatz. Seine Frau dagegen mit festem Schritt und harten Schuhsohlen. Marita nennt sie Frau Korporal. Die Nachbarin, die nur Spätschicht macht, pfeift zweimal wie ein Kuckuck, wenn sie kommt: Warnsignal für den Sohn, die letzten Spuren eines möglichen Ärgernisses aus dem Weg zu räumen. Laut wird es, wenn der Sohn von den Nachbarn die Treppen hinunterpoltert und die Hauswirtin im Mittagsschlaf gestört wird. Ins Getrampel fällt dann ihr bellendes Schimpfen. Und Konrads Schritte? Konrad.

Seinen schönen Körper hat er nach und nach willig preisgegeben, denkt Marita, allmählich auch die winzigen Stellen einer Peinlichkeit oder lästigen Berührens. Aber sein Denken hat er nach und nach vor jedem Zutritt vermauert, verborgen hinter schweigenden Augen. Welche Gewalt hat sie ihm angetan, daß er sich im Ausliefern verschließt?

Marita möchte jetzt frieren, damit Konrad sie wärmt, oder Federball mit ihm spielen, etwas Leichtes bewegen. Die Nähe des Nächsten macht fremd.

Bei der Trennung vor einigen Wochen fiel das Wort Trennung nicht, sie waren sich über, es fehlten die Worte, alles schien unnütz. Konrads Zimmer in der Stadt hat sie nie gesehen. Zweitausend Stunden hat sie auf ihn gewartet in der leeren Wohnung voller Gegenstände. In die Tasse geschaut und Milch vorbeigeschüttet. Tage taglos. Zeitungen in der Hand und kein Wort lesen können. Als endlich Konrad kam, so ganz unerwartet zurückkam, war alles gewöhnlich und reibungslos. Er stellte seine Koffer in den Flur, und sie ist mit Rosa in den Vortrag gegangen. Das Glück, wo ist das Glück im Menschen? Die Frage stellt sie sich nicht erst seit Konrad, aber seine Antwort darauf, so völlig gegen ihre Erwartungen, kann nicht auch ihre Antwort sein. Nicht Scheitern und Einsamkeit aus Liebe, Marita dachte im Scheitern und in der Einsamkeit: Glück, die eigenen Grenzen, die zum Alleinsein nötigen, aufheben im Suchen nach Öffnungen im anderen. Und weiter darin vordringen. Dazu reicht ein Leben nicht. Reicht Liebe nicht. Trennung nicht. Die andere Möglichkeit: Als Konrad auszog, endlich auszog, und Marita in der Wohnung tat, was sie immer tat – nähen, Fenster schließen, über den Fellbezug der Rückenlehne streichen, wenn sie am Sofa vorbeiging, vor sich die langen Sonntage, wie die langen Wochentage, nur noch länger ohne die Arbeit in der Weberei – da kamen ihr Vorstellungen von den Möglichkeiten des eigenen Lebens. Keine Rücksichten mehr nehmen, in keinem Zugzwang mehr stehen, und in Versuchung geratene Gedanken tummelten sich in Worten wie: hätte, wäre, könnte.

Marita sucht die Kette der Schwiegermutter. Sie leert das Schmuckkästchen auf ihren Spiegeltisch. Ringe, Ketten und Anhänger bilden ein unentwirrbares Geschlinge, einzelne Perlen rollen über den Tisch, Marita hält ihre Hand an die Tischkante, die Perlen rollen in eine andere Richtung. In der letzten Nacht hat sie es gewollt, Konrad sollte sie schützen, mit ihr schlafen, sie hat es erzwungen; ihm kam es zu früh, ihr überhaupt nicht. Die Beklemmung war doppelt.

Marita hört vom Hof wieder Rufe der Kinder, diesmal scheinen sie lustigerer Beschäftigung zu entspringen, vielleicht spielen sie mit einem Ball.

Marita stößt lose Perlen über die Tischplatte, die am Spiegel zurückprallen. Die Tabletten machen sie schläfrig. Bald wird sie die nicht mehr brauchen, mit jedem Tag fühlt sie sich besser. Zunächst hatte sie die Furcht vor der Gewöhnung an Leid. Es leidet jeder irgendwie. Was ist mein Leid gegen das von Katharina Wichowski, denkt Marita. Wie mochte sie ausgesehen haben? War sie noch ganz jung? Haben das tränenunterlaufene Gesicht und die strähnigen Haare sie alt gemacht? Behielt sie ihren Stolz beim Verlernen der Sprache, nur noch unverständlicher Äußerungen fähig, dumpfer tierischer Laute? War sie sich ihrer Lage im Isolierzimmer bewußt?

Marita rollt eine Perle zwischen den Fingerspitzen. Katharina Wichowski könnte ihre Schwester sein. Sie selbst könnte

Katharina Wichowski sein. Marita läßt die Perle fallen. Wieder der würgende Krampf vom Magen her, sie krümmt sich, stößt auf, es schmeckt süßlich nach Tabletten. Alles verliert seinen Reiz, Ketten, Ringe, die Kinderrufe auf dem Hof.

Marita legt sich ins Bett.

Konrad kommt aus der Wohnung seiner Mutter.

Bei der Semmling hat er sich der eingetretenen Tür wegen entschuldigt, zeigte sein Werkzeug, und die Semmling erlaubte ihm, die Tür zu reparieren. In der Wohnung DER FRAU atmete Konrad abgestandene Luft, lähmende Luft, die er als den zurückgelassenen Geist DER FRAU empfand. DIE FRAU könnte in der Wohnung sein, er aber könnte mit seiner stumpf gewordenen Wut und den scharfen Werkzeugen ihren Körperpanzer nicht durchdringen, er kann nur die Tür wiederherstellen. Ein neues Brett für die Scharniere mußte im Türrahmen eingefügt werden. Wieder eingehängt, schleifte die Tür, Konrad mußte an der Unterseite hobeln. Als er fertig war, verschloß die Semmling die Wohnung, Konrad wollte noch etwas zu ihr sagen, doch er unterließ es, als er ihr hilfloses Gesicht sah, an dem alles abprallen würde, und ging. Morgen kommt Frau Mettusa, hört er beim Verlassen des Hauses.

Auf dem Weg in die Schmiede, wo Konrad sein Werkzeug ablegen wollte, traf er Franz Moldenhauer. Ausweichen, übersehen, ging es ihm durch den Kopf, doch es war zu spät, ihre Wege führten aufeinander zu.

Wie geht es Marita?

Konrad glaubte beflissene Höflichkeit zu hören. Er war sofort zornig.

Das mußt du doch besser wissen, du hast sie doch in die Sache reingetrieben.

Bitte?

Du hast ihr doch das Sütterlinzeug beigebracht, damit sie das Tagebuch abschreibt.

Wollen wir nicht in Ruhe reden?

Ich will überhaupt nicht mit dir reden.

Konrad ging weiter. Scheinheiligkeit, stinkende, dachte er. Moldenhauer hat Maritas Zusammenbruch verschuldet. Eine Zeit wird Marita noch unter dem Schock leiden, hat der Arzt zu ihm gesagt, und auch das wird Moldenhauer bedacht haben, alles spricht gegen ihn. Konrad hört es, ob er will oder nicht, wenn Marita nachts vom Isolierzimmer, von Katharina Wichowski und immer wieder von Franz Moldenhauer redet, nach ihm ruft, als stünde er hinter allem.

Konrad legte das Werkzeug ins Konto und ging nach Hause.

Geruch von angebranntem Mittagessen schlägt ihm entgegen, als er die Tür öffnet. In der verqualmten Küche nimmt er den Topf vom Herd, lüftet, sieht nach Marita, die schläft. Er setzt sich zu ihr, streicht ihr übers Gesicht, gibt ihr einen Kuß auf die Wange. Marita fährt erschrocken aus dem Schlaf. Wollt ihr mich holen? ruft sie hastig und braucht lange, um sich an Konrads Gesicht zu gewöhnen.

Zieh dich an, Marita, wir gehen essen.

Ich habe uns doch was gemacht.

Komm, ich lade dich ein.

Konrad hilft ihr beim Anziehen. Langsam gehen sie durch die Straßen Richtung Busplatz, der sich fast menschenleer zeigt. Die Ampeln sind abgeschaltet, Kinder, die aus der Eisdiele kommen, laufen neben der Ampel über die Straße. Vor dem alten Hotel Bismarck, in dem nun die Einsatzzentrale der Busfahrer ist, wird ein Geländer zwischen Fußweg und Straße rotweiß gestrichen. Konrad sieht, wie immer, wenn er über den Platz geht, auf die verwitterte Losung am Balkon des einstigen Hotels.

Aber nicht in Ernas Rache, hört er Marita sagen.

Die haben gar keinen Mittagstisch.

Konrad bringt sie zur Alten Residenzstube hinterm Busplatz. Die Garderobe wird Marita abgenommen, der Oberkellner führt sie an einen Tisch, reicht Marita die Karte, Konrad sieht auf die abgewetzten Ärmel des Kellners. Er beobachtet Marita, die sich wohl zu fühlen scheint. Sie verhehlt ihren Appetit nicht. Lediglich vor Geselligkeit sucht sie sich zu schützen, sie verteilt ihre Sachen auf die Stühle am Tisch so, als wären sie besetzt, blickt dann unbefangen nach den anderen Gästen im Raum.

Bei der Rückkehr werden sie vor ihrer Wohnungstür von Rosa und Kurt erwartet.

Schön, daß ihr gekommen seid, sagt Marita.

Kurt muß sich abreagieren, weil sein Fußballverein wieder verloren hat.

Was du redest, Weib.

Sie setzen sich ins Wohnzimmer. Konrad bemerkt Rosas Angriffslust, der bald Ausfälle gegen ihn folgen werden.

Warum gehen wir nicht auf den Balkon, Marita, oder glaubt Konrad, man guckt ihn weg.

Konrad steht auf: Ich mache uns Kaffee.

Kurt folgt ihm in die Küche.

Ist Marita über den Berg?

Am Schock wird sie noch eine Zeitlang leiden, sagt der Arzt.

Alles wegen deiner Mutter? Ich habe nicht gewußt, daß Marita so an ihr hängt. Vielleicht ist es besser, sie geht nicht zur Beerdigung.

Welche Beerdigung?

Dein Gefrage ist nicht komisch.

Konrad umklammert die Kaffeemaschine, als hielte er sich

daran fest. Sie ist nicht tot, sagt er leise. Ich habe ihre Todesanzeige in die Zeitung gesetzt, weil –

Sag nicht, Marita hatte deshalb ihren Zusammenbruch.

Von der Anzeige weiß sie nichts.

Bist du übergeschnappt? Wenn du mit deinem Leben nicht zurechtkommst, schlimm. Aber was willst du von Marita? Kannst du nichts anderes als sie kaputtmachen?

Konrad sieht Kurt nach, hört Türenschlagen. Er trägt den Kaffee ins Wohnzimmer, zündet die Kerze auf dem Tisch an.

Warum ist Kurt weggegangen? fragt Rosa.

Ich gehe in den Keller, sagt Konrad.

Marita freut sich auf Rosa, lacht ihr zu: Na?

Letzte Woche habe ich einen Schlosser kennengelernt. Heiligabend hat er Geburtstag.

Bist du verliebt?

Fünfundzwanzig ist er. Da muß man verliebt sein. Er hat schöne Zähne, einen schönen Mund, eine sanfte Stimme. Rosa pustet ins Kerzenlicht. Am stärksten ist er, wenn er schweigt. Sein Schweigen ist so sinnlich. Ich bekomme Gänsehaut. Ich kann nachts nicht schlafen. Ich bin aufgeregt wie mit dreizehn. Ist das nicht schön?

Wie lange mag das gehen, Rosa?

Mit solchen Fragen zerredest du alles. Es geht, solange die Liebe reicht. Ich mache keine Planwirtschaft. Ich möchte mich bis ins Alter verlieben können. Immer wieder neu. Ich kann Frauen nur bedauern, die Männer sein wollen, die Zwitter sind, Anhängsel, die sich abtöten. Ich bestehe nicht nur auf dem Unterschied zum Mann, wir müßten ihn gehörig verstärken.

Das muß nicht jede Frau wollen.

Bist du zufrieden, wie du mit Konrad lebst? Verwechsle Zweckgemeinschaft nicht mit Glück.

Sie sehen sich an, Rosa holt aus ihrer Tasche Zeitschriften. Neues von der Mode. Marita blättert.

Ich glaube, Konrads Briefe sind doch an seinen alten Freund gerichtet. Kurt sagte damals, der Freund wäre nur ein Vorwand, aber Konrad ist bislang allem ausgewichen, was die Sprache auf seine Briefe bringt. Er schämt sich.

Wenn es diesen Freund gibt, ist er ein noch größerer Scharlatan als Konrad. Gibt es nichts, um die Glaubhaftigkeit dieser Briefe zu prüfen? Wenn es Erfindungen Konrads sind, läufst du Märchen nach.

Erfindungen? Ein fremdartiger Blickwinkel. Das Tagebuch der Schwiegermutter mochte Erfindung sein, ein Geflecht tückischer Hinterhalte, deren Zusammenhang sie bis heute nicht durchschaut. Aber Konrads Briefe? Dort ist von ihr die Rede, von der Wohnung, von seinen Wanderungen, glaubhafte Hinweise zuhauf. Es gibt diese Klosterschule, sagt Marita, Klosterschule oder Waisenheim, ich erinnere mich nicht mehr genau. Waisenkinder leben dort in einem Schloß und werden von Nonnen erzogen. Konrad war als Ferienkind dort und schrieb darüber in einem Brief.

Das ist gut, Marita. Du gehst in die Klosterstraße und fragst, ob und wo die Gemeinde ein Waisenheim hat. Du fährst hin und siehst dir alles an.

Meinst du?

Du mußt zugeben, daß deine Lage recht seltsam ist: Konrad ist im Keller und schweigt sich aus, du mußt durch die Gegend ziehen, um herauszufinden, ob es Erfindung ist, worüber er nicht spricht. Dir bleiben nur Fragen.

Rosa winkt mit der Zeitschrift, steht auf, um sich zu verabschieden.

Marita trägt das Geschirr in die Küche, sieht vom Hoffenster in den Garten des Nebenhauses. Freitags wird dort gefeiert.

Vom Grill steigt bläulicher Rauch auf, angeheiterte Männer singen: Es saßen die alten Germanen zu beiden Ufern des Rheins... Juchurufe von Frauen dazwischen, die Kinder singen zu hoch oder zu tief hinterher.

Marita wird wieder übel. Sie geht langsam ins Wohnzimmer. Einatmen. Schritt. Ausatmen. Schritt vor Schritt.

Helga Mettusa kommt abends aus Wien. Einen Tag hat sie gewonnen, so gut, wie sich dort alles fügte. Der Taxifahrer trägt ihren Koffer bis vor die Wohnungstür.

Daß das Schloß der Wohnungstür schwer schließt, bemerkt Helga Mettusa sofort. Als hätte sich die Tür verzogen. Wehe, wenn die Semmling mit ihren Schlüsseln in der Wohnung war. Die Semmling ist unstillbar neugierig. Doch die Schlösser in der Wohnung schließen, wie sie es kennt. Auch der Code ist unverändert, das Wohnzimmer zweimal, das Schlafzimmer einmal, die Küche einhalbmal verschlossen. Sie wäscht sich die Hände, öffnet das Fenster, setzt Wasser auf, packt den Koffer aus, legt frische Wäsche zurecht und wäscht sich gründlich in der Küche. Scheußlich die klebrige Haut und die durchgeschwitzten Sachen. Dann geht sie ins Bett.

Wie gewohnt steht sie um acht auf, geht zum Bäcker, holt sich vier Brötchen. Der Tag wird ablaufen, wie sie es sich während der Bahnfahrt überlegt hat. Sie weicht die Wäsche ein, läßt sie kochen, macht sie rein von Wien, von Inges Wohnung, von Inges Worten, von Inges Jämmerlichkeit. Dann rückt Helga Mettusa Kühlschrank, Tisch und Stühle von der Wand, wischt mit der Waschlauge den Fußboden, die Fußleisten, sie hat die dreckigen Fußleisten in Inges Wohnung gesehen, wischt den Ölsockel, stellt sich Inges Speisekammer vor, räumt ihre Speisekammer aus, spült Töpfe und das Geschirr, ordnet die Zeitungen, mit denen die Regale in der Speisekammer ausgelegt sind, liest Überschriften aus Zeitungen: Höchster Turm im Herzen Europas. Reichsminister Ohnesorg eröffnet den neuen Deutschlandsender. Panzerbastionen schützen den Rhein. Deutsche Kolonien sind deutsches Eigentum. An den Faltstellen des Völkischen Beobachters ist das Papier brüchig. Helga Mettusa drückt die Zeitungen dort mit Reißzwecken fest. Feucht und nach Desinfektionsmittel riecht die Küche. Sie ist zufrieden, ist rein, zieht sich nach der Arbeit eine weiße Bluse an. Gegen elf kommt die Semmling und fragt nach dem Einkauf. Helga Mettusa bestellt und fragt, warum die Wohnungstür derart klemmt. Helga Mettusa achtet auf die Semmling, die wegsieht, nur den Türknauf umfaßt.

Es war jemand da. Der wollte rein. Gegen die Tür hat er getreten. Ein Betrunkener gewiß.

Haben Sie ihn gesehen?

Ein wenig, ich habe ihn nur weggehen sehen, ein junger Mann mit Locken. Aber er war sicherlich betrunken.

Helga Mettusa sieht der Semmling nach, gar nicht verwundert, gar nicht überrascht. Nur Marita wußte von ihrer Reise. Sie wird erzählt haben, geplappert – junger Mann, Locken. In ihrem Blick laufen Gestalten. Hat Konrad Locken? Es ist ihr gleichgültig, ob er Locken hat. Sie geht auf den Boden, blickt durch die geöffnete Dachluke, streicht über die noch klamme Wäsche, die gut riecht, gute Seife hat sie beim Waschen genommen. Nicht jede Seife eignet sich, um schon durch Geruch ein Wohlbehagen zu wecken. Lange mußte sie Seife prüfen, bis sie die geeignete fand. Und diese, so scheint ihr, wird erst durch langes Liegen vorzüglich. Vielleicht sollte sie der Semmling für ihre Mühen eines der übriggebliebenen Paßbilder schenken. Freilich ohne Widmung. Sie hatte vom Führer ein Bild mit Widmung. Verbrannt vom Jammerlappen, von dem sie sich heiraten ließ. Aber wer will Falsches vorhersagen, bevor er es macht. Helga Mettusa schließt die Dachluke und geht langsam in die Wohnung. Noch einmal von vorn anfangen können. Zweierlei würde anders: Sie würde nicht mehr warten, sondern den Augenblick beim Schopfe packen und losmarschieren. Marschieren. Und keinem mehr außer sich selbst trauen. Als hätte Siegfried soeben zu ihr gesprochen.

Helga Mettusa hört die Semmling die Treppe heraufkommen. Das braucht Zeit, die geht ohne Last schon langsam, denkt sie. Vor der Tür nimmt sie der Semmling die volle Tasche ab. Das Leben ist eben nicht zur Lust da, sagt sie, aber die Semmling atmet nur schwer. Helga Mettusa breitet auf dem Küchentisch den Einkauf aus, Schinken, Brot, Butter, Milch, Beutelsuppe und die teuren Büchsen mit dem guten Fleisch und Fisch. Sie öffnet die Büchsen, riecht an Fleisch und Fisch, entnimmt wie immer den Büchen einen Löffel voll, probiert, nickt. Aber vertrag ich nicht, zu scharf, und gibt wie immer der Semmling die Büchsen, und die Semmling nimmt sie stumm.

Am Nachmittag steht, wie an jedem 17. des Monats, alles andere zurück. Helga Mettusa geht in die Stadtsparkasse, hebt das monatliche Rentengeld ab. Sie läßt sich von der Unruhe im Schalterraum nicht darin beirren, den Kontoauszug mit den Zahlen ihres kleinen roten Büchleins zu vergleichen, in dem alle Einnahmen und Ausgaben vermerkt sind. Sie rechnet die für Miete, Zeitung, Gas und Strom abgezogene Summe zusammen, vergleicht den verbliebenen Saldo mit den Zahlen ihres Büchleins, die keine Unstimmigkeiten ausweisen. Neonlicht spielt ihr verschiedene Ziffern auf dem Kontoauszug vor, und die Frau fährt jede Ziffer mit der Unbestechlichkeit eines Zeitlosen nach. Die Wienfahrt hat ein Loch von insgesamt fünfhundertsiebzig Mark hinterlassen. Durch die stets gleichbleibenden Einnahmen wird sich das Loch nicht auffüllen, denkt sie. Die fünfhundertsiebzig schmerzen nicht, wie es auch dreitausend Mark nicht tun würden, hätte sie soviel ausgegeben. Aber sie hat sich an den gleichbleibenden Betrag auf dem Konto gewöhnt, es war bislang ein leichtes, die vertrauten Zahlen monatlich zu prüfen. Sie wird Stunden brauchen, um alles auf diese abgezogenen fünfhundertsiebzig Mark zu berechnen, mit dem Ergebnis hat dann auch der neue Auszug der Bank übereinzustimmen, oder es liegt dort ein Fehler vor.

Wieder in der Wohnung, bereitet sich Helga Mettusa eine Fruchtsuppe mit frischen Kirschen, aus denen sie zuvor die Steine entfernt hat. Danach geht sie in die Dachkammer, sieht in den müde werdenden Tag. Es wird Zeit, daß die Schwiegertochter wiederkommt. Marita muß wiederkommen, nachdem ihr ein Blick in das verborgene Geheimnis einer Höhle, einer vergangenen Zeit, gewährt wurde. Süchtig geworden, wird die Schwiegertochter vom Isolierzimmer und Inges Mißhandlungen an den Kindern wissen wollen. Wird Marita sich dann noch eines adoptieren wollen, so wird es ein Bastard sein, keine Auslese. Vielleicht eines, das zu ihrer Zeit nach Wienebüttel geschickt worden wäre, allerdings nicht, bevor Inge an diesem Kind ihren Spaß gehabt hätte. Sie wird der Schwiegertochter von der Bestie Inge erzählen, damit sie gewarnt ist vor den Menschen. Mag Marita auch Konrad mitbringen, soll er seine Fragen stellen, Helga Mettusa wird nachsichtig sein, ohne Spott, ohne ihn zu drangsalieren, wird ihn nicht vor Marita bloßstellen, soll er seine abgestandenen Ängste –

Helga Mettusa kommt der Gedanke, eines ihrer drei Kaffeeservice zu verkaufen. Sie gebraucht nicht eines, was soll sie mit dreien? Schon immer hat das Geschirr Platz im Büfett gefordert. Fünfhundertsiebzig Mark, nicht mehr und nicht weniger will sie dafür haben.

Helga Mettusa geht in die Wohnung, räumt aus dem Büfett ein Service, stellt es auf den Tisch, prüft die Vollzähligkeit, den

Klang jedes Tellers, jeder Tasse, die Unversehrtheit des Markenzeichens, KPM in blauen Buchstaben, trägt es dann in die Küche und wäscht es ab. Sie ist zufrieden. Bald aber stört eine Unzufriedenheit, ein unreiner Ton, der sich Gehör verschafft: Wie soll sie das Service verkaufen, an wen? Die Schwiegertochter und die Semmling könnten es kaufen. Albern, sagt sie laut und hustet kurz. Helga Mettusa steht eine Weile vor dem Geschirr, und es verliert jeden Reiz, wird Ballast, den es abzuwerfen gilt. Sie könnte eine Anzeige in der Zeitung aufgeben. Nein, ist sie ein ramschender Jude, Geschirr gegen Brot, wie in Notzeiten – ihr Name wird unter keiner Bittschrift stehen.

Helga Mettusa geht zur Semmling, die führt sie ins Zimmer. Den gehorsamen Blick und die Lauheit der Semmling, ihr vorzeitig verwittertes Gesicht, ihre Zerfahrenheit nimmt Helga Mettusa mit Unbehagen wahr; es entspricht nicht gesundem Volkstum.

In der Not frißt der Teufel Fliegen, sagt sie, und ohne Semmlings Verhalten abzuwarten: Ich möchte Sie um eine Gefälligkeit bitten. Setzen Sie für mich diese Verkaufsanzeige in die Zeitung. Sie wartet, bis die Semmling den Zettel gelesen hat. Mir wäre lieb, wenn in der Anzeige Ihr Name erscheint. Sie legt zehn Mark auf den Tisch und geht.

Als die Frau in ihre Wohnung kommt, knallt die Küchentür zu, und das angelehnte Wohnzimmerfenster fliegt auf. Ein Luftzug. Unsichtbar, hinterhältig.

Marita sitzt wieder in ihrem Büro. Rosa kommt, sie zum Essen abzuholen, aber Marita will im Zimmer bleiben.

Warum willst du hier rumsitzen?

Ich will nur sitzen.

Wieso läßt du dich gesund schreiben, wenn es dir noch nicht gut geht?

Marita ist angefüllt mit Konrad, obwohl sie seinem Wesen mit keinem Schritt näherkommt. Als stimmten ihre Vorstellungen von seinem Leben nicht. Oder liegt es an ihr, ist sie die Ausnahme, die Ursache? Versteht es Rosa besser, mit Glück umzugehen, ist Rosa zur Gegenseitigkeit mehr erzogen? Marita dreht sich auf ihrem Stuhl. Dreht sich im Kreis. In der Mitte steht Konrad, der geschrieben hatte, er habe sie geschlagen. Im Kreis steht ihre Schwiegermutter, felsenfest. So fest, so ein Felsen sein. Marita ist kein Fels. In ihrer Erinnerung dreht sich Katharina Wichowski, sie zerfliegt an den Wänden wie die anderen Mädchen in den Bunkern und die Kinder der Abteilung II. Marita hört auf, sich zu drehen. Das Wort Schuld kommt ihr ins Bewußtsein. Sie kaut auf dem Wort wie auf einer fremden Frucht. Bei wem hat sie Schulden, wer bei ihr?

Jetzt müßte Rosa kommen und sie zum Essen holen. Etwas Süßes müßte es geben.

Marita arbeitet eine Stunde, zwei, dann fallen ihr die Zahlen aus dem Kopf, und sie verläßt das Büro. Sie geht zum Langen See, dorthin, wo sie sich mit Konrad an Rosas Geburtstag liebte. Ein wunderbarer Regentag. Die Erinnerung davon liegt tief. Tief klingen ihre Schritte in der Zeit, in der Landschaft, die ohne harte Brüche ist. Am Langen See pflückt sie Kornblumen, Jungfer im Grün und legt sich mit singendem Atem ins Gras, das riecht.

Selbstvergessen schlendert sie nach Hause, steckt die Wildblumen, weil sie kein anderes Gefäß findet, in die Bodenvase neben der Kommode.

Als Konrad im Zimmer steht, sucht er riechend. Ein schöner Strauß.

Marita verschränkt ihre Hände hinterm Kopf. Den habe ich vom Langen See.

Warst du alleine, fragt er tonlos.

Ja.

Wieder, denkt Marita. Gibt es nirgends Ruhe, in keinem Wort, in keiner Blume, in keiner Vergangenheit?

Das beste, du vergißt, Marita. Vergessen, dann ist es nie gewesen.

Marita sieht ihn an.

DIE FRAU ist Gewalt, die in allen Dingen steckt. Gewalt ist in jedem Menschen, wie Liebe. Das ist so. Aber DIE FRAU ist nur Gewalt.

Marita sieht auf die Blumen. Gewalt. Kann sie vergessen, daß sie im Isolierzimmer war, nächtelang eingesperrt, vergessen, was sie weiß? Marita geht ans Fenster, und die von gegenüber steht am Fenster.

Vor zwei oder drei Wochen bin ich mit unserem Schmied unterwegs gewesen. Wir haben Rostschutzfarbe gekauft. Als wir in die Bergstraße kamen, stand mitten auf der Straße ein Handwagen, und ein halb Dutzend Kinder hatte sich dahinter verschanzt. Auf dem Bürgersteig standen vor dem Altstoffladen einige Frauen mit Kisten und Besen in den Händen. Die Kinder warfen wie wild mit Flaschen und Papierbündeln nach den Frauen. Eine Frau bekam einen Jungen zu fassen und zerrte ihn an den Haaren durch die Glasscherben. Seine Beine und Hände haben geblutet. Ich kenne die Alte, ihr gehört der Altstoffladen, sie ist sonst ruhig. Der Schmied ist aus dem Auto gesprungen, wollte die Kinder verscheuchen, da haben die Kinder uns beworfen. Eine Straßenschlacht. Sie warfen ihren Handwagen um. Dem Schmied flog eine Flasche gegen die Schulter, er lief dann auf die Kinder zu und hätte ein Mädchen kaputtgeprügelt, wenn ich nicht dazwischengegangen wäre. Er hat ihr ins Gesicht geschlagen, wieder und wieder, aber das Mädchen schrie nicht. Es lag nur da und hat vor Angst gestunken.

Trommenschrill, Feuerwild, denkt Marita, natürlich, sie war doch dabei, stand ganz dicht, hat alles gesehen.

In jedem Menschen ist Gewalt. Und wenn an einen ganz bestimmten Nerv gerührt wird, explodiert etwas in uns. Warum gäbe es sonst Gesetze?

Ganz dicht stand sie daneben und hat alles gesehen. Marita wird unruhig, so war es nicht, will sie sagen, von wegen Straßenschlachten, zwei, drei Gläser zerschlugen die Kinder aus Trotz oder Übermut. Marita geht vom Fenster, dreht die Blumen in der Vase.

Schrieb er in seinen Briefen nicht auch von Gewalt, realisierte er nicht wie ein hochempfindliches Gerät auf Gewalt? Er wollte sie schlagen, und die Schwiegermutter wollte sie schlagen, wie sie Konrad schlug. Marita hat das Bedürfnis, sich gewaltig frei zu machen von dem Druck, der sie umgibt, die Bluse aufknöpfen, ausbrechen, fliegen, ja, fliegen.

Es gibt kein Bedürfnis nach Gewalt im Menschen, sagt sie trotzig. Sie fühlt Konrads Blick im Rücken.

Hast du noch nicht genug? Was muß noch passieren, bis du zur Vernunft kommst? Oder war dein Franz Moldenhauer hier und hat dir erklärt, daß Gewalt nur Spuk und Einbildung in den Köpfen von Verkrachten ist?

Konrad hatte auf einen gemütlichen Spätnachmittag mit Marita gehofft, aber schlagartig ist ihm ihre Stimme, ihr Gesicht über. Er zieht sich an, geht in die Schmiede, schließt Werkstatt und Kontor auf, beginnt dann, die Hecke auf dem Hof der Schmiede zu schneiden. Abgeschnittene Äste wirft er über die Hecke in die Böschung mit dem Bauschutt der Jahre, leeren Farbdosen, Autoreifen, verbeulten Eimern. Unwahrscheinlich kommt es ihm nun vor, daß Marita, als er gestern auf nichts gefaßt vom Wandern kam, sagte: Alles an dir ist Mittelmaß. Du machst nichts, bist willenlos. Und ich kann dabei nicht weiter.

Völlig unverhofft kam das, es waren auch nicht die alten Fremdheiten zwischen ihnen.

Laß mir Zeit, hat er geantwortet, als wäre er einverstanden, als könnte Marita helfen. Und vorhin, als er einen Anfang, ein Zeichen, ein Gespräch ermöglichen wollte, kam sie in erbarmungswürdiger Unbeholfenheit mit unsinnigen Sprüchen.

Mittelmaß. In ihrem Zimmer hat er Broschüren und Hefte von irgendeinem Arbeitskongreß liegen sehen. Großartiges, Neues forderten fett gedruckte Zeilen. Sie liest die Broschüren, er liest sie nicht, deshalb ist er Mittelmaß. So einfach macht sich das die Frau und glaubt sich noch im Recht.

In die Hecke eingewachsen verschiedene alte geschmiedete Grabeinfassungen, Gitter, in gotischen Spitzbögen oder weiten Schleifen des Jugendstils, die Paul Krötzig vom eingeebneten Friedhof mitgebracht hat. Die Schere kracht wieder auf eines dieser Eisen, Konrad tritt mit dem Fuß in die Hecke, schneidet weiter, muß dann aber am Schleifbock die Schere schärfen. Er spannt an der Hecke eine Schnur über die ganze Hoflänge und sucht nach Unregelmäßigkeiten an der Kante des Geschnittenen.

Ist sie deshalb kein Mittelmaß, weil sie studiert hat? denkt Konrad. Vielleicht plappert sie nach, was sie gelesen hat.

Als es auf acht zugeht, entschließt sich Konrad, in Ernas Rache die Plattenleger aufzusuchen. Verqualmt wird es sein, laut, und hart der Stuhl.

Genauso findet Konrad den Raum vor. Einen von den Plattenlegern erkennt Konrad, die anderen kennt er nicht.

Spielst du mit?

Die Karten mit der fettigen Haut ekeln Konrad. Einige Spiele gewinnt er. Beim Austeilen der Karten sieht er nach dem Kellner, der nach jedem Kassieren sein großes Portemonnaie in den leeren Kühlschrank neben dem Tresen legt. Die anderen

Plattenleger würden mehr für Stimmung sorgen, denkt Konrad, denn diese hier erzählen nur von der Arbeit in Berlin. Was sie als Maurer dort auf dem Bau verdienen, wie es überall vorwärts geht, und wenn nicht, bekommen sie auch dafür noch bezahlt.

Mittelmaß, denkt Konrad, und Marita bekommt nicht einmal Kinder.

Liebe will ich. Deine stechende, würgende, schneidende Liebe, die mich ausrenkt, die mich zu heißer, über und über glänzender Lust macht, zur Hautlust, ich will mich in dir häuten, ich will mich dir ins Gesicht drücken, du sollst mich mit meiner weißen, klaren Haut in einem durchsichtigen Schleier durch die Luft tragen, dich will ich in den Schleier ziehen an deinen kräftigen Armen, an deinen kräftigen Schenkeln, du bist ein Held, du bist ein heldenhafter Soldat. Teilen wollen wir den Schleier, der uns schützt. Wind streicht, fühlst du's, Wind streicht zwischen unsere Beine. Ist es der Wind, wie du ihn aus Afrika kennst, als du in der Wüste warst? Wir wollen uns dem Wind entgegenstrecken. Bleib so weich, sei kein Held mehr, bleib so empfindlich, so verletzbar, werde nicht hart, sei ohne Kruste, halte, behalte deine Trauer, bis wir ein Kind haben. Sag nichts, Konrad. Ich gleite über die Trauer deiner dunklen Augen, über dein wildes Geheimnis, das dich zum Mann macht, über deine Löwenstirn, in deine Löwenmähne hülle ich meine Scham. Nimm deine Hände vom Gesicht, gib es mir, ich will dich riechen, den Geruch von matter Nuß. Beeile dich, gleich wird die Mutter kommen, und du mußt wieder ins Feld ziehen, kämpfen. Nein, bleib so liegen, fast zerbrechlich deine schlanken Hüften, als wärst du noch ein Kind. Ich zittere, merkst du, es reißt in mir, es fällt aus mir. Berthold soll es heißen.

Der Wecker klingelt.

Im Klingeln drückt Marita den Knopf. Stille, sie läßt sich zurückfallen, hat zum Erwachen keine Zeit, doch schmeckt sie den Schleier nicht mehr auf der Zunge, sieht ihn auch nicht mehr, und das verschleierte Gefühl des Traums bleibt ohne Hoffen aus. Hoffnung ist eine Jugendliebe. Marita greift ins Kissen, als wäre es der Traum, doch Geschirrklappern aus der Küche fällt über sie. Traumverschlafen und hellwach zugleich geht sie in die Küche, will Konrad helfen.

Daß du jetzt immer so früh raus mußt, sagt sie leise. Konrad legt Brotscheiben und zwei Äpfel in seine Frühstücksdose, zieht die Jacke über, räumt das abgewaschene Geschirr in den Küchenschrank. Marita sieht zur Deckenlampe, sieht durch das Fenster den dunklen Septembermorgen.

Neonlicht ist nicht gut für die Augen.

Nein, das ist nicht gut. Übermorgen wollen wir mit dem Gerüst fertig werden, wenn es länger dauert, rufe ich dich an.

Daß du am ersten Tag auf dem Bau schon auswärts arbeiten mußt...

Fünfzehn Kilometer sind doch keine Entfernung, Marita.

Marita drückt im Treppenhaus das Licht an, Konrad geht leise die Treppen hinunter, sie friert im Bademantel, geht ins Schlafzimmer, trägt den Wäschekorb ins Bad, legt Buntes in die Waschmaschine, hält inne, geht ins Bett. Warum soll sie an jedem Haushaltstag waschen und aufräumen und einkaufen.

Als sie aufwacht, ist es neun. Marita stellt das Radio an und macht sich in aller Ruhe zurecht. Besinnt sich auf Rosas Rat, Konrads Briefe nach Konkretem zu überprüfen. Sie will in die Klosterstraße gehen. In der Kirche oder in der Pfarre wird man sicherlich von einem Waisenheim wissen. Sie lacht kurz auf, als sie sich dabei ertappt, in dunklen Sachen in die Kirche gehen zu wollen. Sie kleidet sich wie gewöhnlich.

Marita geht von der Klosterstraße in die Kirche, die sich unscheinbar in die Häuserfront der Straße einfügt. Stufen führen zur Zwischentür, deren getöntes Glas in einigen Segmenten gesprungen ist. Dann steht sie unter der Empore, neben sich ein kleines Weihwasserbecken und zwei Beichtstühle. Sie blickt ins Kirchenschiff, eine hohe Halle mit Tonnengewölbe, deren grauer Marmor an Fußboden und Wänden Zurückhaltung und Kühle verbreitet. Nur die Kanzel zwischen den Fenstern sprengt jede Zurückhaltung. Unter der Kanzelbrüstung sieht Marita Apostel und Heilige in wunderlichen Haltungen und Gesten mit Kreuz, Fackel, Schwert, Löwenfell. Als noch eindrucksvoller empfindet sie den gewaltigen vergoldeten Strahlenkranz auf dem Kanzeldach, der über das in Holz geschnitzte Buch des Testaments in alle Richtungen zeigt. Auf der Kanzel muß man, ganz gleich ob Priester oder Straßenfeger, erhöht, herrlich erscheinen, denkt sie.

Marita geht langsam zurück. Manchmal hallt ein lautes Geräusch von der Straße im Gewölbe nach. Zwischen den Fenstern sieht Marita Ölbilder vom Leidensweg Christi. Rötlichviolett der Himmel, graubraun und bläulich die Erde. Alles in diesen Farben, wie von einem Gewitter beleuchtet. Petrus, der die Silberlinge in den Tempel wirft, eine aufgedunsene Fratze; Barrabas, stoppelbärtig und schielend; Pontius Pilatus, fett und blödsinnig blickend, dazu brutale Römer mit riesigen Händen und Füßen, überall Volk wie ein vielköpfiges Ungeheuer, das seine Wut ausschreit, Schaum vor dem Mund, nach Mord brüllend. Nur Christus lächelt. Beim letzten Abendmahl, bei der Geißelung, als ihm die Dornenkrone aufgesetzt wird, auf dem Weg nach Golgatha, lächelt süßlich, dankbar, unzugänglich. Marita findet dieses Gesicht widerlich. Das ist kein Mensch, und die Sündenkrüppel auf den Bildern sind auch keine Menschen. Auf jedem Bild ragt eine goldene Hand aus den Wolken, weist Christus mit dem Zeigefinger den Weg der Leidensstationen. Was ist das für eine Welt, denkt Marita, ist das die Hölle mit ihren Verfluchten und Oberteufeln? Wie kann so etwas Erlöser der Menschheit genant werden, warum nicht einen Stein anbeten?

Als Marita gehen will, hört sie Getrampel, Kinderstimmen, Lachen, alles zusammen erscheint ihr wie ein Tongemisch freudiger Erschütterung. Marita sieht, wie durch den Seiteneingang Knaben kommen, verschwinden und auf der Empore wieder erscheinen. Aufgeregt erzählen die Kinder, bis die Schwester im schwarzen Gewand sie zum Gehorsam auffordert. Sie stimmt einen Ton an, die Kinder summen ihn nach. Sofort denkt Marita an die Stimmen im Dom, es waren Kinderstimmen, die sie damals zum Dom lockten, und jetzt ist sie fast inmitten eines Kinderchores, hat das Erlebnis vor sich, greifbar, sie kann in die Gesichter der Jungen sehen, Menschen wie Konrad oder Rosa, ohne Verklärung und Tod.

Die Schwester beginnt auf der Orgel zu spielen, die Kinder stimmen ein: Großer Gott, wir loben dich! Herr, wir preisen deine Stärke. Vor dir neigt die Erde sich und bewundert deine Werke...

Das sind sie, helle, klare Stimmen, doch nicht in überschwenglicher Freude, wie sie es aus dem Dom in Erinnerung hat, auch fehlen Instrumente, Männerstimmen, Frauenstimmen. Marita will auf die Empore, den Kindern näher sein. Sie geht in den Vorraum und sucht vergebens den Aufgang, findet nur das große Anschlagbrett: Aus dem Gemeindeleben.

Gedämpft, wie aus einer Entfernung, hört Marita den Chor. Das sind nicht die Stimmen ihrer Erinnerung. Sie bleibt vor dem Anschlag stehen. Nächster Gottesdienst. Hirtenbrief unseres Bischofs. Gemeindeabende. An die rechte Seite gedrückt, Postkarten untereinander, Gruß aus Ludwigslust. Schloßkirche. Grüße aus Dreilützow. Kinderheim. Gruß aus Klosterheide. Marita starrt auf die Karte. Klosterheide. Gruß aus – Gudelacksee, Heim, Straße. Sie nimmt die Karte ab. Liebe Schwestern und Brüder! Mit Gottes Hilfe werde ich bald... Heim, orthopädische Klinik, liest sie. Unmöglich, so unmöglich wie eine Karte mit Urlaubsgrüßen aus Buchenwald.

Marita steckt die Karte ein und geht nach Hause, sucht im Schrank nach Landkarten und Kunstführern und kann nur ein Klosterheide finden. Marita blickt ungläubig auf die Karte. Was soll ihr Konrads Waisenheim – was wiegt ein Brief von Konrad gegen ihre Erinnerung an das Tagebuch der Frau? Nach Klosterheide muß sie. Wenn es diesen Ort gibt, muß sie dorthin.

Marita macht sich Mittag. Allein nach Klosterheide, sie allein gegen die Wahrheit einer Katharina Wichowski, von der es keine greifbare Spur mehr gibt, weshalb sie allgegenwärtig sein muß.

Kurz entschlossen geht Marita in die Weberei, sucht Franz Moldenhauer in seinem Zimmer auf und legt ihm die Postkarte auf den Tisch. Es gibt den Ort, Franz. Vielleicht ist doch alles wahr, wovon die Schwiegermutter erzählt hat. Ich möchte am Wochenende dorthin fahren. Kommst du mit?

Helga Mettusa sieht aus der Dachluke. Hier ist sie vor lästigen Nachstellungen sicher, die sie seit gestern erlebt. Kaum hatte die Verkaufsanzeige für das Service in der Zeitung gestanden, kamen die Käufer. Die Semmling hat einen Zettel an ihre Tür geheftet: Wegen Geschirr bitte bei Mettusa melden.

Helga Mettusa hat dem ersten das Service verkauft, der wollte es schriftlich haben, daß es sich um fünfhundertsiebzig Mark und nicht um fünftausendsiebenhundert handelt. Das Geschirr ist längst verkauft, doch noch immer kommen welche und fragen nach Stühlen, Tischen, Büchern, bis heute. Wo ist der gesunde, bescheidene Volksgeist von einst? In lästige Raffgier hat er sich verwandelt.

Es reicht, aus der Luke abends dem stummen Menschenspiel zuzusehen, um alles über die Menschen in Erfahrung zu bringen. Sie ziehen die Gardinen auf, machen Licht, öffnen die Fenster, wenn sie sich anschreien.

Mittags kommen Marita und Franz Moldenhauer in Klosterheide an. Das ist märkischer Sand, sagt Franz Moldenhauer. Mit seinem Schuh wirbelt er Staub auf den Weg. Marita lacht ihm zu, unruhig, möchte ohne Verzögerung ein Ende der Ungewißheit. Vom Bahnhof gehen sie eine schmale Teerstraße entlang, ein Kiefernwald, hinter der Kurve ein Haus mit Hirschgeweih über der Tür. Quietschend, mit vollen Taschen am Lenker, kommt kaum schneller als sie eine Radfahrerin, und ihr Oberkörper beugt sich jedem ihrer schweren Tritte nach.

Das frühere Lebensbornheim, wo finden wir das? ruft Marita.

Solche Schweinereien gab's hier nicht, kommt die Antwort. Nach einigen Metern dreht sie sich auf dem Fahrrad um, macht dabei einen Schlenker und winkt mit der Hand in die Richtung, aus der Marita und Franz Moldenhauer kommen. Marita fragt dann eine Frau, die in ihrem Vorgarten Rosen schneidet.

Sie meinen die orthopädische Klinik, zweihundert Meter, rechts, am See.

Das Heim hinter Bäumen. Breite gewölbte Fenster im ersten Stock, kleinere Fenster in der dritten Etage. Das Mansarddach mit dem hohen Giebel über dem Eingang.

So groß habe ich mir das nicht vorgestellt. Ich dachte, eine Villa. Im Park sieht Marita Buchen und Linden, nicht weit den

See. Marita setzt sich auf eine Bank, schaut Franz Moldenhauer zu, der seine Pfeife stopft und daran zieht.

Mag es Klosterheide geben und dieses Heim seine Vergangenheit haben, denkt Marita; aber dennoch kann das übrige Erfindung ihrer Schwiegermutter sein, und alles kann sich harmlos darstellen. Sie könnte jetzt aufstehen und niemanden fragen nach einer Vergangenheit; vergessen, noch ist Zeit, dann wäre es nie gewesen, dann gäbe es keine Vergangenheit.

Hier soll meine Schwiegermutter, Marita spricht laut, als müßte sie jemanden überschreien. Entschuldige, Franz.

Komm, gehen wir ein Stück, sagt Franz Moldenhauer, und Marita folgt ihm zum See. Ein schönes Fleckchen Erde, hört sie ihn sagen, wie auf einem Kinderbild: Wasser, Schwäne, Sonne.

Marita sieht aufs Wasser. Ein leichter Wind verwischt die Gerüche der Luft, faltet den Spiegel Wasser.

Meine Schwiegermutter, sagt sie nun leise, soll hier im Krieg über Frauen und Kinder entschieden haben, aber anders, als ich es dir vorhin im Zug gesagt habe.

Als du das Tagebuch deiner Schwiegermutter abgeschrieben hast, wußte ich nicht, worum es geht. Kinderheim. Konrad macht mir bittere Vorwürfe, weil ich dir geholfen habe. Er glaubt, ich hätte dich wissentlich in eine üble Sache gezogen. Im gewissen Sinn hat er recht, ich habe dir Mut gemacht. Deine Veränderung ist mir kaum aufgefallen, und als du im Büro zusammengebrochen bist, war es zu spät.

Wenn Konrad nur einmal so mit mir reden würde, denkt Marita, wie gut schon eine ruhige Stimme tut.

Das wäre so oder so passiert, Franz.

Marita sieht eine Krankenschwester in neuer Frisur aus dem Seiteneingang kommen. Sie hängt Wäsche auf, und dabei rutschen ihre Kniestrümpfe. Marita blickt zu Franz Moldenhauer und geht dann zur Schwester. Aus der Seitentür schlägt ihr ein dumpfer Geruch von Bohnerwachs entgegen.

Suchen Sie jemand, fragt die Krankenschwester aus der Wäsche.

Wir wollten etwas über das Heim erfahren.

Marita merkt, wie sich die Schwester durch die Wäsche ihren Weg sucht. Beim Zurechtrücken ihrer Schürze wischt sie sich die Hände trocken.

Sind Sie von der Zeitung?

Nein. Marita sieht Franz Moldenhauer lächeln.

Na ja. Vor mehr als siebzig Jahren wurde dieses Gebäude im Auftrag der Ortskrankenkasse von der Baufirma Prösberg und Hintze gebaut, zur Genesung und Erholung lungenkranker Patienten. Im Ersten Weltkrieg diente das Heim als Lazarett. Nach dem Zweiten Weltkrieg zog die Tbc-Heilstätte ein, später wurde hier die orthopädische Klinik untergebracht. Rechter Hand sehen Sie den Flügel mit den therapeutischen Einrichtungen, linker Hand haben unsere Patienten ihre Zimmer. Unsere Küche ist ausgezeichnet. Auch die Umgebung ist herrlich, vor allem der Gudelacksee, an dem ich Sie vorhin stehen sah.

Marita kommt es vor, als wäre die Schwester ein Fremdenführer und sie in einer Reisegruppe. Und im Zweiten Weltkrieg, fragt Marita.

Nichts, sagt die Schwester. Ach so, das meinen Sie. Da wurde hier ein Mütterentbindungsheim eingerichtet. Ich bin erst seit zweiundfünfzig hier, ich weiß davon fast nichts, muß ich Ihnen sagen. Aber Sie können im Ort bei den Alten Nachforschungen anstellen, es kann sein, jemand weiß etwas.

Und die Bunker, wo die polnischen Frauen eingesperrt waren?

Bunker gab's hier nicht. Einen Luftschutzraum, soviel habe

ich gehört, und einen Kartoffelbunker, an der Terrasse, aber der ist abgetragen. Eine Mauer steht noch.

Haben Sie von Kindern gehört, die ins Heim gebracht wurden?

Ein Kinderheim war das nicht. Manchmal sollen Soldaten gekommen sein, fesche gutaussehende Männer, na ja. Aber sonst kamen nur Frauen zur Entbindung hierher, wenn sie von zu Hause fortgejagt wurden, weil sie noch zu jung waren. Heute ist das ja alles anders. Aber wenn ich Sie nun allein lassen darf.

Aus offenen Fenstern hört Marita Pendeluhren die gleiche Stunde schlagen. Vielleicht gab es doch nicht diese Abteilung II, denkt sie, dann gab es auch Wienebüttel nicht. Vielleicht gab es nur das Entbindungsheim. Warum sich herumschlagen mit diesen Dingen? Marita schaut sich nach Franz Moldenhauer um, der vor einem Mauerrest an der Terrasse steht. Sie folgt ihm, setzt sich auf Steine der abgetragenen Mauer, nimmt einen losen Ziegel in die Hand, dreht ihn, vom Mörtel werden ihre Hände schmutzig. Marita riecht an den Händen. Als ihr Franz Moldenhauer ein Taschentuch reicht, schüttelt sie den Kopf, verreibt den Mörtel zwischen ihren Fingern zu Staub. Ich kenne meine Schwiegermutter nur aus der Vergangenheit, Franz.

Mag sein, deine Schwiegermutter hat nun Schuldgefühle.

Schuld, wann wird man schuldig?

Was ist deine Schwiegermutter für eine Frau?

Marita spürt einen Griff im Nacken, den kalten, festen Griff der Frau. Ich glaube, sie braucht Gewalt, um zu leben. Aber ist sie deshalb anders als du und ich? Es gibt die große Gewalt der Vernichtung und die Gewalt gegen den anderen, den Liebsten. Als könnte man nicht anders. Als würde der Mensch nicht besser. Gibt es ein Bedürfnis nach Gewalt im Menschen?

Marita sieht, wie Franz Moldenhauer seine kalte Pfeife ausklopft, gedankenversunken die leere Tabakdose öffnet, den Deckel dreht und Pfeife wie Dose in die Jackentasche steckt.

Als ich bei den Pimpfen war, haben wir uns gekeilt und beharkt. Uns hat das großen Spaß gemacht, weil wir gewinnen mußten. Unser ganzes Denken kreiste darum, stärker zu sein als der andere, weil Stärke der einzige Gradmesser war, der zählte. Die Schwachen waren die letzten. Schwach durfte niemand sein. Das war die Zeit. Aber der Mensch hat kein Bedürfnis nach Gewalt, das ist ihm nicht in die Wiege gelegt. Zur Tat, zum Handeln hat er ein Bedürfnis. Du weißt, der Mensch sucht einfache Antworten. Gewalt scheint eine einfache Antwort, aber sie ist Angst und Hilflosigkeit.

Wenn es so ein Bedürfnis nicht gibt, dann sag mir, warum gibt es Gewalt? Willst du alles nur auf Unterbewußtes, Vererbtes, auf alte Erfahrungen beschränken?

Da frage ich zurück, Marita, wo willst du das Maß anlegen? Was ist Gewalt, was nicht; was der Ladendieb macht oder der Mörder, was wir im Fernsehen anschauen, was ein Forscher im Labor entwickelt. Willst du nur als Gewalt gelten lassen, was du vorhin große Vernichtung genannt hast? Es gibt, denke ich, eine verträgliche Gewalt und eine unverträgliche. Die erste ist gut, um etwas voranzutreiben, ohne zu vernichten. Die zweite, die nackte Gewalt, geht gegen das Leben. Ich kann mich noch gut erinnern, als in den sechziger Jahren bei uns beschlossen wurde, die Gefängnisse abzutragen. Man begann auch damit. Der Krieg war vorbei, die Forderung nach dem neuen, völlig anderen Menschen stand im Raum, und die Weichen dafür waren gestellt. Nur der neue Mensch stellte sich nicht ein. Wir haben nicht nur Vererbtes und Erfahrung außer acht gelassen, sondern auch die einfachen Antworten.

Wir wissen jetzt, was wir damals nicht wußten, wir können

jetzt, was wir damals nicht konnten, wir haben, was wir nicht hatten, aber mir scheint, Franz, es wird nicht besser auf der Welt.

Besser, das ist so ein Wort, Marita. Vielleicht wird es nicht besser, weil Vernunft und Gewalt einander ausschließen.

Marita sieht eine Frau im Rollstuhl auf sich zukommen. Weißgrau ihr Haar, das unter dem Kopftuch hervorquillt. Könnte von der Frau die Karte geschrieben sein, die sie aus dem Vorraum der Kirche genommen hat?

Besuchen Sie jemanden hier?

Nein, sagt Marita, wir wollten uns nur umsehen.

Wissen Sie, ich hätte mir längst einen elektrischen Rollstuhl zulegen können, mit Licht und Hupe, der hört gar nicht mehr auf zu rollen, aber ich bin froh, daß ich mich noch mit den Armen bewegen kann, und deshalb behalte ich diesen. Der ist schon über zwanzig Jahre bei mir.

Wie lebt man, wenn einem das Gehen oder Sehen oder das Hören verwehrt ist, denkt Marita.

Sind Sie von hier?

Nein, wir sind auf der Durchreise.

Wo Sie sitzen, waren früher Bunker, bei den Braunen. Im Heim war der Lebensborn. In die Bunker waren junge Frauen aus aller Herren Länder gesperrt, und dann kamen deutsche Soldaten und haben den Mädchen Kinder gemacht. Die Kinder wurden ihnen genommen, die gehörten dem Führer.

Woher wissen Sie das?

Junge Frau, wenn man seit zwanzig Jahren herkommen muß, weil die Hüftgelenke abgenutzt sind, erfährt man einiges. Als ich das zweite Mal kam, habe ich eine Schwester kennengelernt, die davor in diesem Lebensborn gearbeitet hat.

Und die Abteilung II, wo war die? Und das Isolierzimmer, Katharina Wichowski, das müssen Sie doch wissen?

Sie sind ja ganz aufgeregt. Warum fragen Sie danach, ist doch längst vorbei.

Und Wienebüttel, sagt Ihnen das etwas?

Ich kann mich daran nicht mehr erinnern.

Sie müssen es versuchen, versuchen. Marita wird schwindlig. Sie spürt den Arm von Franz Moldenhauer, hört, wie er sich bei der Frau im Rollstuhl bedankt.

Auf der Straße vor dem Heim kommt Marita wieder zu sich.

Helga Mettusa ist verärgert. Den zweiten Tag schon wartet sie vergebens auf die Semmling, die ihren Einkauf mit erledigt. Gestern kam Helga Mettusa noch ohne Schwierigkeiten im Haushalt zurecht, nun tun sich Lücken auf: Milch, frische Wurst und Brot fehlen.

Sie klingelt bei der Semmling, als die keine Anstalten macht zu öffnen, schließt Hegla Mettusa die Tür auf. Muffige Luft, vermischt mit dem stechenden Geruch von Medizin, empfängt sie im dunklen Flur, der mit alten Möbeln vollgestellt ist. Sie findet die Semmling im Bett. Schwermut und Duldsamkeit liegen auf ihrem Gesicht, blaß und faltig ihre Haut wie ein zu großer, dünner Handschuh. Helga Mettusa beugt sich über die Semmling, sieht in deren Augen, die keine Anzeichen eines nahen Todes aufweisen.

Hören Sie doch auf damit, Sie sind gesund, sagt Helga Mettusa, doch die Semmling pustet nur Luft.

Helga Mettusa bestellt einen Arzt und muß von den Vormittagsstunden im Garten Zeit nehmen, um einzukaufen, für sich, für die Semmling. Sie empfindet sofort Freude dabei; suchen, in die Hand nehmen, abwägen, wieder zurückstellen. Flaschen, Tüten, Schachteln, Tuben, Dosen zu prüfen auf Haltbarkeit, Verwendung, Reinheit, Festigkeit.

Am Nachmittag muß sie eine Stunde länger im Haus bleiben, um die Wohnung der Semmling aufzuräumen, bevor sie zum Langen See gehen kann. Am Abend setzt sich die Frau ans Bett der Kranken.

    Sie blasen Trübsal, ist das eine Art?
    Warum helfen Sie so, Frau Mettusa?
    Sie müssen gesund werden.
    Das wird nicht, das wird nicht. Ich bin alt und allein.
    Sie haben doch mich, Ida.
    Ida sagen Sie?
    Helga Mettusa nimmt ihre Hand, drückt sie etwas, eben soviel, wie die Semmling braucht, um sich sicher zu fühlen.
    Ich habe ein Buch mitgebracht. Wenn ich krank war, hat mir Mutter daraus vorgelesen. Sie zeigt der Semmling ein blau eingebundenes Buch.
    Wenn Sie wollen, lese ich Ihnen etwas aus der Edda. Wollen Sie? Schwipptag und Menglade. Gros' Zaubergesang. Sohn: Öffne du Teuere des Totenreichs Türe, erwache nun, Gros, entwandle der Gruft. Entsinne dich, daß du dem Sohn einst befohlen, dein Grab zu suchen zu weckendem Gruß. Mutter: Mein einziger Sohn, was beschwert dich mit Sorgen? Welch Mißgeschick treibt dich, die Mutter zu rufen, die sterbend im Staub ihre Stätte gefunden und längst schon verlassen der Lebenden Heim. Sohn: Wie blindlings gespannt an das Bett zum Spielen soll ich erschwingen das Allerschwerste; erstreben für mich ein bestrickendes Weib. Mein Vater befahl mir, heim sie zu führen. Die soll ich suchen; doch sagt mir niemand, wo ich Menglade finden möge. Mutter: So rate ich dir erst, was berühmt ist und heilsam; was dir schädlich scheint, dem zeige die Schultern, und Leiter und Lenker sei du selbst.
    Helga Mettusa sieht in das Gesicht der Semmling, die mit gefalteten Händen und großen Augen liegt. Weiter, hört Helga Mettusa sie schwach.

Mutter: Dann bescher ich dir zweitens: wo zweifelhaft wenig erwünschte Wege du irrst, da möge dir mächtig die Mahnung der Norne wie mit schützendem Schloß den Sinn verschließen für die Schau sündiger Lust. Das bescheid ich dir drittens: wo drohend geschwollen flutende Ströme dein Leben gefährden, mit reißendem Schwall, da sollen sie schwinden, ins Nachtreich sinken, im Sande versiegen. Das bescheid ich dir viertens: begegnen dir Feinde und tragen Begehr, dich zu töten, dann mögen sie mutlos zur Memme werden, du so tüchtig und tapfer hingegen, daß sie froh sind, Frieden zu schließen. Dann bescheid ich dir fünftens; wenn dir Fesseln die Füße... Helga Mettusa sieht, daß die Semmling eingeschlafen ist.

Wachen Sie auf, wie können Sie schlafen, wenn ich für Sie lese.

Die Semmling will sich erheben und fällt gleich wieder zurück. Es ist alles wegen der Todesanzeige in der Zeitung, Frau Mettusa.

Ich möchte weiterlesen, Ida, sagt die Frau und drückt die Hand der Semmling.

Es ist alles wegen der Todesanzeige in der Zeitung, hört sie die Semmling wiederum.

Die Semmling, denkt sie, wird etwas durcheinanderbringen im Fieber. Kann sie in ihrer Einfalt überhaupt dem erhabenen Gesang der Edda folgen, die Weisheit der Sprüche begreifen?

Ich habe die Zeitung aufgehoben. Unterm Bett. Unterm Bett.

Helga Mettusa kann sich des Mitleids nicht erwehren, als sie bemerkt, wie sich die Semmling aufzurichten versucht. Es ist eine Schande, auf diese Art alt zu werden. Noch am Ende eines mühseligen Lebens stehen Mühsal und Qualen. Helga Mettusa beugt sich vor, zieht unter dem Bett einen leeren

Karton hervor, in dem eine Zeitung liegt. Sie schaut nach dem Datum, schlägt den Anzeigenteil auf und hört die Semmling flüstern. Es ist alles wegen der Anzeige.

Helga Mettusa liest ihren Tod. Sie lacht, hustet kurz, lacht wieder. Ein Versehen, Ida, beruhigen Sie sich.

Inge hat ihr mit dem Brief beinahe die Beine weggehauen, da ging es um Berthold. Dieses hier ist nicht mehr als das Werk eines Wirrkopfes. Konrad wird das getan haben.

Helga Mettusa nimmt das Buch, will weiterlesen, unterläßt es, als die Semmling stöhnend einschläft. Inge, denkt sie, raubte mir den Schlaf des Vergessens. Sie war bei Inge, hat sich gerächt. Aber wie findet sie ihren Schlaf wieder, nicht einen Schlaf des Verkümmerns, der Qual, wie bei der Semmling, sondern ruhigen Schlaf. Keine schweren Träume rauben ihr die Nächte mehr, aber ihre innere Ruhe, mit der sie Tage und Jahre bestand, wo ist die? Was ist es, das sie noch hetzt?

Helga Mettusa verläßt die Semmling, es ist spät geworden. Sie geht in die Dachkammer, um das Fenster zu schließen. Am Horizont sieht sie Lichter. Tanzen da Geister vom Langen See herauf? Ein Fackeltanz? Die Lichter kommen näher. Helga Mettusa zögert, das Fenster zu schließen, sie versucht Stimmen zu hören. Sind es die ersten Boten, die eine Neuigkeit bringen? So liefen nach Abschluß des Münchener Vertrages die ersten Boten durch Berlin, sie sieht es vor sich, als wäre es gestern gewesen, blitzschnell sprach sich das Ereignis herum, und schon waren Tausende vor der Reichskanzlei, mit einemmal wurden Würstchen verteilt, es wurde gegrölt und geschunkelt: Nach Hause, nach Hause gehn wir nicht, beim Führer brennt noch Licht... Und als er sich dann und wann auf dem Balkon der Reichskanzlei zeigte, tobte etwas los, das außerhalb von ihnen lag oder tief aus dem Ursprung des Innern kam, man spürte den eigenen Körper nicht mehr, erst zusammengeschaudert, dann, als der Führer sprach, konnte man fliegen. Aber wer ist nicht empfänglich für den Nimbus einer Macht, einer Idee, denkt sie. Das ist dem Volk auf den Leib geschrieben.

Helga Mettusa atmet tief durch. Sie faßt vor Glück ihren eigenen Oberkörper und wiegt sich darin. Dann hört sie Stimmen, und die Lichter sind ganz nah; es werden Angler sein, die nach Würmern suchen.

Sonntagmittag steht Konrad auf, fühlt sich ausgeschlafen. Geruch von Linseneintopf mit leichter Übermenge Essig schwebt in der Wohnung. Er geht in die Küche, gibt Marita einen Kuß auf den Hals. In einer halben Stunde können wir essen, hört er sie, begibt sich ins Bad, läßt Wasser in die Wanne laufen. Haben wir keinen Badezusatz, irgend etwas Duftendes? ruft Konrad in den Flur.

Seit wann brauchst du so etwas? In meinem Kosmetikschrank.

Konrad legt sich ins heiße Wasser wie auf eine behagliche Wiese. Mittags baden, denkt er, und lacht still. Vor einem Monat wäre eine derartige Änderung seines Tagesablaufes undenkbar gewesen. Statt um sieben in der Schmiede, fängt er nun um sechs auf der Baustelle an. Statt gleichbleibender Tätigkeit in der Schmiede weiß er nun oft nicht, wie lange und wo er am nächsten Tag arbeiten wird. Donnerstag sollte das Gerüst für eine Halle aufgestellt sein, tatsächlich hat es bis Sonnabend gedauert.

Ich bin also unberechenbar geworden, denkt Konrad schmunzelnd. Kein Gefrage mehr, woher und wohin, keine alltäglichen Dinge des Haushalts – man ist eben nicht da.

Konrad trocknet sich ab, kleidet sich an, geht in die Küche. Der Tisch ist gedeckt.

Was hältst du von einer Radtour ins Moor?

Wie weit ist denn das?

Hin und zurück zwanzig Kilometer.

Und wann?

Heute abend. Das Wetter ist wunderbar.

Wieso denn so spät?

Ich will die Kraniche beobachten. Die sammeln sich im Moor, bevor sie in den Süden fliegen. Gegen zehn sind wir zurück.

Mein Fahrrad muß noch aufgepumpt werden. Licht brennt auch nicht.

Nach dem Essen geht Konrad in den Keller, staubt die Fahrräder ab, überprüft verschiedene Schrauben, spannt die Kette.

In der Dämmerung fahren sie los. Den Feldstecher um den Hals, die Tasche mit Brot, der Thermosflasche und der Taschenlampe auf dem Gepäckträger. Konrad fährt vorneweg.

Kennst du denn das Moor, hört er Marita.

Ja.

Hin und wieder überholt sie ein Auto. Weißgekalktes Fachwerk alter Scheunen, Dörfer mit zugeschütteten Tümpeln und Spruchbändern an der Straße, aufgetürmte Strohmieten auf den abgeernteten Feldern. Auf dem groben Kopfsteinpflaster in einem Dorf vergißt Marita zu treten.

Treten mußt du, ruft Konrad, der jetzt hinter ihr fährt.

Wann sind wir denn da?

Hinter der Kurve weist ein kleines schräg stehendes Schild mit der Aufschrift Torfwerk auf einen abschüssigen Feldweg, der mit Betonplatten ausgelegt ist.

Konrad läßt sich rollen, vor sich eine große bewaldete Niederung. Dumpfe Erschütterungen spürt er, durch den Aufprall der Räder an den Kanten der schlecht verlegten Betonplatten. Der Weg macht eine Biegung und endet vor dem eingezäunten

Torfwerk. Konrad schaut über den Zaun, Loren stehen vor den beiden Hallen, auf dem Hof Halden von abgebautem Torf.

Sie lassen die Fahrräder hier stehen.

Konrad gibt Marita den Feldstecher und nimmt die Tasche. In den Eichen und Buchen am Waldrand beginnt die Blattfärbung, und Konrad nickt, als wäre es ihm recht. Ein Hochstand aus frisch geschlagenem Holz fällt ihm auf.

Kann das im Moor nicht gefährlich werden?

Wir gehen bis zum Ende des Weges. Dann beginnt das Moor, wenn es dunkel ist, faßt du mich an die Hand.

Als allmählich der Bestand von Eichen und Linden in Moorerlen und abgestorbene Birken wechselt, riecht Konrad feuchte, erdige Luft. Farnkraut und Pilze säumen nun den künstlich aufgeschütteten Damm, der den Waldweg verlängert.

Gleich beginnt der Schwingrasen, Marita. Unter der Grasfläche ist Wasser, nur das Wurzelgeflecht trägt uns. Bleib nicht stehen. Wenn du einsinkst, schrei nicht. Bleibe dicht hinter mir.

Konrad geht über den federnden Teppich aus Wollgras, der von zahllosen schimmernden Spinnfäden durchzogen ist. An vereinzelten Sträuchern, die wie eine Insel festen Untergrund bieten, bleibt Konrad stehen, um einen günstigen Pfad auszumachen.

Dort beginnt der Moorsee. Wir müssen an ihm vorbei. Dann beginnt ein Damm, auf dem wir zum ausgetrockneten Moor gelangen. Da sammeln sich die Kraniche. Du darfst kein Wort sagen, nicht husten. Du bleibst dicht hinter mir. Keine hastigen Bewegungen, nicht mit den Armen herumzeigen.

Sind die Kraniche jetzt schon da? flüstert Marita.

Einige sind immer da. Die anderen kommen bei Einbruch der Dunkelheit.

Konrad geht langsam auf dem Pfad hinter dem Moorsee. Der Schwingrasen wird fester, Büsche und Sträucher stehen höher. Auf dem Damm zwischen den Schienen, die ins Torfwerk führen, hört Konrad Marita über eine Eisenbohle stolpern. Als er Marita aufheben will, zieht sie ihn zu sich und zeigt mit dem Finger auf eine Pflanze. Konrad blickt auf das rötlich-silbern schimmernde Gewächs, an dessen Blüte eine große Fliege klebt und freizukommen versucht. Das ist Sonnentau, sagt er leise. Die Pflanzen fressen kleine Insekten. Sie werden angelockt und bleiben an ihr kleben. Die Pflanze rollt sich zusammen und zersetzt das Tier. Davon lebt sie.

Konrad bewegt sich mit Bedacht auf die rechteckige Freifläche zu, die von Gestrüpp umwachsen ist und wo er die Kraniche vermutet. Die Fläche ist durch Gräben aufgeteilt, in denen Wasser steht; von den Vögeln keine Spur. Wir müssen hier warten, Marita. Wenn es im Gebüsch knackt, achte nicht drauf, das sind kleine Tiere.

Konrad gewahrt die Wolken, die nun schnell aufziehen und die Nacht mit sich bringen. Aus der Tasche holt er die Thermosflasche, reicht Marita Tee, ißt und trinkt dann in die Dunkelheit. Am grauen Nachthimmel zeichnet sich wie eine schwarze Wand der Kiefernwald hinter dem Gebüsch ab. Konrad ist verwundert, keine Zeichen von den Tieren zu hören, die nun gewöhnlich auf Beute gehen; so oft er abends im Moor war, begann mit der Dunkelheit ein unruhiges, aufgeregtes Treiben im Unterholz, auf den Wegen, in der Luft. Vielleicht sind die Kraniche heute auf der anderen Seite des Moorsees.

Gehen wir zurück? fragt Marita tonlos.

Gleich.

Dann, aus Entfernung, hallt über das Moor ein trompetenartiger Schrei.

Das sind sie. Nicht mehr bewegen.

Aus nicht auszumachenden Richtungen wiederholt sich der Ruf, mal nah, mal entfernter. Dann ist die Luft erfüllt von einem Schwirren, vielfach zerfächert und zerteilt. Konrad hält Marita. Er sieht große schwarze Schatten mit ausgebreiteten Flügeln zur Landung ansetzen, hört Gekreische in der Luft, das aus dem Moor beantwortet wird und sich im Wald als Echo fängt. Konrad kann die Kraniche nicht mehr zählen.

Ich habe Angst, sagt Marita.

Die Schreie aus dem Moor verstummen, Flügelschlagen und leises Raunen kommt noch von der freien Fläche, dann wird es still.

Konrad nimmt langsam den Feldstecher vors Gesicht. Doch die Nacht gibt ihr Geheimnis nicht preis. Aber er weiß in der Nähe die Tiere, die nun nach Würmern oder Mäusen suchen und sich ihren Gewohnheiten hingeben. Wenn wir gleich den Rückzug antreten, denkt Konrad, wird keins der Tiere aufgeschreckt werden, Konrad wird das ihm gewährte Gastrecht nicht verletzen. Er gibt Marita Zeichen, behutsam auf den Damm zu kriechen. Kein Ast knackt, nichts raschelt. Auf dem Schwingrasen nimmt er Marita an die Hand, sie gehen auf den Wald zu.

Das erlebst du so schnell nicht wieder, nirgends sammeln sich so viele Kraniche wie hier.

Auf dem Waldweg stellt Konrad die Taschenlampe an.

Als Kind habe ich vor Raben Angst gehabt, weil ich glaubte, sie picken mir die Augen aus. Mein Großvater hat mir einmal ziehende Kraniche gezeigt. Du mußt dir etwas wünschen, sagte er. Daß sie mich vor den Raben und DER FRAU schützen, habe ich mir gewünscht. Hoffentlich träumst du heute nacht nicht von Gespenstern.

Kaum, soviel, wie ich die letzten Tage unterwegs war. Mit Rosa war ich weg und gestern mit Franz Moldenhauer.

Ist doch richtig. Ich wußte auch nicht, wie lange sich die Arbeit hinzieht. Wo warst du denn mit Franz Moldenhauer? In Klosterheide.

Während Marita weiterredet, überlegt Konrad, wie er den Weg nach Hause abkürzen kann. Als er das Wort Mutter hört, bleibt er stehen. Was für eine Mutter?

Wir wollten sehen, ob es das Heim in Klosterheide gibt, in dem deine Mutter gearbeitet haben will. Der Lebensborn. Nun werde nicht gleich ungerecht. Deine Mutter will mit dir reden.

Konrad kann diese Stimme nicht mehr ertragen, es ist die Stimme DER FRAU, es ist die Stimme des Verderbens. Er stellt die Lampe ab und geht hastig zum Fahrrad, fährt los, dumpf die Stöße der Betonplatten spürend, die ihn zu noch schnellerem Treten antreiben, gejagt vom Geklapper des eigenen Fahrrads. Nach einigen Kilometern kommt er auf der Landstraße zur Besinnung, sucht nach dem Feldstecher. Warten, geht es ihm durch den Kopf, irgendwo in der Nacht muß Marita sein.

Konrad fährt weiter. Auf dem Kopfsteinpflaster im Dorf setzt die Fahrradbeleuchtung aus. Eine Weile kommt er im Dunkeln zurecht, richtet sich nach dem weißen Mittelstreifen auf der Teerstraße, dann hält er an und bringt die Beleuchtung in Ordnung. Besteht Maritas schnelle Genesung von dem schlimmen Schock darin, daß sie nun ganz dem Willen DER FRAU gehorcht? denkt Konrad. Wie sonst erklärt sich, daß Marita ihm gegenüber nun so selbstbewußt auftritt. DIE FRAU wird Marita zum willfährigen Gehilfen ihrer Maßlosigkeit gemacht haben, bald wird DIE FRAU über die Schwelle seiner Wohnung, seines Zimmers gehen mit Triumphgebärden wie auf dem widerlichen Foto, das sie als Amazone zeigt. Hat Marita nicht immer getan, wovor er sie gewarnt hat? Nicht zu DER FRAU zu gehen, Marita ist hingegangen. Sich nicht mit

DER FRAU einlassen, Marita hat sich mit ihr eingelassen. Nichts vom Zuhause erzählen, Marita hat davon erzählt. Und dann nachts nach ihrem Zusammenbruch hat sie geschrien, um sich geschlagen, nach Katharina Wichowski gebrüllt, unbändig getobt, wie damals sein Vater, den er besuchte, als seine Frau ins Krankenhaus eingeliefert worden war, und er, Konrad, nur noch einen Krüppel von Vater vorfand. Marita wird ein Krüppel werden, unfähig, aus ihrem selbst heraufbeschworenen Unglück auszubrechen. Doch damit wird DIE FRAU sich nicht zufriedengeben, ihn wird sie auch haben wollen.

Konrad hat die Beleuchtung am Fahrrad repariert, mit Licht fährt er die Landstraße weiter. Vom Aufenthalt abgekühlt, friert er. Die Straße ist kurvig, der Körper schwingt mit.

Wen sucht Marita in Franz Moldenhauer, denkt Konrad. Will sie wieder von einem alten Mann geliebt werden, wie damals, als ihr erster Mann sie zugrunde gerichtet hat. Und Franz Moldenhauer, der sommers wie winters mit offener Jacke durch die Straßen geht, immer höflich, immer zuvorkommend, alles genau wissen wollend. Glaubt er Eindruck zu machen mit seinem grauen Haar und seiner ruhigen Stimme und der Pfeife? Wer ist Marita?

Konrad ist zufrieden, keine Frau zu sein. Mannsein ist einfacher. Er ist einfach. Nicht der starke Mann, wie Rosa ihn sucht, aber überschaubar. Frauen sind nicht überschaubar. In Frauen versinkt man.

Konrad sieht in der Ferne die Lichter der Stadt.

Wenn Marita lieben will, muß sie ein Kind haben, mit dem sie lieben lernt. Frauen ohne Kinder werden zu ihrem eigenen Kind. Es wäre tragisch, denkt Konrad, wenn Unfruchtbarkeit oder solche Frauen wie Rosa das Ergebnis von Freiheit sein sollten; eine Freiheit gegen den Mann, eine Verweigerung von Leben, über die zu entscheiden die Frau allein kein Recht hat, um nichts in der Welt. Konrad fährt wie auf brüchigem Eis. Er kommt in die vertrauten Straßen der Stadt, menschenleer, als lebte hier niemand.

Konrad bringt das Fahrrad in den Keller, geht in die Wohnung, wärmt sich am elektrischen Heizkörper auf, wäscht sich, bereitet sich das Frühstück für den kommenden Tag, der früh beginnen wird.

Nach einer Stunde kommt Marita, er sieht ihr Gesicht zerkratzt, die Kleidung beschmutzt, als wäre sie gestürzt.

Ich werde mich zur Montage nach Berlin melden, Marita. Ich werde so lange in Berlin bleiben, bis du dich entschieden hast. DIE FRAU oder ich. Konrad geht in sein Zimmer und legt sich schlafen.

Marita deckt den Kaffeetisch. Zwischen den Tassen und dem Gebäck brennt eine Kerze. Marita ist froh, daß Franz Moldenhauer öfter zu ihr reinsieht. Die letzten vier Wochen, die Konrad ununterbrochen in Berlin verbracht hat, dort arbeitet, kommen ihr zeitlos vor. Zunächst war Ungewißheit und banges Warten in die langen Herbstabende. Dann, als Franz Moldenhauer immer öfter auf den wunden Punkt ihrer Beziehung zu Konrad hingewiesen hat, als auch das bislang Ausgesparte, DIE FRAU, zum Gegenstand ruhigen Redens wurde, da schien es Marita, als überschlüge sich die Zeit. Immer wenn es Antworten gibt und Versäumtes ist nachzuholen, fehlt die Zeit.

Die ersten Briefe an Konrad schrieb sie aus Angst vor den langen, einsamen Nächten. Als Konrad darauf nicht einging, legte sie, dem Rat Franz Moldenhauers folgend, einen kleinen Köder aus, unscheinbar, aber wirksam. In einem Nebensatz schrieb sie ihm, der Mann gehört ins Haus, darauf wartet die

Frau. Darauf hat er geantwortet. Er würde zurückkommen, Berlin sei nicht die Erfüllung, doch alles liege bei Marita; erst die Entscheidung: Er oder DIE FRAU. Marita hat alles auf eine Rechnung gesetzt, bereit auch, allein zu zahlen: Sie schrieb, erst müßte er, Konrad, ein klares Verhältnis zwischen sich und seiner Mutter schaffen, mit ihr reden, dann würde sie, Marita, von der Schwiegermutter auch nichts mehr zu befürchten haben, der Teufelskreis wäre durchbrochen. Konrad schickte diese Briefe zurück. Er würde nichts mehr schreiben, falls noch einmal die Rede auf DIE FRAU käme.

Marita schrieb unbeirrt weiter, ohne Druck auf ihn auszuüben, ohne bemühte Herzlichkeit, ohne Bangigkeit. Schrieb von der Arbeit, von Kleinigkeiten, über DIE FRAU. Nur einen Satz schrieb sie ihm ständig: Du mußt zurück. Klarheit schaffen. Das kann kein anderer.

Auf einmal ging es, Konrad fragte, welche Klarheit gemeint sei.

Die zwischen ihm und seiner Mutter und die Klarheit zwischen ihr und der Schwiegermutter.

Was gehe ihn das an? Sie selbst habe sich doch in den Wust von Gefahren hineinbegeben.

Marita antwortete ihm: DIE FRAU ist stark. Aber sie ordnet sich unter, wenn einer stärker ist. Ich kenne Deine Mutter. Aber ich bin nicht stark. Du dagegen bist stark, denn wer so lange einen Haß gegen DIE FRAU in sich trägt, ohne in blinde Wut zu verfallen, der muß stark sein, um diesen Haß zu zügeln.

Wie es weitergehen soll, hat er darauf gefragt. Nun hat Marita Eindeutigkeit walten lassen in ihren Zeilen: Mit Franz Moldenhauer will sie nach weiteren Spuren anderer Lebensbornheime suchen. Nicht nach den Spuren DER FRAU. Die Adoption eines Kindes ist für sie derzeit undenkbar, daran hat

Konrad keine Schuld. Die Schwiegermutter könnte man hin und wieder besuchen. Mehr nicht. Es liegt allein bei ihm, wo die Grenzen verlaufen.

Morgen abend wird Konrad aus Berlin kommen. Mehr weiß sie nicht. Was er erwartet und beabsichtigt, schrieb er nicht.

Es klingelt. Marita öffnet Franz Moldenhauer, der legt seinen Mantel ab, geht auf halbem Weg zurück, um seine Tabaksdose und die Pfeife zu holen. Der Kaffee duftet, und Franz Moldenhauer raucht in die Kerze.

Marita fühlt sich geborgen. Sie braucht nicht zu reden, es brauchten überhaupt keine Worte zu fallen, wie damals, als Konrad mit ihr am Langen See war. Und Franz Moldenhauer braucht auch nicht zu reden, es reicht, wenn er da ist.

Als Franz Moldenhauer aufgeraucht hat, räumt er das Geschirr beiseite, legt auf den Tisch Bücher und Hefte, breitet eine Karte vom Deutschen Reich aus.

Dreizehn Lebensbornheime muß es im Reich gegeben haben. Die in Frankreich, Belgien und Norwegen nicht mitgezählt.

Marita beugt sich über die Karte.

Es gab Heime nur zur Entbindung deutscher Mütter. Hier, bei München. Dann Heime, in die Männer zum Zeugen kamen. In Wernigerode. Da lebten vermutlich auch Frauen aus anderen Ländern. Und zum dritten gab es Heime wie in Klosterheide. Deutsche Frauen zum Entbinden, geraubte Kinder und geraubte Frauen.

Marita sieht, wie Franz Moldenhauer Kreuze über die ganze Karte verteilt.

Ich habe viel Zeit gebraucht, um Bruchstücke über diesen Lebensborn zusammenzutragen. Schade, daß du dich nicht mehr an alle Einzelheiten aus dem Tagebuch deiner Schwiegermutter erinnern kannst.

Marita stützt die Ellenbogen auf die Karte. Rote Punkte sind Städte, blaue Schlängellinien Flüsse, graue gerade Striche die Reichsautobahnen. Die Karte macht den Eindruck eines friedlichen Stillebens.

Es gibt Schwierigkeiten, an das Material zu kommen, sagt Franz Moldenhauer. Es gibt Wochenschauen, Zeitungen, Reden von den Führern, geheime Verordnungen. Aber dieses Material ist nicht zugänglich, die Vergangenheit ist nicht öffentlich.

Neulich sagte Konrad zu mir, vergiß alles, dann gab es das nicht.

Was muß passieren, denkt Marita nun, welche Gefahr muß drohen, bis der einzelne wirksam wird? Wann hört der Selbstschutz auf, wann setzt der Überlebenswille ein? Marita fährt sich mit den Händen durch die Haare, setzt sich in den Stuhl zurück, sieht zu Franz Moldenhauer, der den Kopf schüttelt, schweigt, trocken lacht, dann sagt: Soldat war ich, schießen mußte ich. Vor unseren Stellungen blieben Verwundete manchmal tagelang liegen. Bei mir geschah alles ohne Gedanken. Gutscheine von Zigaretten haben wir gesammelt, Reemtsma. Später, im Gefangenenlager, gab es so etwas wie Umerziehung. Einer vom französischen Maquis machte das. Er erzählte von Buchenwaldtransporten der Reichsbahn, in den Fahrplänen ausgedruckt neben Schnellzügen. Zeige Schulbücher, die über Oranienburg berichteten. Wie es den anderen ging, kann ich nicht sagen, aber von Betroffenheit war bei mir wenig. Ungerecht behandelt fühlte ich mich; nur Soldat, und sollte für alles bezahlen.

Marita bemerkt, wie sich Franz Moldenhauer über die Augenbrauen streicht, er macht das selten, denkt sie, es ist wohl das einzige äußere Zeichen seiner Erregung.

Neunundvierzig bin ich in die Partei eingetreten. Zu der Zeit kamen aus allen Himmelsrichtungen Bücher, Zeitungen und Filme auf uns zu, die vom endgültigen Untergang des Bösen und vom Sieg des Guten berichteten. Wir sollten glauben. Und die Überlebenden des Krieges waren alle Opfer, die Schuldigen waren ja hingerichtet. Ich, Soldat, war Opfer. Massenhaften Gewissensverlust brachte diese Lüge, glattrasierte Gesichter.

Bei meinem Vater war das nicht anders, Franz, er spricht nicht von damals, hat aber mitgemacht.

Um deinen Vater oder um mich geht es gar nicht mehr, so dicht sind wir an der Zeit; um dich, um Konrad, um eure Kinder geht es. Du mit deinen dreißig Jahren steckst tiefer in der Zeit, in der du nicht gelebt hast, als ich. Vergangenheit gibt es nicht. Und es beschämt mich, ehrlich gesagt, daß ich bei dir in die Schule gehen muß, um das zu erfahren, was mich bislang nichts angehen sollte. Aus Gleichgültigkeit. Jetzt fange ich an, nach all dem alten Zeug zu suchen. Nächstes Jahr gehe ich in Rente, und jetzt fange ich an, mich um Versäumtes zu kümmern.

Versäumtes Leben, denkt Marita, ist sie für Konrad ein versäumtes Leben?

Es klingelt. Marita geht zur Tür, Rosa kommt in den Flur, erzählt, als hätte sie den ganzen Tag nichts anderes getan. Ich komme gerade von ihm. Von meinem kleinen Schlosser. Wessen Mantel ist das? Konrad hier? Wenn es so weiterläuft, werde ich ihn bald Kurt vorstellen. Und wie er lernt. Mit seinen Schraubenschlüsseln kann er umgehen, aber gute Manieren habe ich ihm beigebracht. Tag, Franz. Störe ich?

Hol doch erst einmal Luft, Rosa.

Wie sieht es denn auf eurem Tisch aus, macht ihr Schlachtpläne?

Gewissermaßen. Wir schlagen uns mit der Vergangenheit herum.

Geht's nicht um Liebe? Ich dachte, es geht um Liebe.

Rosa dreht sich um sich selbst, ihr Rock weht, sie lacht. Marita kommt mit einer Kaffeetasse und weiß nicht, wohin damit.

Immer rauf auf die Vergangenheit, sagt Rosa.

Franz Moldenhauer legt die Karte zusammen. Warum setzen wir uns nicht auf den Balkon?

Dich verstehe ich nicht, Marita, kaum daß du wieder einigermaßen auf den Beinen bist, haust du in die alte Kerbe. Als ob es nicht genug gibt, worüber du dir Gedanken machen kannst. Bisher hat kein Hahn nach diesen Lebensbornheimen gekräht.

Marita kennt Rosa. Sie läßt Rosa reden. Ab und an lacht auch Franz Moldenhauer. Um sechs gehen beide. Marita liest noch einmal Konrads letzten Brief aus Berlin, dann geht sie, ohne ein festes Ziel zu haben, durch die Straßen. Der Busplatz voller Kinder, die auf Papptrompeten blasen, Zuckerwatte essen, aufgeregt umherspringen.

Marita geht zum Rummel auf der Wiese hinter der Hauptstraße. Kinder kommen ihr entgegen, stoßen eine Blechbüchse vor sich her. Marita weicht ihnen aus, ein Junge dreht sich im Laufen um, läßt dabei seine Blase Kaugummi platzen und stolpert. Marita lacht. Der Junge macht bääää, stolpert wieder.

Rund um den Platz sieht Marita wacklige Buden stehen, bunt mit pappenen Märchenfiguren beklebt, die von der Feuchtigkeit der Herbstnächte aufgeweicht, von Regenspritzern grau sind. Schießbuden, Wurfbuden, Zuckerwatte. An der Losbude halb heruntergerissene Zahlen, sieben, neun, zehn, zwei, sechs, daneben aus gelbem Papier ein Glücksrad mit ungleichmäßig ausgeschnittener Zähnung. Darunter: Zu gewinnen ein Auto. Das ist Ihr Glück.

Marita geht an die umlagerte Losbude. Der Losverkäufer in

tadellosem Anzug, weißem Hemd, rotem Schlips und abgetragenem Schapoklack. Beim Sprechen wandert ein Mikrophon regelmäßig von der einen in die andere Hand, wobei rechts wie links am Ringfinger ein massiver Silberring sichtbar wird wie ein Hinweis auf die Vertrauenswürdigkeit des Losverkäufers, des Glücksspiels. Neben dem Schild: Lose ausverkauft! dudelt ein Radio: Junge, komm bald wieder...

Eins, zwei, drei, vier, das Glück ist hier. Wer noch keine Frau gefunden, soll's mit dem Los versuchen. Wer nicht wagt, der nicht gewinnt. Wer Geld hat, braucht nicht mehr zu arbeiten.

Marita bemerkt, wie sich die Umstehenden dichter an die Losbude schieben und wie der Losverkäufer seine Sätze segnet wie der Papst. Wenn deine Frau nicht will, geh in die Kneipe, dort wartet Mareike. Unter Beifall will er seinen nächsten Spruch loslassen, sein Mund ein offenes Loch, sein Gesicht wie das einer hölzernen Puppe. Was kümmert mich der Gerda ihr Mann, wenn ich ihn doch nicht haben kann.

Marita geht, läuft fast gegen Helga Mettusa, die langsam, abwesend und vornübergebeugt, ein volles Netz trägt.

Die Semmling ist tot. Hat einfach aufgehört zu atmen, vorgestern.

Warum gehen Sie hier entlang?

Über die Wiesen, das ist kürzer.

Marita nimmt Helga Mettusa das Netz ab.

Bis vorhin habe ich im Garten gearbeitet. Sie zeigt Marita Hände, in deren Rissen und Falten und unter deren Fingernägeln Rückstände von Erde sichtbar sind. Manchmal denke ich, das Gras wächst mir den Garten zu. Ich komm nicht mehr dagegen an.

Das Lied kenne ich, Vater hatte auch einen Garten.

Im Winter bin ich dankbar für den Garten, ich wecke alles

selber ein, Tomaten, Gurken, Bohnen, Erbsen. Aber das Unkraut im Sommer.

Hinter dem Durchgang zwischen zwei Häusern kommen sie auf die Straße.

Der Weg ist tatsächlich kürzer.

Was denkst du von mir, Kind, ich laufe keine Umwege.

Wenn das immer so einfach wäre.

Es ist einfach, wenn du dir treu bleibst.

Marita will nicht sprechen, wartet, als die Schwiegermutter, einen Arm in die Hüfte gestemmt, tief Luft zu holen versucht. Das Wetter vertrag ich nicht.

Sie gehen schweigend, öfter bleibt Helga Mettusa stehen, hält sich fest an einem Gartenzaun. Marita will sie stützen.

Nein, laß. Sie hustet kurz.

Marita begleitet ihre Schwiegermutter bis vor die Tür. Sie wollten mir noch Konrads Tagebuch geben.

Helga Mettusa geht in die Wohnung, läßt Marita mit dem Netz vor der Tür stehen und kommt mit einem Schlüssel wieder. Geh in die Kammer, es liegt auf dem Tisch.

Marita holt aus der Kammer das Tagebuch, gibt den Schlüssel zurück.

Es ist sinnlos, Kind, erfahren zu wollen, was man nicht erfahren kann.

Helga Mettusa reicht Marita die Hand. Du wirst seine Schrift nicht lesen können. Wollen wir zum Langen See?

Morgen kommt Konrad aus Berlin, sagt Marita und geht. An der nächsten Straßenecke wirft sie das Tagebuch in eine Mülltonne.

Franz Moldenhauer und Marita warten auf den Zug aus Berlin. Helga Mettusa kommt auf den Bahnsteig und bleibt am Treppenaufgang stehen. Herbstwind weht. Der Zug fährt ein.

Tschingis Aitmatow

Der Junge und das Meer

Roman
Übersetzt von Charlotte Kossuth
160 Seiten

Tschingis Aitmatow wurde 1928 im westlichen Kirgisien geboren. Seine Erzählung »Dshamilja« (1958) wurde weltberühmt.
Der Roman »Der Junge und das Meer« erschien erstmals 1978 in deutscher Sprache. Die erste Robbenjagd ist für den jungen Kirisk Initiation und Bewährungsprobe, so will es der Brauch seines Volkes.

Tschingis Aitmatow

Frühe Kraniche

Roman
Übersetzt von Charlotte Kossuth
160 Seiten

Der Roman »Frühe Kraniche« erschien erstmals 1980 in deutscher Sprache.
Tschingis Aitmatow erzählt die Geschichte des Jungen Sultanmurat, der als »Kommandeur« einer Schülergruppe in seiner kirgisischen Heimat die Arbeit der Männer übernimmt, der Leid und Gewalt erfährt und seine erste, scheue Liebe.

C. Bertelsmann

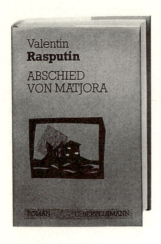 

Valentin Rasputin

Abschied von Matjora

Roman
Übersetzt von
Alexander Kaempfe
319 Seiten

Valentin Rasputin, einer der bekanntesten russischen Erzähler, wurde 1937 in Ostsibirien geboren. Sein Roman »Abschied von Matjora« erschien erstmals 1977 in deutscher Sprache. Kühn, virtuos und dramatisch ergreift Rasputin in diesem Roman Partei gegen einen bedingungslosen Fortschrittsoptimismus, der die Wurzeln der menschlichen Existenz ignoriert.

Jurij Trifonow

Das andere Leben

Roman
Übersetzt von
Alexander Kaempfe
207 Seiten

Jurij Trifonow wurde 1925 in Moskau geboren. Seine Hauptthemen sind die Geschichte der russischen Revolution und das Leben der Moskauer Intellektuellen.
Sein Roman »Das andere Leben«, eine Geschichte »großfamiliärer« Verstrickungen quer durch die Generationen, erschien erstmals 1976 in deutscher Sprache.

C. Bertelsmann

Jurij Trifonow

Das Haus an der Moskwa

Roman
Übersetzt von
Alexander Kaempfe
222 Seiten

Trifonows berühmtester Roman »Das Haus an der Moskwa« ist reich an Personen, Gruppen und Cliquen, an bewegten Schicksalen und burlesken Szenen. Es ist die Geschichte mehrerer Generationen, ein Buch über Moskau und Rußland in einer der schwierigsten Perioden ihrer Geschichte. Das Funktionärshaus an der Moskwa wird zum Symbol einer Epoche.

Wladimir Dudinzew

Die weißen Gewänder

Roman
Übersetzt von Ingeborg Schröder
764 Seiten

Wladimir Dudinzew, geboren 1918, lebt in Moskau. 1956 erschien sein erster Roman »Der Mensch lebt nicht vom Brot allein«, der zum meistdiskutierten Werk »Tauwetter Literatur« nach dem Ende der Stalin-Ära wurde Dudinzews Roman zum Thema Genetik, »Die weißen Gewänder«, seit Jahrzehnten in der Sowjetunion unterdrückt, durfte nun endlich erscheinen.

C. Bertelsmann

Wladimir Makanin

Schönes Mädchen mit den grauen Augen

Roman
Übersetzt von
Alexander Kaempfe
191 Seiten

Wladimir Makanin wurde 1937 in Orsk geboren und lebt als freier Schriftsteller in Moskau
Sein respektlos-frecher Roman erzählt von Moskauer Leuten, die nicht in das Bild des gehorsamen Untertanen passen, von echten Säufern, falschen Gelehrten, Naivlingen und Glückspilzen – ein Feuerwerk!

C. Bertelsmann

Abdishamil Nurpeissow

Der sterbende See

Roman
Übersetzt von
Wilhelm Plackmeyer
400 Seiten

Abdishamil Nurpeissow wurde 1924 am Aralsee geboren und entstammt einer kasachischen Fischerfamilie. Mit 18 kam er zur Roten Armee, kämpfte bei Stalingrad und im baltischen Raum. Für seinen ersten Roman »Kurland« erhielt er den Literaturpreis der Kasachischen Sowjetrepublik. Nurpeissow schrieb in der Folgezeit weitere Romane sowie Erzählungen.

Wladimir Makanin

Schönes Mädchen mit den grauen Augen

Roman
Übersetzt von
Alexander Kaempfe
191 Seiten

Wladimir Makanin wurde 1937 in Orsk geboren und lebt als freier Schriftsteller in Moskau. Sein respektlos-frecher Roman erzählt von Moskauer Leuten, die nicht in das Bild des gehorsamen Untertanen passen, von echten Säufern, falschen Gelehrten, Naivlingen und Glückspilzen – ein Feuerwerk!

C. Bertelsmann

Abdishamil Nurpeissow

Der sterbende See

Roman
Übersetzt von
Wilhelm Plackmeyer
400 Seiten

Abdishamil Nurpeissow wurde 1924 am Aralsee geboren und entstammt einer kasachischen Fischerfamilie. Mit 18 kam er zur Roten Armee, kämpfte bei Stalingrad und im baltischen Raum. Für seinen ersten Roman »Kurland« erhielt er den Literaturpreis der Kasachischen Sowjetrepublik. Nurpeissow schrieb in der Folgezeit weitere Romane sowie Erzählungen.

Jurij Trifonow

Das Haus an der Moskwa

Roman

Übersetzt von
Alexander Kaempfe

222 Seiten

Trifonows berühmtester Roman »Das Haus an der Moskwa« ist reich an Personen, Gruppen und Cliquen, an bewegten Schicksalen und burlesken Szenen. Es ist die Geschichte mehrerer Generationen, ein Buch über Moskau und Rußland in einer der schwierigsten Perioden ihrer Geschichte. Das Funktionärshaus an der Moskwa wird zum Symbol einer Epoche.

Wladimir Dudinzew

Die weißen Gewänder

Roman

Übersetzt von Ingeborg Schröder
764 Seiten

Wladimir Dudinzew, geboren 1918, lebt in Moskau. 1956 erschien sein erster Roman »Der Mensch lebt nicht vom Brot allein«, der zum meistdiskutierten Werk »Tauwetter Literatur« nach dem Ende der Stalin-Ära wurde Dudinzews Roman zum Thema Genetik, »Die weißen Gewänder«, seit Jahrzehnten in der Sowjetunion unterdrückt, durfte nun endlich erscheinen.

C. Bertelsmann